海右文学精品工程

鞠慧 著

济南出版社

大河儿女

图书在版编目（CIP）数据

大河儿女 / 鞠慧著 . -- 济南：济南出版社，2024.1
ISBN 978-7-5488-6098-3

Ⅰ.①大… Ⅱ.①鞠… Ⅲ.①长篇小说 – 中国 – 当代
Ⅳ.① I247.5

中国国家版本馆 CIP 数据核字 (2024) 第 018365 号

大河儿女
DAHE ERNV
鞠慧 著

出版统筹	李建议
责任编辑	姜　山　魏　蕾　林　颖
装帧设计	牛　钧

出版发行	济南出版社
地　　址	山东省济南市二环南路 1 号（250002）
总 编 室	0531-86131715
印　　刷	济南新先锋彩印有限公司
版　　次	2024 年 1 月第 1 版
印　　次	2024 年 1 月第 1 次印刷
开　　本	160 mm×230 mm　1/16
印　　张	15.75
字　　数	196 千字
书　　号	ISBN 978-7-5488-6098-3
定　　价	59.00 元

如有印装质量问题 请与出版社出版部联系调换
电话：0531-86131736

版权所有　盗版必究

目录

第一章 春 华 ... 001
第二章 夏 晖 ... 091
第三章 秋 实 ... 157
第四章 冬 蕴 ... 193
第五章 新 年 ... 223
后 记 244

第一章
春　华

一

　　重回曾学习和生活过的地方，见到十年未见的老同学，李江河心中很是兴奋。作为省派驻黄河县蒲桥镇乡村振兴工作队领队，李江河带领十名队员，进驻蒲桥镇的五个行政村，进行乡村振兴帮扶工作。到达蒲桥当天，李江河就跟镇领导和所帮扶五个村的班子成员进行了深入交流。几个村的现状及存在的问题，比他想象的要多。建在河滩里的苇子圈村，是问题最多的一个村子。

　　在苇子圈，李江河有四位同学：高大健壮、喜欢打篮球的景志强，性格刚直、结实敦厚的马平原，不论走到哪里都自带流量的郑福运，与话题女王苗玉桃性格迥异却又形影不离的金惠珍。四张面孔依次自李江河眼前闪过，李江河心中充盈着满满的期待。

　　从初中到高中，李江河跟随在此工作的父亲在蒲桥镇读了六年书。所以这次回来，李江河要第一时间去跟老同学们"报个到"，并争取得到他们对自己工作的支持。

　　李江河在苇子圈村支书马平原的陪同下进行入户走访，他计划用两周时间，先把苇子圈的 185 户人家走访一遍。

　　可让李江河没想到的是，三个同学他一个都没见到。特别是第二站郑福运家，郑福运的情况让他深感意外。眼前的那一切，完全超出了他的想象。

景志强在外地打工没回来。金惠珍与景志强结婚后，偶尔做一些柳编手工来补贴家用，今天不巧去镇上的外贸收购点卖花篮了。景志强的父亲景成山在田里干活，只有景母和女儿麦穗在家。

"婶子，这是咱乡村振兴工作队的李江河队长，过来看看您。"马平原对景志强母亲说。

"快坐下歇歇。"老人要去倒水。

"您不用忙，婶子，不渴。"李江河也随着马平原称呼景志强母亲为"婶子"。

"来家里了，咋能连口水都不喝呢。"老人笑着说。

老人体态微胖但动作麻利，她热情和蔼，一看就是个平时闲不住的人。

"叔叔，吃花生，可香可香呢！"麦穗端着一个柳编小篮，走到李江河面前。

"麦穗，长这么高了！还认识叔叔吗？"李江河蹲下身，双手轻轻放在麦穗肩上，微笑着看着她。

麦穗一双黑亮的圆眼睛定定地看着李江河，看了好一会儿，然后轻轻摇了摇头。

"游乐场、旋转木马、滑梯，还记得吧？"李江河微笑着继续问。

麦穗歪头想了想："爸爸那里有，好多好多好多。"麦穗努力伸展开双臂，表达着多的程度。

"还记得甜橙姐姐吗？"

麦穗不说话，转头朝里屋跑去。

三个人刚坐下，麦穗手上拿着一只鸡蛋大小的椭圆形小篮子，径直跑到李江河跟前，把小篮子放在他手上："给甜橙姐姐的。"

这是一只用极细的柳条编出的小篮子，小篮纹路精致匀称，小小提手刚刚能穿过成人的一根手指。

"太漂亮了！"李江河把小篮子捧在手上，忍不住赞叹道。甜橙也有一只这样的篮子，是那次他带甜橙去游乐园玩，与金惠珍和麦穗偶遇时，麦穗送给甜橙的。那只篮子稍大一点，也不如这只精致。甜橙一直把小篮子当宝贝，不让别人动。有时玩着什么，突然想起她的小篮子，就马上去找。睡觉时，还要把小篮子放在枕头边上。

李江河见小篮子里放着两颗晶莹透亮的小石头，一颗血红，一颗洁白。他记得，这是甜橙送给麦穗的宝贝。甜橙也一直想着麦穗，她攒了好几种颜色的小石头，还留了有香味的橡皮和带小猫咪头像的自动笔，说要送给麦穗。

麦穗把篮子里的小石头倒出来，放在手心里，又把小篮子重新放到李江河手上："给甜橙姐姐。"麦穗说完，把放着小石头的手握紧，她蹦了个高，"奶奶，我要去接妈妈，妈妈说，给我买好看的图画书。"麦穗蹦跳着，跑出屋子。一只黑色的小狗紧随麦穗跑了出去。

"别跑远了呀！"奶奶冲麦穗的背影喊道。

麦穗应着，眨眼不见了踪影。

"麦穗真可爱！"李江河忍不住说。

"家里有这么个孩子，一家人的开心果呢！"老人脸上的皱纹笑成了一朵花。

从景志强家五间崭新的房子和家里的摆设不难看出，他们家日子过得殷实。院里、屋里都干净整洁。进大门处的影壁前，摆着几盆绿植，虽不是啥名贵花草，但却绿油油的，生长得旺盛。

李江河跟老人聊着收成，聊着日子。

李江河大致了解到，景志强家里的主要经济来源是他在外打工的收入。金惠珍有柳编手艺，农闲时、阴雨天和一早一晚的，她就编花篮卖到镇上的外贸收购点。滩里的耕地大部分种粮食，另一部分种点青菜自己吃。

"滩外种大棚的人家，收成真是让人眼热呀！咱家不行，没壮劳力。"老人对李江河说。

"景志强要是能回来，也可以建个大棚。现在有专项补贴，菜的销路也好。只要建起来，就不愁赚钱。"李江河说。

"论干农活，景志强赶不上金惠珍，他基本没在滩里干过农活。"马平原说。

"是啊，俺这个儿媳妇，想干啥就能扑下身子干。强子不行，浮皮潦草的，扎不下身子。"

景志强母亲很健谈，她没有某些婆婆对儿媳这样那样的差评，言谈中，她对金惠珍这个儿媳很是满意。

离开时，李江河看到门后的墙上挂着一把二胡。

"是大叔喜欢拉二胡吗？"李江河随口问了一句。

"可不。这老头子，没事就爱瞎拉。"

"婶子，那可不是瞎拉。当年若不是成山叔二胡拉得好，鼓子秧歌头伞跳得好，您也来不了咱这苇子圈吧？"马平原笑着说。

"你这孩子，别当着上边领导的面没大没小的。"老人在马平原背上不轻不重地拍了一下。

"婶子，我可不是啥领导。我跟志强、惠珍、平原都是同学，您拿我跟他们一样就行。"李江河说。

"好，好。"老人笑着说。

走出景志强家，李江河要马平原带他去郑福运家。

马平原有点为难地摇摇头："咱还是挨着来吧。郑福运家，等挨到了再说。"

"不是说好先去同学家吗？"李江河不解地问。

"你实在愿去，我也拦不住你，不过丑话说在前头，你要有个思想准备，他的情况，你无法想象。"马平原说。

"不管啥情况，我都要去看看。别说咱们是同学，即使不是同学，我也要都去看一遍。"李江河说。

"好。你去了，别后悔就行。"

"这有啥后悔的。走，咱们去郑福运家。"两个人边往前走，李江河边问马平原，"郑福运到底是啥情况，你这么不愿意我去？"

"他的情况实在不好说，你去了就知道了。"马平原叹了口气。

"马平原，你啥时变得这么婆婆妈妈的了？"

马平原没有说话，只是闷头往前走。

街上，有三三两两的老人，他们有的坐在一起聊天，有的在打扑克。或大或小的孩子，在街上疯跑着玩。李江河都跟他们打了招呼，顺便与老人们聊几句。村民们很热情，也健谈，他们七嘴八舌地跟李江河和马平原聊。打扑克的人正玩得投入，他们随便应付几句，又将目光定在了手中的扑克上。

两个人走到村子南面，李江河放眼望去，河滩不远处的黄河水静静地流淌，在阳光下闪着白亮亮的光。河滩里特有的清甜混合着泥土的气息，通过鼻腔直达肺腑。李江河忍不住深吸了一口气。

穿过胡同，他们来到村子北面，两个人站在房台边上，朝着大堤的方向望去。房台下绿油油的玉米田像毡子一样，一直铺到了堤边。堤顶上，不时有车辆驶过。

"哎，过来的是金惠珍吗？"李江河的目光看向河滩通往房台的小路。一位穿着碎花米色上衣的苗条女子，正骑车朝这边驶来。

"还真是。"马平原眯起眼睛看了一会儿，点了点头。

金惠珍在房台下下了车，她推着车子往房台上走，脑后的马尾辫随着身体的移动左右摆动。

"金惠珍，你看，谁来了。"马平原冲金惠珍喊道。

金惠珍停在了半坡上，她抬起头，看到了站在马平原身边，正微笑着看向她的李江河。

"呀，李江河，你咋来了，啥时到的呀？"金惠珍微笑着，看着面前的两个人。

"我咋不能来，咱滩里这么美。"李江河爽朗地大笑着，他往下走了两步，手搭在自行车把上，帮金惠珍把车子拽上了房台。

"甜橙呢？"金惠珍往他们身后瞅，"麦穗一直念叨甜橙呢，你没带她来？"

"有机会再带甜橙来。麦穗送甜橙的小篮子，她可宝贝着呢。"说到女儿甜橙，李江河脸上的笑容变得柔和起来，"刚才麦穗又送甜橙礼物，太精致了！我没收，改天让她们自己送。"

"让甜橙来咱滩里，小篮子可有的是。前边就是我家，来喝茶吧。我从镇上买了肉，中午就在家里吃饭。"金惠珍热情地招呼着他们。

"刚从你家出来。这饭今天就不吃了，我和平原到郑福运家去看看他。"李江河笑着对金惠珍说。

"去郑福运家？"金惠珍愣了一下。

"十年没见了。先跟各位老同学报个到。从今天起，我就是咱苇子圈的人了。"李江河依然微笑着。

麦穗蹦跳着跑过来："妈妈，我的图画书呢？"

"妈妈一会儿拿给你。"金惠珍伸手把麦穗腮边的一缕乱发理顺，低下头，在麦穗额头上轻轻亲了一下。

"你快去忙，改天再过去找你聊。"李江河冲金惠珍摆了摆手，便朝着村委会的方向走去。

马平原带李江河来到一处歪斜得很厉害的小土屋跟前，停住了脚步。小屋没有院子，屋前的空地上长着齐膝高的杂草。透过敞开着的屋门看过去，屋里黑乎乎的，看不清有什么东西。

"这是哪里呀？"李江河扭头问。

"你不是要找郑福运吗？"马平原说。

"是啊。你不带我去郑福运家，带我来这里干啥？"李江河不解地问。

"这里就是郑福运家。"马平原说。

"郑福运家？这里？"李江河认真看一眼马平原，确认他是否在开玩笑。

"是。"马平原用力点了点头。

"马平原，你……"李江河转身面向马平原，但他没把话说下去。

"李江河，我知道你想说啥，我不怪你。作为同学，作为同村，作为我这个支书手下的村民，你以为我愿看他这样？"马平原大声说，"刚开始，我也想让他改变。可是……唉，以后你就知道了。"

李江河意识到了自己刚才的不妥，他抬手在马平原肩上不轻不重地打了一拳，算是表达了歉意。当年，他们在校篮球队时，相互之间有什么小矛盾，只要朝对方肩头不轻不重地打一拳，再搂一下肩膀，那就是和解了。

马平原下意识地伸出右臂，在李江河肩上搭了一下。

两个人都忍不住笑了。十年了，他们竟然还是如此默契。当年，身材又高又瘦的李江河是前锋，个子不高的马平原打中锋。如今，李江河身材已变得宽厚壮实，马平原经过部队多年的锻炼，个头长高了，身体更加敦实。

"进去看看吧。"李江河对马平原说。

"还是等他在家的时候再来吧。"

李江河没有回话，他抬脚踏进了齐膝的杂草中。马平原跟着李江河，朝着那间敞开的小屋走去。

二

金惠珍要进城去看景志强。

泉城，是景志强打工的地方。在这座城市里，不管是公园还是街巷里、庭院中，星星一样密布着大大小小喷涌着的泉，仅有名的，就有"七十二名泉"。这座城市，被称作泉城。

在泉城和苇子圈之间，金惠珍每年都来回穿梭好几趟。套用一句曾经流行的话就是：累并幸福快乐着。

"累"是外人的想法。熟识金惠珍的人都知道，她喜欢坐车，不管是汽车还是火车。

闺蜜苗玉桃一百个不信："谁不知道赶车辛苦呀，不累？鬼才信呢！"

"哪天你也坐一次火车回家试试，保准你又幸福又快乐！"金惠珍红扑扑的脸颊像抹了胭脂，她微笑着对苗玉桃说。

苗玉桃有些不屑地撇撇嘴，又说："哼，我反正不信。"

滩里的女人们，听到金惠珍说起乘车的幸福快乐，她们就会暧昧地笑着，用各色眼神瞧着金惠珍，叽叽喳喳地抢话头：

"你心里想着景志强，想着那事呢，能不觉得幸福，觉得快乐？"

"整天跑来跑去，把钱扔在路上。挣点钱容易吗，全捐给铁路了！"

"金惠珍是想男人想疯了，才不管花多少钱呢！"

这些话传到婆婆耳朵里，婆婆的心中就生出些不满来。

路费是金惠珍编柳条花篮挣下的，她从没跟婆婆要过一分钱。可婆婆是个要面子的人，她可不想儿媳妇被人家这么议论来议论去。

饭桌上，婆婆对金惠珍说："咱滩里，青壮年男人不是都在外头打工？也没见哪个女人这么整天地跑来跑去。你这样花钱不说，整天挤那个火车，不嫌累？"

金惠珍听了婆婆的话，也不恼："妈，钱花了，咱再挣回来呀。"她对婆婆笑笑，又说："一点都不累。我最愿意坐火车了，多幸福多快乐的事啊！要不下次咱一起去，坐一回，你就知道了。"

婆婆看一眼金惠珍，不咸不淡地说："俺才没那闲工夫呢，也没那闲钱。"

金惠珍冲婆婆笑笑，没再说什么。

后来，见金惠珍还是这样来来回回地跑，滩里的女人们，包括金惠珍的婆婆，也就懒得再说啥了。

金惠珍把车票小心锁进抽屉。一来是怕麦穗看到了又要噘起小嘴，抹眼泪，二来是找不到车票的事，她经历过一次了。

去年冬天，金惠珍和景志强即将迎来结婚六周年纪念日，她提前买好了去泉城的车票，想给景志强一个惊喜。临走的前一天晚上，在抽屉里放着的火车票突然不见了踪影。金惠珍翻箱倒柜地找到半夜，公公婆婆也帮她找，几乎把整个院子翻了个遍，还是没找到。

那个晚上，金惠珍走到院子里，静静地站在那棵枣树下，仰脸望着头顶上眨着眼睛的星星，在脑海里梳理着从拿到车票开始的每一分钟，自己都做了什么，那张普通的车票，先是放在哪里，后来又被自己放在了哪里。反复捋了几遍，她坚信，那张车票，确实是被她放进梳妆台抽屉里。好好放进抽屉的车票，怎么突然就不见了呢？坐在树下的石凳上，金惠珍抬起头，一闪一闪的星星，变成了景志强的眼睛。老婆，六年了，整整六年了。景志强说。嗯，六年了，整整六年。日子过得真是快呀，想想，和你认识的时候，就像是在昨天呢！她说。惠珍，下辈子，我还找你，咱还做夫妻。景志强说。嗯，她靠在他的肩头上，幸福地笑了，志强，咱要好好地过好这辈子，再说下辈子。她说。好，等我挣了钱，就把你和麦穗接来，咱们一家人在一起，再也不分开。景志强说。嗯，好，再也不分开。金惠珍微笑着，心中的甜蜜，就像趵突泉里的三股泉水一样，自心底咕咚咕咚地涌上来，摁也摁不住。一起涌上来的，还有金惠珍的泪水。金惠珍抬手抹一把脸，手刚刚拿开，脸上又湿了一片。金惠珍就这么不停地抹着泪水，不停地跟景志强说着话。志强，我想你……

金惠珍靠在树上，用手捂住嘴，她怕自己哭出声来，惊醒了公婆和麦穗。

第二天，金惠珍才知道，树上的老皮，被她一片片抠下来。看着脚下那大大小小的树皮，金惠珍眼里的泪水哗地又涌出来。

那张车票，到底去了哪里呢？

菜园里顶着花的头茬嫩黄瓜，被金惠珍摘下来，密封在保鲜袋里。太细的容易蔫，太粗的又不够脆甜。每一根黄瓜，金惠珍都在心里掂量半天；散发着新苇子叶香味的粽子，也已经晾凉晾透，就等打包。苇叶也是金惠珍亲手摘来的。把宽大碧绿的苇叶洗净晾干，放进干净袋子里存着，只等端午节的到来；花生一粒粒挑拣过后放进椒盐水里泡，入味后捞出晾在竹席子上。细细柔柔的沙土，在指缝间绸缎一样流淌，金惠珍的心也变得丝绸般柔软。把沙土倒在院里摊开，把里边的草叶捡拾干净，再用铁筛细细地筛。满屋满院炒花生的香味儿慢慢地飘，飞出好远好远，隔着几条胡同的人家都闻得见。

金惠珍每次去看景志强，都提前几天做准备，投入地做着这一切，她的眼前是景志强和工友们吃、喝、聊的样子。工友说，嫂子炒的花生真香！景志强就端起酒杯，很豪气地说，那是，那是，不看是谁家的嫂子吗？工友们就起哄，吵嚷着要景志强和金惠珍喝交杯酒。那回，景志强最好的朋友陆西明喝多了，搂着景志强的脖子说，哥，哥，听我说，你是我异父异母的亲哥哥，是亲哥哥。嫂子才是我的亲嫂子！醉了的工友们一起大声说，对，对，嫂子才是咱亲嫂子呀，来，敬咱亲嫂子一杯！

苗玉桃翘着染成玫红色的尖尖手指，边挑挑拣拣地吃，边对金惠珍说："带这么多，不累呀？城里啥买不到？"

金惠珍瞅着苗玉桃，说："能一样吗？既不是咱家那地长的，也不是自己做的，能一个味儿？"

苗玉桃轻轻笑一下，又摇了摇头，说："你带的地瓜能吃出萝卜味来？切！"

"反正我觉得不一样。"金惠珍很坚决地说。

"我犟不过你。"苗玉桃轻轻撇了撇涂着玫红色口红的小嘴，"懒得跟你争，就算你说得对吧。"

金惠珍说："啥叫算我对呀，本来就是嘛！"

"景志强找了你金惠珍做老婆，真是他上辈子修来的福！"

"我也挺有福的！"金惠珍说。

苗玉桃愣了一下，拿纸巾的手停在半空，像个答不出题来的小学生看着老师，她呆望着金惠珍。

"这样看着我干吗？"金惠珍白了苗玉桃一眼，"景志强是没多少钱，可家里也够吃够花呀。他凭力气挣钱，不要滑偷懒。最主要的，他心里有我和麦穗，不像有些男人，又是嫌老婆不能生儿子了，又是怪老婆长得不好看了，臭毛病一大堆。景志强心里可宝贝着俺和麦穗娘俩呢！你说，像景志强这样的男人，不是好男人吗？"

苗玉桃看着金惠珍，很认真地点了点头，说："是好男人，当然是好男人了。"苗玉桃说完这话，又嘻嘻笑着，打趣道，"你金惠珍中意的男人，哪有不好的理呀！"

金惠珍笑着打了一下苗玉桃，说："那是！"她微侧了脑袋瞟一眼苗玉桃，"不光是男人，我中意的女人，也没不好的理。"

两个人笑闹了一阵。金惠珍又说："景志强做不了白领，当不了公务员，也没关系呀！只要他认真对待现在的工作，正儿八经干活，也不见得比白领和公务员过得差,你说是不是?"

"嘀,金惠珍,啥时成哲学家了呀? 上学的时候,你不是一心想当诗人的吗?"

金惠珍不好意思地笑了笑,说:"没当成诗人,就尽量让生活有点儿诗意呗。 自己高兴,别人也高兴。 你说是不是?"

苗玉桃打开她的LV,拿出纸巾,轻轻擦了擦眼睛。

"哎,你知道吗,苇子圈要搬到滩外了。"金惠珍对苗玉桃说。

"听说了。 唉,搬到哪,还不也是乡村。"苗玉桃歪歪头,一副无精打采的样子。

"滩区迁建,是大政策。 搬到滩外,肯定就不一样了。 一道大堤挡着,滩里人的想法、做法,跟滩外就是不一样。 可真要搬出去,心里还挺不舍得。 想想,电影里、电视里也找不到这么美的地方。 要是黄河不发大水就好了。"金惠珍忍不住轻叹了口气。

"不发大水,那还叫黄河,叫河滩吗?"苗玉桃冲金惠珍撇了撇嘴。

"看来凡事都不能两全呀!"金惠珍说。

"听说新社区地方选好了,就在镇政府旁边。"苗玉桃边看着手机,边说。

"是啊。 连地都留出来了,就跟那片大棚挨着。 以后滩里人建大棚,水、电和路都是现成的。"金惠珍兴奋地说。

"等你们搬了楼,也算镇上人了。"苗玉桃不咸不淡地说。

"现在不算蒲桥镇人吗? 身份证上,都有这三个字吧?"金惠珍微笑着问苗玉桃。

苗玉桃在专注地看着手机,她没有回答金惠珍的话。

丢失的车票,金惠珍是从麦穗的小书包里找到的。

麦穗前几天说过的话,闪电般击中了金惠珍。 麦穗说:"妈妈,元旦联欢会表演节目，我们班的舞蹈可好看了，老师夸我跳得好，让我领舞！老师还说请家长都去看演出。"

都怪自己这几天一直忙着准备看景志强，把麦穗的话给忘了。金惠珍自责地想。

哎，多亏没提前告诉景志强，要不，他该多失望啊！

车票的事，金惠珍没有告诉景志强。景志强一个人在外边，她怕景志强分心。

婆婆坚持让惠珍进城，婆婆说："你不用担心麦穗。小孩子家，转头工夫就忘了。麦穗是俺亲孙女，她要真咋地，俺能不心疼？"

金惠珍心里暖暖的。但她硬了硬心，没去城里。

舞台上，穿着雪白纱裙的麦穗欢快地跳着舞。麦穗张开双臂，小天使般投入妈妈怀抱。金惠珍亲吻着麦穗的额头，心中的热浪一波波涌上来："宝贝跳得真棒！明年妈妈还来看你演出。"麦穗抬起头，黑亮的大眼睛望着金惠珍的脸，说："妈妈，拉钩。"麦穗曲起小指，一下就钩住了金惠珍的小手指，"拉钩上吊，一百年不许变。谁变了谁是大——坏——蛋。"麦穗说完，咯咯咯笑起来，红红的小脸蛋，像一朵盛开的花。

金惠珍拿过牛仔布包，把面前的东西一件件往里放：两双绣着牡丹花的鞋垫，一袋萝卜条，一瓶脆腌八宝菜……炒花生，每次都带，景志强和他的工友们，每次都争着问，有炒花生吗？有时，她会故意逗他们说，哎哟，忘带了呢！看着他们疑惑的眼神，她自己先忍不住笑起来。

牛仔包是金惠珍用两条旧牛仔裤拼的。景志强和麦穗都属马。包的中间，她用红色花布，剪了匹扬着尾巴四蹄腾空奔跑着的小马，绣在了上面。奔跑着的马儿，为那只单色布包增添了动感和亮丽。村里的女人们见了，都夸金惠珍手巧，做出的包就像从城里买来的一样。

景志强曾不止一次说过，真是一只掏不完的神包啊！藏着这么多好东西。

金惠珍瞟一眼景志强，然后拍拍布包上的小马，有些得意地说，那当然了呀，看一眼撒着欢的小马，就知道有多神奇了。这是我的百宝囊呢，信不信？

景志强使劲点点头，说，信，信，老婆的话，我啥时不信过。

哼，不许只说好话呀！金惠珍伸手点一下景志强的额头，说，小马不听话的时候，我可是会打它的，使劲地打，使劲地打。金惠珍用力拍了两下包上的那只小马。

投降投降，小马哪敢不听你的话呀。景志强举起双手，做出投降的样子。

金惠珍推了景志强一把，哈哈笑起来。

想到这儿，金惠珍的脸上露出了笑容，她把鼓成圆球的布包放在床上，她要给景志强打电话。

"睡了吗？"电话接通了，金惠珍捂着话筒，悄着脚走到院子里，她怕吵醒麦穗。

"没。你还没睡呀？麦穗睡了吗？爹和娘睡没睡？"景志强大声问。

"都睡了。"金惠珍轻声问，"在干啥呢？"

"没干啥。"景志强的声音稍小了些。

"骗人。没干啥咋还没睡？快说，没喝酒吧，没打牌吧？"惠珍对着电话，有些调皮地笑了一下。

"没有，没有，正想睡呢。"景志强的声音更小了。

"明天，我去看你。"

"真的？是真的吗？"景志强的声音突然一下大起来。

"骗你是小狗。"金惠珍笑了一下，"景志强，几个月不见，我更黑了，更老了，也更丑了。"

"说啥呢老婆？ 不管多老多黑，你都是我最爱最爱的好老婆！惠珍，我想你了……"景志强的声音慢慢低下来，每一个字，都变得柔软又浓稠，像清晨河边扯不开的浓雾。

景志强那边吵闹的声音没有了。 景志强一定是跑到工棚外边去了。 有一回金惠珍打电话来时正下着雪，景志强没来得及穿棉衣棉鞋就跑到了雪地里，手和脚冻得生了疮。 金惠珍知道后，再给景志强打电话，都先看看天气。

"省里的乡村振兴工作队来咱苇子圈了。 你猜领头的是谁？"金惠珍不等景志强猜，"李江河，你还记得吗？"

"咋不记得，高个子，笑起来打雷一样响。 咱那届，数他读的大学最好，人大毕业后分到省里的单位。 李江河来苇子圈了？"景志强问。

"嗯，他是队长。 哎，那回我和苗玉桃带麦穗去游乐场，他带女儿去玩。 我跟你说过。 上学的时候不是同班，没印象。 多亏了苗玉桃，要不然我都不知道他是谁，真是尴尬。"

两人没有因为明天见面就尽快结束通话。 相反，他们比平时说了更多，更多的思念更多的回忆更多的家长里短，直到景志强手机没电了，才不得不挂断。

金惠珍抹掉泪水，仰起头，看着满天的星星，心中对景志强的思念，与景志强在一起时的画面，如涨潮的河水一样，一波波涌上来，时而温柔又时而尖利地打在金惠珍的心上。 惠珍把脑袋抵在树干上，泪水从树皮纵横交错的纹路里慢慢洇下来，渗进了树干中。

金惠珍睡不着。 她悄悄爬起来，蹑手蹑脚来到厨房，借着月光找到菜篮子。 她摸索着，把一片片黄瓜贴在脸上，微笑着轻轻闭上了眼睛。

三

李江河一直没见到郑福运。那天和马平原来到郑福运的小房子前，着实把他吓了一跳。大学毕业后李江河一直在省机关工作，下乡调研、视察等活动也常参加，可他从未见过如此破旧矮小的房子。这能算是房子吗？如今村民养猪养鸡鸭的笼舍都不知比这个小土屋强多少倍。

这座土坯建成的老房子，房体倾斜，后墙用腕口粗的木头顶着。看不出颜色的木头门，底下有两个碗口大小的烂洞。窗是那种只有在影视剧中才能见到的小格子木窗棱。李江河抬手摸摸窗格上的木头，褐色木粉和着陈年灰土粘在手上厚厚一层。小屋里连最基本的生活用品都没有，砖头垫着的木板，算是床，被子和枕头已看不出原来的颜色。一张缺了一条腿的小桌，歪歪斜斜地靠墙放着，随时要倒的样子。伤痕累累的小方凳上，放着一把锈迹斑斑的菜刀，这只可怜的小凳应该是兼具菜板的身份。李江河转过头，看到门后的一支衣架上，挂着一套蓝底白条纹的运动装。他目光亮了一下，似乎看到了曾经的郑福运，那个被同学羡慕又嫉妒的高个子男生。李江河忍不住叹了口气，他实在无法想象，几年不见，那个与苗玉桃挎着胳膊，在老师同学惊讶目光中招摇在校园里的郑福运，竟过成了如此模样！

似乎是看出了李江河的疑问，马平原说："他很少在村里。"

"那他平时在哪里呢？"李江河问。

马平原摇了摇头。过了一会儿，又说："大概有时在县里，有时在省城。"

"他去县里和省城做什么？"李江河又问。

马平原掏出一支烟点上，用力吸了一口："唉，这事一时半会也说不清。走，先回办公室，慢慢跟你说。"

李江河心情很沉重。像郑福运这种情况，在苇子圈乃至整个蒲桥镇，都应该是极个别的。作为乡村振兴工作队的一员，李江河不想在自己服务的村庄里看到还有这样的情况。

李江河的研究生毕业论文，题目是《试论扶贫工作中扶智与扶志的重要性》，为写好这篇论文，他做了大量调研。如果不把"扶智"和"扶志"这两点做好，单纯的物资"扶贫"，极易养出懒汉。如果政府一旦不再物质扶贫，很容易造成曾经的贫困户二次致贫。大家最不愿看到的应该就是他们的下一代重走父辈的路。

当年李江河和郑福运都在二班，也同在校篮球队。郑福运的"智"肯定没问题，他的"志"当初也没问题。短短十年，一个人怎么可能发生如此大的变化呢？

"你联系一下郑福运，咱们坐下来好好聊聊，看问题出在哪，怎么解决。"李江河对马平原说。

"我试试吧。"马平原又掏出烟。

"马平原，你能不能少抽点烟！你不知道抽烟害自己也害别人吗？"李江河看着马平原，有点不耐烦地说。对马平原刚才的回答，李江河有点不满意，但他没有明确表示出来。

"唉，烦心事这么多，还不让抽口烟。李江河，你管得可真够宽！"马平原有些不情愿地把烟重新放回口袋。

"马平原，为你今天少抽一根烟，给你点个赞。"李江河冲马平原竖了下大拇指。

"少来，我可不吃这套。"马平原说着，呵呵呵笑起来。

李江河不再跟马平原计较。他翻看着苇子圈村委会的年度总结材料，不时问几句并记在本子上。

"下午接着走访，尽快熟悉村里情况。"李江河对马平原说。

"李队长是省里来的大领导，你说咋办咱就咋办。"

"马书记也少来这套，这是你的地盘。"李江河伸手在马平原肩头砸了一拳。

李江河和马平原一起哈哈哈笑起来。

金惠珍刚下房台，就遇到了李江河。

"去哪呀？上车吧，我捎你过去。"李江河把车停在金惠珍身边。

"到大堤上坐车，看景志强去。"金惠珍停下脚步，"这几步，抬脚就到了。"

"我正要去镇上开会，顺路。上来吧。"李江河下了车，替金惠珍打开车门。

那次房台前相遇后，金惠珍到小丽家大棚里去了一趟，第一眼，她就喜欢得不想离开了。一根根绳上，吊着碧绿的黄瓜秧，嫩黄的花朵，星星一样闪烁着，一条条垂挂着的大大小小的黄瓜，顶花带刺儿，像一只只诱人的小钩子，把金惠珍的魂都勾走了。从小丽家的大棚回来之后，她做梦都想有一个自己的蔬菜大棚。李江河又去过金惠珍家几次，找她的公爹成山叔聊村里的事。他们聊得最多的，便是到滩外建蔬菜大棚。

"你想到滩外建大棚的事，跟景志强商量了吗？"李江河边开着车，边与金惠珍聊。

"这次去了，我跟景志强仔细说说。麦穗爷爷也愿意，河滩外建大棚人家的收入在那摆着呢。"金惠珍望着路边蓬勃生长的玉米，眼前的绿色，让她不由想到了蔬菜大棚里的景象。

"省里刚出台了新规划，到2035年，基本建成黄河流域生态保护和高质量发展先行区。咱们沿黄村庄有这么好的机遇，还是要早谋划、早行动。你说呢？"李江河扭头问金惠珍。

"大的政策我不懂，我就想有一个自己的大棚。"金惠珍有点不好意思地笑了笑。

"建大棚是对传统种植模式的一种挑战。现如今单靠种植传统农作物，已跟不上时代发展。咱苇子圈人，要向滩外村庄学习，进行农业产业结构调整，增加收入。规划中明确提出了，要建设黄河下游绿色生态廊道，建设全国优质粮食和绿色农产品基地。就我们蒲桥镇来说，大力发展蔬菜生产，有着得天独厚的优势。滩外的蔬菜大棚已形成规模，产品也有了自己过硬的品牌。镇上也建起了专门的批发市场，销路很顺畅。"

　　"是啊。咱蒲桥的'曲堤'牌黄瓜都是中国驰名商标了，来咱批发市场拉菜的车每天都排长队。滩外种大棚的人家都富起来了。"金惠珍轻叹了一口气，"就那么一条大堤隔着，咱滩里的棚就一直建不起来。除去村东头的小丽家，还没听说哪家要建棚。"

　　李江河说："咱苇子圈即将搬到滩外，政府也划出专门地块让咱们建大棚，就在蔬菜批发市场旁边。哪家愿意过去建蔬菜大棚，政府会给予专项补贴和技术指导。"

　　"真是太好了。从建棚到销售，都有政府帮忙，这样我们建棚的胆子也就大了。"

　　"没啥可怕的，别人蹚出来的路子了。只要肯干，就一定能行。"

　　"好，我跟景志强商量，让他回来。"

　　此时的金惠珍，恨不得立刻就见到景志强，把她的想法告诉他，让他回家来一起把蔬菜大棚建起来。一家人在一起，她再也不用两头来回跑。

　　大堤眨眼到了，正巧有一辆公交车开过来。李江河帮金惠珍拿下行李："问景志强好！"

　　李江河目送公交车走远。他站在堤上，朝着黄河的方向望过去，苇子圈北依大堤，南望黄河，坐落在高高房台之上，像极了一颗被安放在滩里的棋子，默立在一片碧绿之中。若是黄河偶发大水，小小的苇子圈，就如同一枚被随手抛在水中的树叶吧。

因所处地理位置的独特性，滩区至今无法通自来水。村民一天到晚爬上爬下，生活极其不便。尤其是想在滩里建新房的人家，仅仅是把五六米高的房台垫起来，就要脱一层皮。垒房台的工程量，比建一套房子大得多。只有滩区迁建，才能从根本上解决滩里村民的安全问题。

大堤上的公交车通往县城的火车站，金惠珍对乘车流程已是十分熟悉。当她的双脚踏入车厢的那一刻，她的心也随着火车的鸣笛声，欢快地跳起来。

去时，金惠珍心里满满盛着的，是她的景志强。全家人对你的爱，对你的思念，我都给你捎了来。爹娘的牵挂和唠叨，麦穗的撒娇和甜甜的吻，都一样不少地带给你。景志强，火车在朝着你在的城市跑呢，我和你，近了，更近了。景志强，我能看到你在工地上忙碌的样子了，能看清你的脸上挂着的笑容了，能听到你的说话声和呼吸声了……金惠珍的心里，幸福得如同含着露珠正在绽放的花儿一样。

回来时，金惠珍的心底最柔软的一隅，又自然地变成了她的麦穗、爹娘、家里的院子、种过的田地、细长的柳条在她手里变出的一只只花篮。金惠珍看着他们，心里蜜一样甜。

这是趟过路车，总是拥挤得像春运，金惠珍买的本就是无座票，她从不奢望找到座位，双脚能有地儿放，就算好运气了。很难得，这次竟然有一个空位。金惠珍望着窗外，眼前时而是戴着安全帽，冲她做着鬼脸的景志强，时而是蹦跳着朝她跑过来的麦穗。窗外的田野上，是一片在阳光下闪着耀眼光芒的蔬菜大棚。金惠珍眼前又现出了李江河的影子，他们的对话，在金惠珍耳边回响。她仿佛看到了自家大棚，棚里的瓜秧绿得耀眼，花儿嫩黄的让人心醉，一根根顶花带刺的嫩黄瓜，在轻轻冲金惠珍招手。金惠珍心想，这次一定得跟景志强好好聊聊，让他回家，把蔬菜大棚建起来。一家人在一起，多幸福多快乐的事啊！

邻座是一对母女。女孩五六岁的样子，扎着两条冲天的羊角辫，一双细细弯弯的眼睛，月牙儿一样。女孩的母亲较瘦，满脸的疲惫，一双同女儿一样细细弯弯的眼睛，静静地盯着女孩的一举一动。

金惠珍见行李架上被各种包裹挤得没有丝毫缝隙，于是把包抱在了怀里。

"小马，妈妈，快看，小红马！"小女孩说着，伸出小手，飞快地摸了一下那只布贴小马，然后怯怯地看着金惠珍。

"小雨，好孩子不能乱动别人东西。"母亲拉过女儿的小手，她微转过脸，满是歉意地冲金惠珍点了点头。

"嗐，没事儿，又摸不坏。"金惠珍微笑着，看着母女俩。

女孩像是受了鼓舞，她挣开妈妈的手，又飞快地在小马上摸了一下，然后抬头看着金惠珍，一双眼睛笑成了两弯月亮。

"你这孩子，咋这么不听话呢！"母亲突然生气了，"啪"的一声，一巴掌拍在女儿手背上。那只粉嫩的小手，马上由粉白变成了粉红。女孩脸上的笑还没来得及完全绽开便瞬间凝固，两汪泪水涨满了眼睛，她看一眼母亲，又看一眼金惠珍，小嘴一撇，"哇"的一声哭起来。

母亲将下巴抵在女孩头上，用手轻轻拍着她，柔声说："妈妈跟你说过的，不是你的东西，不能乱动。下次记住了？"

女孩扬起小脸，含泪点了点头。

金惠珍心里有点过意不去了。女孩意外挨的一巴掌，是因为自己，才惹出来的。金惠珍想安慰下女孩，又想跟那位母亲说句话，但想了半天，她也没想好到底该怎么开口。

以往，金惠珍和周围的人都聊得很好，她和他们很随意地说着自己的生活，相互交流着各种体会。觉得还没聊完呢，目的地就到了。

有时，金惠珍和周围的人也不太说话，多半是想着就要见面的景志强或麦穗，甜蜜和温暖在心中装得满满的，根本无心顾及周围的人和事。金惠珍坐了那么多趟车，这种想说点什么可又不知从何说起的感觉，还是第一次。

"大姐，你家是闺女还是小子？"

金惠珍转头望过去，见女人正静静地看着她。

"俺家也是闺女呢，跟你一样。"金惠珍笑容里满是甜蜜。

"哦。"女人点了点头，"那你老公生气不？"

"生气？生谁的气呀？"金惠珍一时有些摸不着头脑。

"你生了丫头，他不生气？"女人又问。

"生男生女，也不是咱女人说了算的事呀。种瓜得瓜，种豆得豆。再说了，丫头就不是他的亲孩子了？他凭啥生气呢？"金惠珍说着，对身旁的女人笑了笑。

"大姐，你真有福！"女人叹了口气。

"大妹子，闺女是爹娘的小棉袄呢，好好跟大兄弟说说，都啥年代了还这思想。"金惠珍说着，把小雨搂在了怀里。

"哎，还说啥呢，该说的，早就说了无数遍。谁能给他生儿子，他还不就看着谁好。"女人幽幽地说。

金惠珍愣了一下："你是他老婆呀！"

"这又有啥用！"女人重重地叹了口气。"早时还能找到人，也接电话，就是不回家。这些日子，连手机都打不通了。"女人低下头，盯着自己的手，"我没多少文化，也没钱。几年了，他都不往家里拿钱。一直说挣不到钱，挣不到钱。我咋就那么信他的鬼话呢！"

"你这是去找他？"金惠珍问。

女人重重地点了点头："大小饭店，我找个遍。这回找不到他，我就不回去了。"

交谈中，金惠珍得知，女人叫刘芳，丈夫是一名厨师叫薛勇。她在家种地、照顾老人和孩子。开始几年，男人还挺正常。后来，慢慢就不回家了，秋收的时候也不回。再后来，过春节也不回了。

刘芳托金惠珍，让景志强帮忙留意着点。金惠珍知道刘芳也是病急乱投医，景志强一个普通打工仔，能跟饭店有什么交集？但她还是答应下来。

刘芳把薛勇的照片发到金惠珍手机上并留了自己的联系方式，她轻声说："大姐，要是这个号码打不通了，要么是我找到他，把事情解决了，要么就是我不在了。"

金惠珍的心咯噔一下，她抓住刘芳的手，说："妹妹，可不能胡思乱想。你看看咱小雨，多好的孩子，你忍心吗？"

小雨仰起头，望着妈妈的脸，怯怯地说："妈妈，我乖，我听话。"

金惠珍的泪涌上眼眶。下车前，她悄悄地把一张一百块钱的钞票塞进了刘芳的口袋。

四

火车即将到站。看着窗外熟悉的一切，金惠珍心里热乎乎的。泉城，是景志强打工近十年的城市，也是她梦中经常出现的城市。高中课本上老舍先生写泉城的美文，在她脑海里不停地闪回，时而清晰时而模糊。第一次从泉城回到滩里，金惠珍专门跑到镇上，把有那篇文章的书借来，越读，越觉得亲。到最后，她都能背下来了。

苗玉桃曾打趣地说："当初若这么用功的话，说不定早考到北大清华了吧。"

金惠珍笑笑，说："上天让我留在苇子圈，就是觉得我更适合待在苇子圈，待在滩里吧！北大清华有北大清华的好，我现在不也一样过得挺好？"

苗玉桃听了这番话，就说她没有远大理想，不思进取，说她是小富即安的小女子。

"可别这么抬举我。我哪是什么小富呀，我现在还在奔小富的路上呢！"金惠珍哈哈笑着，"我有那么多远大理想干啥？看不见够不着的那些东西，我可不愿去想。有这闲功夫，还不如想想咋把现在的日子过得更好一点更有滋味一点呢。"

"就知道眼皮子跟前那一亩三分地，你咋就不能往更远处看看呢？"苗玉桃翘起手指，点了下金惠珍的额头。

"我可不像你，有宏伟的目标远大的志向，一天到晚地去想那些不着边际的事，我脑子还不得疼死呀？"金惠珍笑着对苗玉桃说。

"切，你脑子不比我好使？"苗玉桃撇撇嘴。

"人和人的命不一样。有的人生来就是坐车的命。有的人呢，生来就是骑车的命。比如你和我。骑车有啥不好？又省钱，又健身，又好停车，还不堵车呢，没啥不好吧？反正我没觉得不好。"金惠珍继续笑着说。

苗玉桃又撇撇嘴，说："你这些臭理论，咋越来越一套一套的呢？哼，都是让你家景志强惯的。"

金惠珍听苗玉桃这样说，就抿着嘴笑，心里，灌了蜜一样甜。

车上的人在收拾行李。金惠珍的电话响起来。

"亲爱的，忙什么呢？"是苗玉桃有些慵懒的声音。

"能忙什么呀，忙着想你呗。"金惠珍笑着说。

"真的吗？听到你这话，我挺高兴的。一高兴，就当真了。"苗玉桃笑了起来。"这么吵，不会是在车站吧？"

金惠珍却故意对电话那头的苗玉桃说："哦，在赶集呢，集上。"

苗玉桃大概是听到了车站广播，酸酸地说："嘀，咋了，来了也不说一声，是不是对我有啥意见？"

"哪能呢，哪能呢？"金惠珍忙不迭地说，"正想跟你说呢，这不还没来得及吗。"

"这还差不多。真是巧呀，没事出来逛悠，正逛到车站这儿。在出站口等着我。"苗玉桃没等金惠珍回答，就挂断了电话。

电话又响起来，她以为还是苗玉桃。以往，两人刚煲完电话粥，苗玉桃不知又想起个什么事或一句什么话，就会再拨过来。

金惠珍拿起电话，却发现是景志强。望着这个熟悉得不能再熟悉的名字，金惠珍的脸上飞上了一层红晕。金惠珍告诉景志强，说苗玉桃来接她，她让景志强放心干活，她在家等景志强。金惠珍说的"家"，是工棚旁边的夫妻房，为来探亲的工人妻子预备的，并不属于哪个人。金惠珍总把那间房子说成"家"。景志强和苗玉桃给她纠正过很多次，但金惠珍一直改不了。后来，他们也就随着金惠珍，把那间夫妻房，称作他们的"家"了。

放下电话，金惠珍对着行色匆匆的人群笑了，多好，还没下车呢，就有两个人想着自己。金惠珍心中的幸福满满的，就像站台上饱满灿烂的阳光一样。

金惠珍把绣着小马图案的牛仔包背在肩上，大步朝出站口走去。

金惠珍和苗玉桃是高中同桌，她俩平时考试轮流拿第一。一般这种情况，两人关系会有些紧张，金惠珍和苗玉桃却是例外，两人总是形影不离。

高三那年，苗玉桃偷偷摸摸地早恋了。她开始注意穿着打扮，有时对着镜子一照就是几十分钟，还一会儿哭，一会儿笑。曾经凡事都不在乎的苗玉桃，因为那个叫郑福运的男生，变成了另一个人。

这一切，当然瞒不过金惠珍，金惠珍为苗玉桃着急上火。可这时的苗玉桃却怎么也不听金惠珍的劝说。劝得急了，苗玉桃竟说金惠珍嫉妒自己，干脆就不理她了。

学校的老师，苗玉桃的家长，郑福运的家长，却不放过金惠珍。

今天，这个找她谈话。明天，那个找她了解情况。后天，另一个又求她帮忙做工作。那些日子，金惠珍想起学校和苗玉桃就头疼，一颗心整天在半空悬着，落不了地。金惠珍退学的心都有了。她想，我不上学了，看你们还拿这些破事来烦我！

"热恋"中的苗玉桃，对各方劝说、打压不仅油盐不进，竟然还变本加厉地在校园里挎着郑福运的胳膊，招摇过市，以此来对那些试图管束她的人示威。听说当时学校领导不是看在苗玉桃和郑福运学习成绩好的份上，早就把他俩给开了。

苗玉桃的父母，气得要跟她断绝关系。

距离高考只有一个月的时候，苗玉桃不知怎么突然从她的"热恋"梦中醒过来。匆忙把心思转到了学习上。可是当苗玉桃看到自己高考成绩的时候，彻底傻眼了。她的分数只能读个专科，为此，她妈还骂了她，说，哭，哭，就知道哭！当时谁的话也不听，谈恋爱，再谈呀，看看你到底谈来了啥！苗玉桃从床上爬起来，一把就把她妈推了出去，"咣"的一声关上了门。趴在床上，继续不管不顾地哭。

事情已经这样了，光这么不吃不喝地哭也不是办法。就像当初想阻止苗玉桃恋爱时一样，亲朋好友加上学校老师，又一拨拨地来到苗玉桃家：看你的同学，有多少人连专科都上不了，能考上专科，也不错；凭你的聪明、你的底子，实在不甘心的话，再复读一年也行；你基础好，到了学校，再专升本，还不是一样。

无论谁来劝，无论说什么，苗玉桃都理也不理，除去哭，还是哭。苗玉桃父母心疼又担心。能想的办法都想了，可一点作用也没起呀。苗玉桃父母想到了金惠珍。

面对苗玉桃妈妈，金惠珍摇了摇头，说："阿姨，我和苗玉桃，很久都不来往了。上回你们都让我劝，我劝了好多好多次，也没管啥用呀！"

"你就再劝劝她吧。算我求你了。她这么不吃不喝地哭，万一想不开，我可咋办呀？"苗玉桃妈妈哭起来。金惠珍的心软了，她默默跟在苗玉桃妈妈身后，去看苗玉桃。

金惠珍迈进苗玉桃房间的时候，苗玉桃在轻声哭。

金惠珍看了一眼床上的苗玉桃，正想着说点什么，转眼瞥见了桌上那把飘着淡淡粉色花朵的纸扇，扇面上画着一树盛开的杏花，粉嫩的花儿，红的娇艳如少女的粉唇，白的洁净似空中飘洒的雪花。

金惠珍的思绪飘回了高二暑假，学校组织高三学生提前返校，在学校小卖部柜台上，苗玉桃发现了那把折扇："你看，真漂亮呀！"她冲金惠珍调皮地做个鬼脸，唱道，"杏花，杏花我爱你！"

金惠珍出生在二月，生日花是杏花。出生在三月的苗玉桃，生日花是桃花。苗玉桃有时会噘起小嘴，对金惠珍说："你为啥不叫杏花呢？你叫杏花多好啊！这样咱俩更像亲姐妹了。"

她们买了两把扇子。盛开着桃花的那把，归了金惠珍。飘着杏花的这把，归了苗玉桃。

金惠珍看着那把扇子，眼睛有些涨。她走到床前，犹豫了一下，慢慢伸出手，在苗玉桃背上轻轻拍了拍，说："苗玉桃，起来，我们去报志愿吧。"

苗玉桃猛地翻身坐起，一下搂住金惠珍的腰，靠在金惠珍肩头，似乎用尽了全身的气力，把肚子里的泪水全倒了出来。

"金惠珍，记着，我欠你的。"

连续几天没吐一个字的苗玉桃，终于开口说了句话。

"啥欠不欠的呀？以后不许再说这话。"金惠珍说着，泪水涨满了眼眶。她怕苗玉桃看到，就弯下腰，重新把鞋带系了一遍。

"金惠珍，我听你的，这回，你说报哪，我就报哪。"

苗玉桃和金惠珍并肩走出了小屋。

苗玉桃的妈妈见闺女终于出门了，激动得不知说什么好，她拦住金惠珍，说："闺女，你要不嫌弃，就和苗玉桃做干姊妹吧！"

金惠珍笑着，轻轻点了点头。

金惠珍和苗玉桃商量着，报考了同一所护士学校的高护专业。

在班里一直前几名的郑福运，竟连专科都没考上。郑福运的父母想让他复读一年，但郑福运却突然不想上学了，想工作。不巧的是，工作的事还没定下来，郑福运父亲却犯了事。无路可走的郑福运，跑到外地打工去了。郑福运离开家不到一年，他的母亲突发急病，离开了人世。他父亲刑满后，面对那个面目全非的家，整个人像一只被捅了个窟窿的气球，时间不长，那口气就慢慢撒光了。

五

麦穗唱着歌，蹦蹦跳跳地往家跑，头上的两条羊角辫也随着脚步调皮地蹦跳起来。顽皮的小黑时而快跑几步，在离麦穗不远处坐下，静静地等着小主人。等麦穗跑过来，拍拍它的脑袋，小黑就站起来接着往前跑。时而又会跑到路边，东瞅瞅，西嗅嗅，见麦穗跑远了，它又快跑几步，跟在麦穗屁股后边，不紧不慢地走起"模特步"。"模特步"是麦穗怪小黑跑得慢时说的。只要麦穗调皮地冲小黑吼一声："小黑，又走模特步啊！"小黑听了，知道是小主人怪它走得慢了，就会先伸一下懒腰，然后再跑起来。

来到大门口，小黑在门前的柳树前坐下了。麦穗扭过头，示意小黑别出声。小黑明白了麦穗的意思，站起来冲麦穗摇了摇尾巴，然后静静地趴在了树下。麦穗探头朝院子里瞅瞅，奶奶一边择着菜，一边跟邻居家的小玉婶婶聊天。蹑手蹑脚地朝着奶奶走了过去。几步跳到奶奶跟前，伸手搂住奶奶肩膀。

"洗洗手，桌上有苹果，自己去拿。"奶奶扭着头看了一眼麦穗。

"我不嘛，奶奶拿。"麦穗对奶奶撒着娇。

"奶奶拿的苹果格外好吃呀？"奶奶反手拍了一下麦穗的屁股。

麦穗从奶奶背上跳下来，冲奶奶做了个鬼脸，又转回身，跑到树下摘花去了。"这闺女，越长大越调皮！"奶奶看着麦穗，满眼的笑。

"多好啊，又漂亮又聪明。"邻居家的小玉婶婶看着麦穗，把手放在隆起的肚子上，开心地笑起来，"大娘，你侄子说了，我要生个闺女，像麦穗就好了！"

麦穗手上举着个大苹果，跑到奶奶跟前。她把苹果送到奶奶嘴边，奶奶张嘴咬了一小口，夸张地说："嗬，真甜！"

麦穗咯咯笑着，在苹果上咬了一大口，学着奶奶的语气说："嗬，真甜！"

奶奶和小玉婶婶都被麦穗逗笑了。麦穗自己也笑起来。

麦穗一口苹果还没咽下去，突然想起了什么，她看着奶奶，有些怯怯地问："俺妈呢？俺妈干啥去了？"

奶奶把手上没择完的菜扔进脚边的柳条篮子里，伸出胳膊，想把麦穗拉进怀里。

麦穗猛地甩开奶奶的手，圆圆的大眼睛里瞬时蓄满了泪水，她一动不动地看着奶奶，没有嚼完的苹果就那么含在嘴里，两腮鼓鼓的。

婶婶走过来，想拉麦穗的手。麦穗不动，"麦穗乖，你妈妈几天就回来。"婶婶说。

"你妈给你买布娃娃，买很多很多好吃的。"奶奶柔声说。

"我不要布娃娃！不要好吃的！我要妈妈！"麦穗"哇"的一声哭起来。

奶奶把麦穗搂进怀里，轻拍着她的背。

终于，麦穗止住了哭声。

麦穗抬脸望着奶奶，说："奶奶，我想妈妈！爸爸都是大人了，也想妈妈吗？"

"你妈妈就是去看看你爸爸，看一眼，给你爸爸送点吃的、穿的，就回来。"奶奶说。

"爸爸那么大的人了，妈妈不去看他，爸爸也跑不丢啊。"麦穗噘着小嘴，满脸的委屈。

奶奶没说话，只是轻轻叹了口气。

"奶奶，你想爸爸吗？"麦穗又问。

奶奶无声地点了点头，把麦穗更紧地搂在了怀里。

小玉婶婶走过来，对麦穗说："麦穗，婶婶家刚买了好多小鸡仔，可好玩了，我带你去看呀！"

"真的吗？"麦穗小嘴往上翘了两下，圆圆的黑眼睛一下亮起来。

"当然是真的，婶婶带你去看，喜欢就捉几只回来养着。可好玩了！"婶婶说着，拉起麦穗的小手。领着麦穗朝门外走去。

每次金惠珍走后，麦穗都免不了要哭闹一场。有时，不多会儿就能把她哄好，就像今天。可有时，麦穗会不停地哭。以为把她哄好了，转身回头的工夫，她又想起妈妈来，就又开始哭。

在对待金惠珍去泉城这事上，麦穗奶奶心里也矛盾。金惠珍在泉城和苇子圈之间跑来跑去的，麦穗指不定哪一会儿就哭闹着找妈妈，她又不能阻止惠珍去。路上的花费，都是惠珍编花篮挣的。就是惠珍不挣钱，跟家里要钱去，她做婆婆的也不会不让她去呀。

当年强子爹推了独轮胶皮车子，装上满满一车豆子、麦子，推到河南的山里卖掉，再贩回一车地瓜干。有时一走就个把月。那种又是想念又是担心的滋味，她尝够了。现如今刚结婚的，小两口商量着一起去打工，逢年过节的也很少回来。有孩子的，把几个月大的孩子送回来就走了。钱是按时往家里寄，可孩子再见到他们，没有半点的亲近。惠珍没有把孩子扔给她就不回来。当娘的，也不想让儿子一个人在外头苦熬着。金惠珍每回从城里回来，她都先瞅瞅儿媳的肚子鼓没鼓。奶奶很疼爱麦穗，但这并不影响她想要个孙子。

金惠珍第一次带麦穗去泉城，工地上别的人抱，麦穗就咯咯地笑，蹬着两条胖乎乎的小腿不停地跳。可苗玉桃把她抱过来，麦穗看她一眼，再看一眼，嘴一撇，"哇"地哭起来。苗玉桃不死心，有时金惠珍牵着麦穗的两只小手让她学走路，苗玉桃从后面悄悄抱起麦穗。可谁知小丫头像是脑袋后边长了眼睛，还没等苗玉桃把她抱在怀里，就"哇哇"大哭起来。

苗玉桃轻轻戳着麦穗的额头，咬着牙说："你这个小妮儿，前世跟你老娘我有仇呀？"

苗玉桃经过"不懈努力"，麦穗终于慢慢接受了她。再见面时，不哭了。再到后来，会扭着头找来找去，嘴里含混不清地说着："娘，娘。"

有一回，苗玉桃跟金惠珍半真半假地说："把麦穗送给我吧。"

金惠珍就打她一下说："想孩子想疯了吧？你又不缺钱，又不缺男人，自己生一个多好！"

"哎，不是还没生出来嘛！实在等不及了，你就先把麦穗送给我，让我们娘俩亲热两年行不行？等你想要了，我准还给你。"苗玉桃说。

金惠珍给了苗玉桃一记白眼："做梦去吧你，想要孩子，自己生，少打歪主意！"

"哎，就是能生出来，怕也没咱麦穗漂亮可爱招人疼！"苗玉桃说着，抱起麦穗，不管不顾地亲。麦穗挣脱开苗玉桃的怀抱，咯咯咯笑着跑开。苗玉桃接着说，"你看贾建设那熊样，跟他，能生出啥漂亮孩子来？"

金惠珍听苗玉桃这么说，就不好往下接话了。她说："行，我做主了，就让麦穗做你干闺女。"

贾建设虽然体型有些矮胖，但也不是很难看，红光满面，精神焕发。听说，某个县城的房地产，几乎一半和他有关。

贾建设比苗玉桃大十几岁。因为阑尾炎手术，住在苗玉桃负责的病房。那么小的手术，贾建设竟然住了半个多月。苗玉桃等了两年，贾建设办完离婚，他们立马就结了婚。

苗玉桃跟金惠珍说，在认识她之前，贾建设是个对离婚抱有偏见的人。据说他谈生意时，对方不管什么原因离过婚，他都会认真考虑是否和对方合作。这样一个人，竟然也跟为他生了两个儿子的发妻离了婚。

金惠珍想骂苗玉桃：你这不是第三者吗？这不是小三吗？人家好好的家庭，有老婆有孩子，竟然被你给拆散了，你良心上过得去吗？

但看到苗玉桃幸福的样子，这几句话在金惠珍嘴边始终没吐出口。

通过几次接触，金惠珍觉得贾建设并不像那种说一套做一套的男人。于是她就想，也许他曾经的婚姻真的不合适，即使他没碰到苗玉桃，也会碰到别人；也许苗玉桃与他是真心相爱，只因为贾建设有钱，自己才想偏了。

贾建设看景志强为人实诚，在工地也混了几年，知道一些里面的门道，就让景志强到他的工地做了中层。

为此，金惠珍很感激苗玉桃。每次过去，金惠珍都多带些家乡的土特产，一份给景志强和他的工友们，一份给苗玉桃。她知道苗玉桃家有钱，啥都不缺。所以那次去泉城，金惠珍给苗玉桃做了一床棉被。棉花是金惠珍亲手种的，收花时，她把又白又胖的头茬棉花单独留出来。那床被子，她絮了整整一天，把每一个边边角角都絮匀。被里，是婆婆用红白两色细线织出的柳叶条。被面是滩里人最喜欢的，也是织起来最复杂的彩虹锦。这种被面从纺线开始就需要质量、技术和细心。质量是指纺线用的棉花，只有好棉花才能纺出好线来。但只有好棉花还不行，还必须技术好，要细心又有耐心，纺出的线才会又细又匀没断头。一床被面上，有一根线粗了或细了或有断头，这床被面就是次品。牵机的时候，必须一根线一根线地数着牵，数错一根都不行。织的时候，要一梭梭地数着织，多织一梭子或少织一梭子，这床被面也废了。巧手织出的彩虹锦，是艺术品。滩里的闺女，谁的嫁妆里能有一床彩虹锦被，是让很多闺女媳妇都眼热的事。金惠珍用了两床压箱底的缎子被面，外加两床柳叶条被里，才跟别人换来这床彩虹锦。

苗玉桃把脸紧贴在被子上，对金惠珍深情地说："姐姐，你是我亲姐姐！"

六

金惠珍刚到出站口，就看到戴着大墨镜、肩上挎了一只格子包的苗玉桃，正斜靠在出口处的栏杆上，朝她招手呢。

"真不够意思呀你！要不是我正巧打个电话，怕是从街上打个照面，我都得以为是认错人了呢！"苗玉桃伸开双臂，抱了一下金惠珍，"心里就只有你那个景志强呀，典型的重色轻友！"

"哪里呀，不是怕你忙吗？"金惠珍笑着，拍了拍苗玉桃的肩膀。

"哼，少来这套！"苗玉桃拉着金惠珍的胳膊，穿过出站口熙攘的人群，"在街上瞎逛荡，没想到把你给逛荡着了。"

金惠珍被苗玉桃逗得笑起来："看来，今天你是真不忙。"

"我有啥忙的，你说，我有啥忙的？我一不是白领、蓝领要忙着上班；二又没孩子要管、要看、要按时接送上下学啥的；我也不像你，要忙着管田里的地，忙着照顾咱麦穗，还要赶汽车、赶火车地忙着来会你那心上人。"苗玉桃挥舞着手臂，嘻嘻哈哈地说着，指尖上的银色指甲油，在阳光的照耀下，小星星一样晃眼。

"啥话到你嘴里就不一样！"金惠珍笑着，白了苗玉桃一眼。

苗玉桃搂住金惠珍的脖子，也学着金惠珍的样子，白了她一眼。

两个人小孩子一样，相互搂着，笑在了一起。

苗玉桃把手伸过来："又给你那个景志强带什么好吃的了，见见面，分一半。"

金惠珍打开布包往外掏，每样东西都是一大一小两份。

苗玉桃问也没问，就一股脑把那些小包装袋塞进包里。拿出一只鸭蛋，在仪表台上磕开，她翘着银亮亮的兰花指，慢慢把蛋皮剥开。金黄色的蛋黄油淌到手上，苗玉桃把手指放进嘴里吸着。

金惠珍看着苗玉桃的吃相，把一张芝麻烙饼递给苗玉桃笑着说："看你，淑女形象哪去了？"

"淑女算个屁呀！"苗玉桃边吃边说。

金惠珍愣了一下，苗玉桃真是变了！

高中时，宿舍有个叫小秋的女生，很喜欢说这个字。在表示不屑、表达不满，甚至在高兴的时候，这个字便会从她嘴里蹦出来。苗玉桃听到就皱眉。有时，她会悄悄背过身去。有时，甚至会走出宿舍。"女生家，张口闭口说这个，不嫌丢人！"苗玉桃不止一次这样说。金惠珍记得那回小秋又轻车熟路地吐出那个字，不巧的是小秋在说之前，好像正在跟苗玉桃聊着什么。这回苗玉桃烦了，跳起来，指着小秋的鼻子说，把刚才吐出来的字收回去！从哪蹦出来的，就让它回哪去！小秋愣在那里，她挠挠脑袋，不知自己到底哪里得罪了苗玉桃。苗玉桃见小秋愣着不说话，更气，她对着小秋大声喊，这里是宿舍，是女生宿舍，不是你家厕所！

在护校时，凡有男性标本的课，苗玉桃就往后缩。从小就爱跟老师提问题的苗玉桃，这种课上，从来不说一句话，不问一个字。有一次，苗玉桃甚至对金惠珍说，净上这种课，烦死人了。哎，早知道整天看这个，就不该报这学校。

为了苗玉桃这话，金惠珍自责了很久，毕竟当初报考护校是金惠珍建议的。

才几年工夫，见到男生就脸红的苗玉桃，竟然也能轻车熟路地大声说出她以往很反感的话了。

苗玉桃转脸看一眼金惠珍，说："你腌的咸鸭蛋，为什么有这么多油？超市里买的咸鸭蛋，要么是就硬硬的，没油。要么油多得不得了，蛋黄又红又亮。开始还觉得挺好，后来才知道，那些黑心商贩用了苏丹红！"苗玉桃转脸问金惠珍，"你腌的鸭蛋这么好吃，该不是也用苏丹红了吧？"

"用了，真用了。用苏丹红泡出来的呢！"金惠珍瞥一眼苗玉桃，笑着说。

"好，那我还得再吃一个。一个尝不出苏丹红的味儿来。"苗玉桃说着，又要去拿她的包。

金惠珍把苗玉桃的手挪开，放到方向盘上，说："回家再吃不行啊？你早晨没吃饭呀？"

苗玉桃擦着手，说："早晨吃啥饭？谁有时间吃早晨饭呀？"边说着，边发动了车子，"小姐姐，是等不及了吧？走，先回你的爱巢。我就知道，是想姐夫，想那事了呗？"

金惠珍的脸腾地一下红了，她抬手在苗玉桃胳膊上打了一下："讨厌，你是越来越坏了。"

苗玉桃挡回金惠珍的手，说："别别，我可开着车呢，我有点啥意外没人心疼。你万一有点啥，我可没法跟姐夫交代。"

金惠珍笑了笑，扭头看着苗玉桃，说："李江河来咱蒲桥了。"

"他去蒲桥干啥，参观？"

"是派驻咱蒲桥镇乡村振兴工作队的队长，负责咱们镇五个村庄的乡村振兴工作，苇子圈是其中一个。"

"呵，快十年了，他又回了蒲桥。"

"是啊。看得出来，他干劲挺大的。带来了好政策，也带来了专项扶持资金。我想跟景志强商量商量回家干。"

"他愿意回去？"

"那是他老家，早晚不得回去？等年纪大了再回，还不如趁年轻早点回呢。听李江河说，国家正大力实施黄河发展战略，对咱沿黄村子来说是多好的机遇啊。滩区迁建也在实施，不出一年，社区的楼房建好了，苇子圈就能搬到滩外了。"金惠珍眼前，是一幅新的图景，成片的蔬菜大棚，公园一样的沿黄河堤，跟城市小区一样的楼房。

苗玉桃没有再接金惠珍的话。车拐上大纬二路，不紧不慢地朝南驶去。

金惠珍眼睛望着窗外熟悉的一切，心中的温暖一波一波地漾上来，像涨潮的水一样。

路边的人行道边上，新摆了一溜荷花缸，缸里的荷叶，碧绿的叶片或伸展着，倒扣过来的帽子一样。或刚刚冒出来一个小尖尖，斜斜地立在杆子上，叶子从两边往中间卷着，正像诗中所说的"小荷才露尖尖角"。一缸缸蓬勃地生长着的荷叶，自窗外一闪而过，金惠珍心底的柔情升腾着，荷叶似乎滑过她的指尖，柔柔地绿到了她心里头。

金惠珍知道，泉城的市花就是荷花。她家房台下，有一个黄河发大水时冲出的大坑，马平原带领村里人把那个坑稍稍整理了一下，就变成了池塘。每年夏天荷花盛开的时候，站在房台上，老远就能看到荷叶的青翠，闻到荷花的清香。金惠珍家的鸭子，把池塘当成了家，早晨她刚打开大门，鸭子们就"嘎嘎嘎"叫着，排着队，摇摇摆摆地去往房台下的池塘。到了池塘边上，张开翅膀，欢快地唱着，争先恐后地扑进池塘之中。眨眼间，便从荷叶、荷花的缝隙里游进了池塘深处。到了晚上，那十几只鸭子，就像故意跟大人捣蛋的孩子,任金惠珍千呼万唤,就是不出来,直到金惠珍要生气了,才慢慢游出来,排着队,摇摇摆摆地跟着金惠珍回家。

街边的荷叶,自然无法与池塘里的相比,不论是大小、颜色还是长势,但金惠珍觉得亲切。她没想到,在城里的街上还能看到这么多碧绿清脆的荷。

那年夏天,金惠珍和苗玉桃去游大明湖。她见到了那个在书本上、电视里见过的湖。湖中各色荷花,比家乡池塘里的荷花艳了许多,也柔了许多。这样的荷花能结得出莲子吗?金惠珍问了苗玉桃。苗玉桃摇摇头说,谁知道呢,没注意过。金惠珍感到十分惊讶,说,这么有名的景点,你肯定来过不少次吧,那你不知道能不能结出莲子吗?苗玉桃就说,谁会注意这个呀?它爱结就结,不结就算呗,反正跟我也没啥关系。金惠珍看着苗玉桃心里直犯嘀咕,以往的苗玉桃,可是个细心人,堤上柳树什么时候冒出了第一片小芽芽,路边茅草啥时长出了第一根"姑姑荻",可都在苗玉桃心里呢!

"反正你家景志强在工地上呢,不到下班也回不去。咱去逛商店吧。"苗玉桃说。

"每次来不都逛吗?大观园、人民商场、银座、贵和,都逛多少遍了。"金惠珍说。

所有大商场,包括泺口服装批发市场,她们俩逛过不止一次。金惠珍像大多数女人一样,对逛街,是百逛不厌。可是,她想买的东西,苗玉桃往往看不上,觉得不够档次。而苗玉桃看上的东西,她又看不上。比如,几百块钱的一件吊带,金惠珍没觉得比自己十几块钱的好。几千块甚至上万块的一个钱包,也没觉得有多好。金惠珍平时不爱多带钱,看着钱包上的标价,她忍不住对苗玉桃说,这钱包丢了,是心疼包里的钱呢,还是心疼钱包呢?苗玉桃撇撇嘴,没说话。对待那些花花绿绿的商品,她们大多数时候意见不一致。而在上高中的时候,她们俩衣服都是商量着买,金惠珍看中的,苗玉桃肯定也看着好。而苗玉桃看中的，金惠珍也一样喜欢。那时，她俩常常穿相同款式、相同颜色的衣服去上学。也不怪同学们喊她们俩是连体双胞胎呢。

"女人逛街还有多呀？这逛街，可是个常逛常新的事。哎，万达广场、恒隆你都没去过，要不咱现在去逛。先逛哪个？"苗玉桃扭头看着金惠珍，等着她做决定。

"哪个都不想逛。还是先回家吧。"金惠珍说。

"好，好，听你的，回家，回你们的爱巢。早知道你归心似箭了。见不到人，先看看房子，心里也是幸福的，对吧？"苗玉桃问。

金惠珍笑着点了点头。心里，甜蜜的滋味慢慢扩展开来。

车子驶过八一立交桥，顺着英雄山路，一路南下。

"去爬英雄山吧？"苗玉桃说完，不等金惠珍回答，就学着小品里丫蛋的口吻说，"去吗？不去。去吗？不去。"

金惠珍被苗玉桃逗得大笑起来："你是丫蛋呀？"

"我刚刚吃过鸭蛋！"苗玉桃说完，竟对着窗外吹了一声口哨。

看得出，苗玉桃今天心情很好。

"托你办个事呀。"窗外，有位领着孩子的年轻女人一闪而过，金惠珍脑海里，闪出了刘芳和小雨的影子。

"啥事？说。"苗玉桃一只手扶着方向盘，腾出另一只手，扶了扶墨镜。

金惠珍把刘芳的事一一道来，她让苗玉桃帮忙留意着，有消息马上告诉她。

"哎呀，你可真爱多管闲事！这样的事多了去了。别说你，就是公安局，就是妇联，也管不过来呀！"苗玉桃轻轻摇了摇头。

"那娘俩太可怜了。那个小姑娘，你不知道有多招人疼。"

"你可真是，她自家的亲爹都不心疼了，你疼的啥？"苗玉桃嘴角往上一撇，轻轻笑了一下。

"她那个爹，真不是个东西！"金惠珍恨恨地说。

车子顺畅地拐上了南外环，沿着二环南路往东走。

到了，就要到了！金惠珍的心忍不住狂跳起来。景志强，我马上就到咱家了！金惠珍掏出手机，想给景志强打个电话，她知道景志强也一定在计算着她到达的时间呢。金惠珍打开通话记录，一条又一条地翻看着，心中的甜蜜，迅速蔓延，像有无数只裹了蜜糖的小蚂蚁，从她心里，朝着身体的各个方向飞快地爬动。金惠珍悄悄合上手机，她怕影响景志强工作。景志强现在是中层，可他有时也爬到几十米高的地方，去看工人们干活，或者自己动手，把一块块砖瓦砌在高高的楼房上。

七

对苇子圈走访摸底结束后，李江河召集村委会班子成员开了个会。他结合自己的调研和上级的政策，做了发言。

"我们目前的工作重点，首先是在抓好党建的同时，以到滩外建蔬菜大棚的形式，鼓励村民积极走出去。当前不管是政策、资金、技术还是销路，都没什么问题。《黄河流域生态保护和高质量发展规划纲要》已出台，这对我们沿黄村庄来说，是非常好的发展机遇，我们一定要抢抓。政府鼓励我们苇子圈村民到滩外发展，为此做了大量的工作，包括土地、水、电、路等基础设施，都已基本完善。目前政府对我们滩里村民到滩外建蔬菜大棚的扶持力度也是空前的。之前，我们村委会一班人，也做了很多努力，为滩里村民致富做了很多工作，但还不够。一条大堤隔着，滩里滩外的各项发展、思想等都有不少差距。我们滩里的村民借滩区迁建的机会，一旦提前走出去了，对我们的收入、以后的发展等都会有很大帮助。滩里村庄搬迁在即，我们走出去，在滩外有了自己的发展空间，也会极大地减少搬迁难度。目前村里以老年人为主的一部分村民，对迁出河滩有不少顾虑，也有些抵触。我们村两委成员，要带头到滩外发展。

"同时，重点抓好村容、村貌、村风建设。因为我们苇子圈即将搬迁，我们不宜再搞投资较大的建设，但也不能因为即将搬迁就不注重咱们的居住环境。咱们苇子圈特殊的地理位置，造就了与别处不一样的美。我想即使将来咱们迁出去了，咱们这个几辈人辛辛苦苦建起来的房台，如果与沿黄发展战略不冲突的话，我们可以考虑做出申请，把咱们的房台打造成一处独一无二的旅游景点。现在我们还住在这里，大概还要在这里住一年左右。我们每天住的地方如果脏乱差，是不是很影响大家的心情呀？我建议从明天开始，咱们组织人清理街道上那些常年不用的杂物，每天都把街道清扫干净。

"村风是需要我们下力气去抓的一件事。把村风搞好了，一切都会朝着好的方向发展。我建议在咱们苇子圈成立一个乡贤理事会，请乡贤理事会成员协助村两委工作。乡贤理事会的组成人员，一是可以自愿报名，二是我们挑选几位德高望重、明事理又热心的老人，请他们参与村庄的建设和管理。无论如何，咱们的目标是一致的，就是带领苇子圈的父老乡亲们走向富裕，让大家获得更多的幸福感，生活更美好。我的想法暂时就这些。我刚来不久，有些事可能看得不深不透。各位有什么好的意见和建议，请提出来。对我刚才的发言有什么意见，也请批评指正。"

"李江河队长提出的这几件事都挺好。"坐在李江河身边的马平原先发言，他把手里的烟掐灭，环视了一眼屋里的每一个人，"到滩外发展的事，之前我们也跟村民们聊过。祖祖辈辈在滩里待习惯了，每天爬上爬下的，也没人嫌烦。绝大多数人都不愿到滩外去，特别是老年人。年轻人对迁到滩外没啥意见，可他们大多到外地打工了，在家的基本没有年轻人，有一部分在家的，也不愿到滩外去。他们怕到滩外生活不习惯。"马平原重新点燃一根烟，"村容、村貌这事，以前我们开会也讲过几次。咱滩里不比城里，大家都习惯了把东西乱堆乱放，一时半会也不好改。成立乡贤理事会，我觉得这倒是个好事。不过就怕成立不起来。"

李江河接过马平原的话，接着说下去："马平原书记所提出的问题，都是现实存在的。凡事都有个过程，但我们不能因为这个过程中的麻烦，就停滞不前。我想咱们应该先鼓励有意向的村民到滩外建棚，让别的村民切实看到去滩外建棚带来的好处。咱滩里有的，滩外都有。咱滩里没有的，滩外也有。比如自来水，咱滩里就没有吧？再就是卫生习惯，如果我们宣传到位，抓得紧了，村民的自觉性就会提高，好习惯就会逐渐养成。另外成立乡贤理事会的事，也需要我们前期做好工作，这毕竟是件前所未有的事。如果做好了，怕是很多人争着抢着要参加呢。在村里，能成为乡贤理事会成员，也是一份荣誉。让有能力的老年人老有所为，让他们更好地获得认同感和成就感，也应该是他们所期待的。"

"到滩外建大棚，目前是有补贴，可咱个人也还是要拿一部分钱出来呀。政府如果全额补贴的话，兴许能有更多的人同意建。"村会计苏玉柱说。

听到这话，马平原有些生气地说："大棚建起来是你的，挣了钱也是你的。让政府全额补贴，你咋不说让政府替你建起来，替你把苗栽上，替你管理，再替你把菜运到市场上卖了，你只等着收钱呢！"

"苏会计说的这种大棚，还真有。国家是有全额补贴的公益大棚。那种大棚，个人没掏钱，部分管理者就缺少责任心，就种不好。这事，我是做过调查的。"李江河说。

"李队长，要不你帮我申请一个这样的棚，我保证……"

没等苏玉柱说完，马平原就打断了他的话："老苏，你要点脸行不？"

"我没偷没抢，咋就不要脸了？国家有这样的政策，凭啥我就不能享受？"苏玉柱涨红了脸，他冲马平原喊道，"反正没有全额，我不去！"

"不去拉倒！少了你这块肉，还不开席了！"马平原吼道，"有半点油水的事，也落不下你。需要带头的事，你像老鼠一样躲没影了。"

李江河先劝下马平原，众人又劝下苏玉柱。讨论才接着进行下去。

会议做了三项决定：

一、尽快召开全体村民会议，征求大家到滩外建蔬菜大棚的意见和建议。可以考虑到镇政府划出的那片土地上实地去开现场会，让村民对那片土地增加了解。再让村民们去蔬菜大棚里看看，跟菜农了解蔬菜的长势、管理和收入。此事由马平原具体负责。

二、尽快把乡贤理事会成立起来，开展工作。具体事宜由村文书老金负责。

三、对街道上随意堆积的柴草、乱砖头等杂物进行规范处理，限堆积物的主人十日内清理掉，确有困难的，村委派人帮忙处理。方案及实施由村会计苏玉柱负责。

"到滩外去开现场会，组织人怕就是个问题，估计他们嫌远。"村文书老金说。

"翻过大堤不就到了，能有多远？"李江河不解地问。

"论距离是不算远。可他们一听说要到大堤那边去，就觉得远了。"老金又说。

李江河把目光转向马平原。

马平原与李江河对视了一眼，把目光转向了别处。他掏出一根烟点上，用力吸了一口，转头对李江河说："我跟他们说。"

李江河点点头。他让来参会的一位乡村振兴工作队队员把会议决定打印出来一份，参会人员分别签了字。

李江河又跟大家聊了郑福运的问题。他征求大家的意见，看能找一个什么好办法，对郑福运进行救助，让他回归到正路上来。

听到"郑福运"三个字，马平原就气不打一处来。为了郑福运，他可没少挨乡镇领导的骂。之前，他也多次找郑福运谈过，用马平原的话说，郑福运就是"油盐不进""死猪不怕开水烫""撞了南墙也不回头"的人。对郑福运，他已无计可施。

"苇子圈出了这么个货，这两年咱星级村委会的评选大受影响，有这颗灾星蠹在这，咱工作做得再好，评选的时候咱苇子圈也上不了前头去。"马平原一脸的无奈与气恼。

"郑福运是咱苇子圈的村民，咱们不管谁管？他本人性格是一个方面，但咱们的工作是不是做到位了？嫌弃和愤怒解决不了问题。"李江河说。

"李江河不是我说你，你这话说得有点站着说话不腰疼了，不信你试试，看你能不能让这货变成人，变成一个正常人。"马平原说着，掏出手机，报出了一串号码，"这是那货的电话，不信你用咱办公室电话打一个试试，他要能接才怪。"

"是啊，郑福运以前不是这样。这两年咱村里没人拿正眼看他，见了他就像见了一摊狗屎，他咋能好好跟咱们说话？"苏玉柱说。

"老苏，哪里都有你！谁不知道郑福运是你表弟？你有本事咋不去说服他，让他跟你好好说话，让他跟个人一样呀！"马平原瞪着苏玉柱说。

"还不让人说话了。"苏玉柱低声说。

"哪个不让你说话？你说得还少啊！别当着上级领导的面把我说得跟多霸道似的。"马平原生气地站起来拍了下桌子。

"马平原，现在在开会！"李江河瞪了马平原一眼。

马平原有些不情愿地坐下了。

李江河拿起桌上的电话，摁下一串号码，铃声响了很久，果然没人接听。

李江河接连拨了几次,始终没人接听。

马平原掏出烟,点上,用力吸了一口。

"马平原,咱俩打个赌怎么样?"李江河望着马平原,说。

"打赌? 为啥?"马平原吐出一口烟,"为了那货?"

"为了你。"李江河直视着马平原。

"我咋了?"马平原一脸茫然。

"我赌你戒不了烟。"

"我也没说要跟你打这个赌。"

"你就是不敢。"

"李江河,别以为我怕你。 说,赌啥吧?"

"赌注小了你肯定不干。 这样吧,你如果三个月不摸烟,我徒手倒立,绕咱村委会走一圈。 怎么样?"

"好,一言为定!"马平原说着,当即掐灭了手里的烟。

"你戒不了呢,也一样徒手倒立走一圈。"

"李江河,从今天,开始练倒立吧。"马平原呵呵笑起来。

"徒手倒立的,还不一定是谁呢。"李江河也大声笑起来。

两只手,不约而同地拍在了一起。

八

景志强初到泉城时,在建筑工地做小工。 后来,凭着他的肯干和悟性,慢慢做到了泥瓦工,也就是人们常说的大工。 能从小工混到大工的人,实在是少之又少。 这之间,隔着一条看不见的沟。 正因为看不见,也就更难逾越。

景志强通过自己的努力,再加上运气,终于完成了由小工到大工的蜕变。 来到贾建设的建筑公司后,景志强更是升到了领班的位置,也算是个中层。

大多数时间，景志强跟工友们一样，爬上高高的脚手架，去砌砖、盖瓦。只是偶尔工地上要来什么人检查或有什么活动时，景志强才会同副总一起，各处检查一下地面上的工作。

景志强抬手看了看手表，他猜这个时间，金惠珍应该到"家"了。金惠珍每次来，都是下了火车再坐公交车过来。

苗玉桃怪惠珍不提前给她打电话。金惠珍说："我自己坐公交挺方便的，又敞亮又热闹，坐你的小车，闷得慌。"

苗玉桃撇撇嘴，说："切，河滩里敞亮，你跑这来干啥？"

金惠珍就笑着说："这里有你呀，想你了呗！"

苗玉桃再次撇撇嘴，说："哼，少跟我来这套！我又不是跟你'撞车'的王子。"

"跟你说过的，当时我真不认识他。"

苗玉桃说："怎么会不认识呢？有一回在路上遇到景志强和李江河，我跟你说过他，我说，你看二班那个男生，长得跟唱歌的那个江涛多像呀，很帅吧？你忘了？"

金惠珍茫然地摇摇头："我当时咋说的？"

金惠珍和景志强结婚后，她曾问过景志强，高中时是不是认识她。景志强说，报到第一天，他就认识惠珍了。

金惠珍不信，说景志强一定是故意这样说。

景志强说："全校哪有不认识你的！你长得漂亮，整天又和苗玉桃形影不离。当时你俩外号连体双胞胎嘛！苗玉桃那么高的知名度，连带着你的知名度也高上去了呗。"

金惠珍一直没问景志强，苗玉桃的所谓知名度，是指当初她跟郑福运恋爱的事吗？在那时，苗玉桃和郑福运的不顾一切，使他们成为校园里轰动又惹眼的一对儿。

金惠珍和景志强，相识于郑福运组织的一次游湖活动中。高考分数公布前的那段日子，每个人心里都七上八下的。像金惠珍、苗玉桃、景志强这样的农村孩子，家里总有一些农活需要他们去做，有事情做着，心里的焦躁自然少了些。郑福运的家在县城，父亲是化肥厂的副厂长，母亲在商场做财务。郑福运没有农活需要做，没有弟弟妹妹需要照顾，更没有鸡鸭猪羊需要喂养。那段日子，他大部分时间和苗玉桃腻在一起，有时为了热闹，就招呼上一帮同学一起出来玩。

那次游湖，金惠珍不知道是谁组织的，也不知道有哪些同学参加。那天她正莫名其妙地心烦，一个女同学打电话给她，说去澄波湖玩。到了集合的地方，金惠珍才知道，活动是郑福运组织的。来的都是他们那一级的同学，在澄波湖岸边的垂柳下，有十几个同学。

景志强来参加这个游湖活动，纯属偶然。那天，亲戚家孩子结婚，爹娘要去贺喜，他们要景志强一起去。但是景志强怕婚礼上被熟悉的、不熟悉的人询问成绩，就跟爹娘说学校有事。他骑了自行车，沿着河滩里的小路，漫无目的地瞎转悠。碰巧遇到邻村的一位同学，说要到澄波湖去游玩。景志强想也没想，就调转车头，随同学一起朝滩外奔去。

澄波湖是当地一处新开发的湿地公园，除碧水、游船、小岛、绿树、花草外，公园里最有特点也是最与众不同的，就数湖区里大小不同、形态各异的30多座桥了。到澄波湖游玩的人，如果不从那各式各样的桥上走一趟，算是白来。这帮少男少女们也不例外。

他们计划从南湖的南门开始步行，可郑福运非要骑自行车，他说各个桥间相连，骑车更快。等到游北湖时步行，北湖台阶高，不方便骑行。

男生们在前边呼喊着，拼了命地往前冲。苗玉桃坐在郑福运的山地车上，张开双臂，一头长发旗帜一样迎风飞扬。女生们笑着、吵着，用力蹬着车子。

车队走过了十几座桥，走到了那座离水面有十几米高的拱桥上，这也是南湖里最高的一座桥。身体强壮的几个男生，借着冲劲，骑到了高高的桥顶上。有几个女生也想骑上去，但没骑到三分之一，就骑不动了。这座桥，实在是太陡了，有好几个男生都没骑上去呢。

桥顶上的男生，夸张地喊叫着，骑着车子往下冲。有一个高个子男生，双手离开车把，张开双臂，做出飞翔的样子，吸引了男生女生们的目光。

后来，金惠珍知道了，那个高个子男生叫景志强。

景志强从桥顶上冲下来的姿势赚足了眼球和惊呼声，就连远处的游客也朝这边望过来。

车子如一只苍鹰，展开双翅，自高空猛地俯冲下来。

就在掌声响起的那一瞬，却发生了小意外。不知是大意，还是被震耳的欢呼吵得有些晕，就在自行车接近桥下平地的瞬间，车把不为人察觉地偏了一下，随着一声金属撞击声响，景志强的车子和停在桥边的一辆车子撞在一起。景志强摔出路面，趴在了桥边的草地上。被景志强撞倒的那辆车子，就是金惠珍的。

景志强只是胳膊擦破了皮。金惠珍的前车轱辘，却转不动了。

正是这次"撞车事件"，让金惠珍和景志强有了联系。

后来，金惠珍曾不止一次问景志强说："同学们都说，你平时一直很低调，那天，怎么会那么出风头呢？"

景志强说："还不是因为你！"

"才不信呢！那时候，我都不知道你是谁。"

"你可以不知道我是谁，但这不影响我知道你是谁呀！从开学报到那天，我就知道你是谁了。"

开始几次，金惠珍不太相信。景志强说的次数多了，金惠珍也就信了。

九

去滩外参加村民会议的有五十多人，按照一家至少一口人的要求，参加的人数不足总户数的三分之一。这还是马平原在村委会的大喇叭里反复动员好几次，对重点户又上门做工作，才组织起这些人。参会的人老的老小的小，青壮年并不多。村里的青壮年大多在外打工，有的全家都出去了，大门整年锁着，也难怪马平原组织不起来。

"行，就先这些人吧。"李江河对马平原说。

老人们去的并不情愿，他们抱怨误了农活，抱怨没人看家，抱怨费油费电。

马平原挥挥手，大声说："凡到镇上去看地又参加现场会的，每家补贴十块钱，作为来回路费。"

李江河愣了一下。之前马平原并没跟他说过路费的事啊！十块钱是不多，可五十多口人，算起来也要五百多块钱，这钱从哪里出？

李江河刚要问马平原。马平原像是知道了李江河要说啥。"你别管了。"马平原说着，挥挥手，上了车，带头冲下房台。

三轮车、摩托车、电动车、自行车，各种交通工具紧随着马平原下了房台，驶上滩里的路，朝黄河大堤奔去。

李江河一时失去了询问马平原的机会，这五百多块钱到底从哪里来呢？李江河心里，画下了一个小小的问号。

小孩子们兴奋得像遇到喜事一样，他们把自行车蹬得飞快。有个子矮的，够不到脚蹬子，就把一条腿从车梁下伸出去放在脚踏上，用"掏裆骑车法"向前驶去，不时超过骑着三轮车的爷爷奶奶们。坐在三轮车里的孩子，看着同伴超过自己，急得直想往下跳。河滩里，从未有过的热闹。

各种车辆、人员从滩里爬上大堤，转眼就到了大堤的另一面。

即将属于苇子圈村民的那片地出现在眼前。

那是一片方方正正的良田，在镇政府东边不远的地方。与这片土地相邻的，是一片蔬菜大棚区。放眼望去，一座座冬暖式蔬菜大棚齐整地排列着。棚顶上白色的无滴膜，在阳光下闪着白亮亮的光。

"咱们都知道，镇上给我们苇子圈划出来的这片地，是收集了附近几个村的闲散土地，然后进行整合转换，才有了这连成片的土地。镇政府当初为了收集这块地，做了大量的工作。"李江河指着面前这片平整的土地，对大家说。

"真是块好地！"成山叔弯腰从地上抓起一把湿润的泥土，握在手里反复捏着。

"地是好地，就是离咱家远了点。这地要是搁咱滩里，就好了。"

"年轻人也不在家，咱们这些老头老脑的，就是再好的地，也是有这个心，没这个力了。"

"可不是嘛，再好的吃食，咱也吃不动了。"

李江河一边听着村民的议论，一边慢慢往前走，他要带大家去蔬菜大棚里看看，顺便让大家跟大棚的主人聊聊种植和收入。"水和电都接过来了，等咱们的棚建起来，立马就能接进棚里。咱这地边上的路，也都提前硬化好了，将来咱们收了菜，也方便开车运出去。"李江河边走边跟村民们聊着。

"有个阴天下雨的，也不怕了。看这路，真平整。"

"水电接进棚里，也不用因为旱涝犯愁了。"

"将来咱们搬到社区楼上，过来种大棚也近。滩里的地，咱也还可以照样种着。"李江河说着，就朝前边不远处的蔬菜大棚走去。

远远地，他们看到了苇子圈的大力和小丽两口子，正在前边的一座大棚跟前站着。

大力和小丽是在等他们过来。马平原早晨就打电话跟他们说好了。

大力两口子两年前在滩里建起第一个冬暖式蔬菜大棚，种黄瓜。今年，他们又在滩外租了个大棚，还是种黄瓜。

在李江河和马平原的带领下，人们分三拨进入大力家大棚参观。

大力热情回答着乡亲们提出的各种问题。"咱都是种地出身，只要用心，不惜力气，就不会种不好。种大棚是累了点，可一点也不比在外头打工收入差。再说了，在外头打工，离开老婆孩子离开家的，也不是长久之计。黄瓜是个特能吃水的菜，每天都要浇一遍透水。喝饱了水，就长得飞快。晚上看还只有拇指粗细呢，到了早晨，就长够个了，就能摘了。你们说神不神？"

小丽则陪着没进棚的乡亲，回答他们提出的各种问题。"说不累是假，可累得值。大力说了，每天早晨送一车黄瓜出去，就能滚一只车轱辘回来。"小丽说着笑了，笑得很甜。"平时也闲不着，长出来的那些丝，要一根根掐下来，那东西耗养分。多余的黄瓜纽，也要掐下来，一条藤上就留下两三根。"

三拨人都到棚里看过了，出来的时候，他们都喊着"热"。棚里热，他们的眼也热。

"咱们也看得差不多了，大家有什么问题，随时可以问我，问马平原等村委的人都可以。大家回去后跟家里人商量商量，哪家有建大棚的意向，就跟马平原说一声，他负责给咱们申请补贴，联系免费的技术人员。"

李江河要到镇政府去开会，就在大棚跟前与众人告别。但他心中，却一直没忘掉那五百多块钱。

往回走的路上，不知大家是累了，还是心里有了心事，速度比出来时慢了许多。

到了村口的房台下，马平原按照出发时的许诺，以户为单位，把钱一一分给了参加现场会的人。

十

　　景志强前一天就拿来了夫妻房的钥匙，吃完饭，他过来把房间里里外外打扫了一遍。金惠珍爱干净，每回从老家过来看他，都把这间被她称作"家"的小房子收拾得干净又温馨。

　　"嗬，怪不得下班后窜得像兔子一样，原来是嫂子要来呀！"

　　景志强转过头，见是陆西明和几个平时关系比较好的工友。

　　陆西明和景志强是同乡，两个人一直在同一个工地上干，脾气也相投。金惠珍做了啥好吃的，也常请他们过来吃。麦穗来的时候，他们会给麦穗带一些小零食、小玩具。见了麦穗，那眼神，个个像见到自家闺女一样亲，争着抢着要抱麦穗。麦穗愿意让哪个叔叔抱，别的叔叔们眼睛都是红的。

　　"也不提前说一声，让我们哥几个先高兴高兴！"陆西明又说。

　　"又不是你老婆来，你高兴个啥？"

　　"就是嘛，陆西明是想老婆了吧？"

　　"想老婆？老婆长啥样姓甚名谁还没谱呢！"陆西明说着，拍拍景志强的肩，"和志强一样，我也想嫂子了呗！"

　　工友们起着哄，大声地笑。

　　"想偏了想偏了！我想嫂子，可不跟志强哥想嫂子是一个样的想呢。"

　　几个工友又起哄："快说说，这想还有啥区别？"

　　"这区别可大发了。"陆西明故作高深地翻了翻眼睛，说，"这景志强想嫂子呢，是想着吃嫂子。我想嫂子呢，是想着吃嫂子带来的好吃的呀！"

　　陆西明刚说完，工友们就热烈地鼓起掌来。

　　"陆西明啥时也这么有学问了。"

　　"就是，看这话整的，还挺有哲理的呢！"

陆西明说:"那是,咱是谁呀!"说着,把背在身后的手拿出来,在景志强面前亮了一下。

"让保安抓到,不罚你一个月工资才怪!"

"为了嫂子,咱不怕呀!再说了,咱是谁呀,能让保安抓住?"陆西明说着,把手里的月季花递给景志强。

景志强打开碗柜,找出一只盛辣酱的瓶子。一个工友抢过瓶子,跑到门口的水管上,很仔细地把瓶子洗干净。

那几支粉的、红的、白的长长短短的月季花,就被景志强插进了瓶中。

公司就这一间夫妻房。哪个工友家属来,要提前申请。金惠珍来之前,都会在电话里问景志强:"咱那小屋,有空吗?"每次,景志强都会对着电话那头的金惠珍说:"放心吧老婆,给你留着呢!"

金惠珍纳闷儿,那些工人,长年累月不回家,就不想自己的老婆、孩子吗?那些做妻子的,就不想自己的男人吗?做妻子的,就那么放心?

有一回苗玉桃带金惠珍到趵突泉公园里去看泉,走进万竹园,金惠珍看到那片碧绿的竹子,喜欢得不得了,就和苗玉桃在竹林旁边的石头上坐下来,一边看竹、听泉,一边随意地聊着天。聊着聊着,就聊到了这个话题。金惠珍把自己的想法说给苗玉桃。苗玉桃说:"你以为那些男人都像你家景志强,心里就只想着你呀?那些留守在家的女人,你以为她们不想老公、不担心老公出问题吗?她们上有老下有小的,想来,能来得了吗?"

"我不也上有老下有小的吗?现在交通这么方便,咋就不能来呢?"金惠珍不解地说。

"最主要的,不是交通问题。是她们这儿的问题。"苗玉桃说着,指了指自己的脑袋。

金惠珍有些不解地看着苗玉桃。

"村里的那些留守女人们,挺羡慕你吧?"苗玉桃问。

"才不呢!"金惠珍说,"开始她们都编排我,说我想男人,离了男人不能活。我想男人又咋了? 我想的是俺家景志强,又不是别人家的男人。 还有人说,有几个钱都抖洒到路上了,骂我是败家娘们。 我也抹过泪。 后来慢慢想明白了,我可不能听她们这套。 现在好多留守女人,除了带孩子,啥都不干,连地都不种了,就靠男人打工挣那点钱。 她们冬天晒太阳,夏天钻树荫,打扑克玩麻将,聊不完的东家长西家短,除了编排小姑小叔,就是交流整治公婆的经验。我把钱扔路上,我愿意。 钱是我自己挣来的,又不是扔男人的血汗钱。"

"嚄,分得还挺清楚呢! 找男人干啥,就是让他们挣钱来给你花的。"苗玉桃说。

"哼,才不呢。 我可不想让俺家景志强瞧不起。 在这件事上,我是有原则的。"金惠珍说。

"原则? 什么原则?"苗玉桃不解地看着金惠珍。

"我编花篮挣的钱,拿出三分之一,够来回车票了,我就来。 不够,我就接着干。 这就是我的原则。"金惠珍瞥了苗玉桃一眼,说。

苗玉桃愣了一下,轻轻地"哦"了一声,然后从脚下捡起一块小石头,一扬手,扔进了不远处的湖里。

"这样干,心里就感觉可幸福了。 你想呀,编好一只花篮,哪怕是编上一根柳条,离心中那个目标,就更近了一点儿。 你说,编的时候,心里能不幸福吗?"金惠珍说这话的时候,被太阳光照着的脸上,闪着红润的亮光。

苗玉桃笑了一下,说:"现在电视上正在搞一个调查,问题就是'你幸福吗?'调查到你,你怎么说?"

"幸福呀! 我很幸福! 你看,我虽然没多大能力,没多少钱,没多高的学历,也没有让人羡慕的工作。 可是,我尽我的能力,没有让麦穗成为留守孩子，没有把景志强一个人留在城里，让他一个人煎熬。你说是吧？"

金惠珍说这话时眼睛里闪动着的亮光，一下迷住了苗玉桃。苗玉桃就那么看着金惠珍，好久不动。

金惠珍望着微风中舒缓地舞动着碧绿叶片的竹子，说："我是花了钱，可这钱我花得值呀。就当是旅行了呗。别人旅行都是到一个陌生的地方，没有亲人，没有朋友，不知道吃啥，也不知道要住啥地方。可我不一样呀，我上了车，就离我最亲最近的人越来越近。到那里吃啥住啥，心里一清二楚，你说心里热热的，多安稳。"

"很多人，跟你想的不一样。"苗玉桃说，"正因为陌生，才更有吸引力。"

金惠珍轻轻摇了摇头。"每回过来，我都来得理直气壮。那些女人不编排我了，有几个还跟我学编花篮呢。开始编得不行，我就一遍遍帮她们修。你不知道，修一只编坏的花篮，比新编一只，要多费好多工夫呢。"

"你不嫌烦吗？"苗玉桃问。

"有烦的那时间，还不如跟她好好说说呢。唉，你是不知道，有的人，简直是油盐不进的主，你前头刚把她这个错误纠正，眨眼间，她就又犯。那时候，真想狠狠骂她们一顿。"

"你也有想骂人的时候呀？"苗玉桃说。

"你这话可太奇怪了。我也是人，我怎么就不能生气呢？你是不知道，我真要生起气来，八头牛也拉不回，不信哪天让你看看。"

苗玉桃听到这话，扑哧一声笑了出来。当时，苗玉桃确实不相信，跟金惠珍认识这么多年了，她还不了解金惠珍？

可是，当那件事发生以后，在某一天，苗玉桃突然想起金惠珍曾说过的这句话时，却再也笑不出来了。

十一

根据马平原的提议，村委成员开会商量后，有意由成山叔担任苇子圈村乡贤理事会的会长。

通过几次接触交谈，李江河也认为成山叔是最合适的人选。他决定找成山叔聊聊。

成山叔在村里是位受人敬重的老人，文化水平虽不是太高，但他说话做事从来都是有规有矩。不管遇到啥事，他都能以理服人。别人能吵起来、骂起来甚至动起拳头来的事，他都能轻松化解。邻居们有啥过不去的事，也都喜欢找他商量。

久而久之，村里人从他的言谈举止中也学到了不少东西。遇到有啥一时过不去的事了，只要有个人说一句："咱咋就不能跟成山叔学学呢，看人家！"刚刚还想吵闹的那个人，立马就耷拉脑袋，蔫了下来。

成山叔正在院子里编红柳筐。他的脚边，是一捆散开的红柳条。

红柳又叫红荆条，是黄河滩里特有的一种植物。

黄河通往滩外的一条河岔，从房台边走过，穿过大堤，就走到了滩外。河岔的出口处，有一道高高的闸门，把黄河水闸在了河道里。闸边的那一段，有一个好听的名字，叫青草河。河面不是很宽，常年有河水唱着歌儿快乐地流淌。

夏天，青草河是孩子们的游泳场，村里孩子们的游泳课，都是完成于青草河的微波中。

冬天，河里结了冰，河面又成了孩子们的溜冰场。青草河不宽的冰面上，承载了孩子们数不清的足迹，道不尽的欢歌笑语。

春天，红的、黄的、白的、紫的，各种颜色、各个形状的花儿，开满了青草河两岸。花儿们在蓬勃生长着的青草间，或骄傲地昂着头，或有些羞怯地躲藏在青草叶子的下面，透过草叶的缝隙，有些好奇又有些胆怯地悄悄张望着外面这个多彩的世界。间或，会有一个或几个孩子跑过来蹲下，或惊喜或温柔地与其对视，窃窃私语。那朵有些胆怯的花儿，获得了温暖、鼓励和滋养，微笑着，仰起头，缓缓地、坚决地努力往上伸展着腰肢。终于，它的笑脸从青草丛中露了出来。它自信地扬起头，迎着太阳，迎着孩子们欣喜的目光。

秋季的青草河边，更多了些收获的喜悦。苇絮长长的穗子，在风中悠然舞蹈，低吟浅唱。蒲棒上大大小小的棒槌，骄傲地昂首挺立，如一个个等待检阅的士兵。

河边拐弯处，有一片平缓的沙滩。沙滩有半个篮球场那么大。滩上的沙子也不细。其实，那真算不上沙滩。但在那片小小的滩里，却蓬勃地生长着一种植物——红柳。这是一种耐贫瘠又耐盐碱的植物，从没有人专门为它松过土，浇过水，更没人为它施过肥。但一年又一年，青草河边的这一片红柳丛，却一直顽强地生长着，抽枝散叶。到了秋季，甚至还开出了一串串浅紫色迷人的花儿。阳光下，那些米粒一样的紫色花儿，闪着明亮温暖的光。三五成群的孩子在河边玩，不时地，就会有孩子跑到红柳丛跟前，仰起小脸，对着那一串串紫色的花儿看一会儿。或把脸凑过去，用力吸几下鼻子，嗅嗅那些花的味道。或与那一串串"米粒儿"对视一会儿，看它们今天跟昨天有什么不同。

从秋末到冬初，是人们到河边来收割红柳的日子。哪家缺少一只筐篮了，哪家要给孩子编个鸟笼子了，哪家男人要送自家女人一个盛放针头线脑的新笸箩了，他们自然就会想到河边的那片红柳林。

他们按照自己新编物件所需柳条的量，把柳条割回家。不够了，再到河边去割几根。万一剩下了，谁家需要的时候，就送过去。

村里所有人都是河边的那片红柳林的主人。

青草河边生长着的红柳，只供村里人自己使用。谁也不知道到底是从何年何月开始，这个不成文的规矩，就一直在这个小村里延续着。没有人专门提到这件事，也没人把这事当成一件大事。但人们都自觉、认真地遵守着。在他们看来，这件事就像到了晚上要睡觉、早晨要起床一样自然。

红柳成熟的季节，人们并没有一窝蜂地抢着到河边去收割。前一年家里新添置了筐篮的人家，会先依着没添置物件的人家去收割。每个人的心里，会自动排一个顺序。直到初冬，需要的人家新编的筐篮已经用上了。这时，如果河滩里还有剩余的红柳，对旧筐篮可换可不换的人家，才会把河滩里剩下不多的那些红柳收割回来，编成自己需要的物件。

没有人多收割红柳。但他们也不允许那些红柳浪费了，虽然不是啥值钱的东西。有些地方的人家，都是割了红柳来当柴烧的。但苇子圈的人，从来都是让红柳变成一件件环保又耐用的物品。

许是青草河边的红柳也知道自己在村里人心中的分量吧，它们努力地生长着。青草河边的红柳丛，与别处的红柳长得确实不一样。每一根枝条，又长又韧，还特别顺滑。到了秋季，夕阳下的红柳林，周身散发着迷人的红光，远远望去，火一样，如一簇盛开的花。

李江河坐在成山叔对面，看着他一双粗壮的大手在灵巧地上下翻飞。

"成山叔，咱村里想成立乡贤理事会的事，您也知道了，您老要多支持呀！"李江河一边把散乱的红柳条理顺，一边跟成山叔聊着。

"这是好事，咱咋能不支持！你们这个乡村振兴工作队，给咱村里办的，可都是好事实事啊！"成山叔说。

"叔，我和马平原他们商量过了，想请您出山，担任咱们乡贤理事会的会长，咱理事会跟村委会，带领着咱村里人，在共同致富的路上更顺畅地往前走。"

"成立乡贤理事会这事俺赞成。这是大好事。这两年，村里有些歪风邪气，光靠平原他们管不过来，也不好管。俺们这些上了年纪的老家伙，说话也还有几个人听。有时候也不一定真愿意听，面上还是听的。"成山叔苦笑了一下，"面上听也行，听得多了，也许就听进去了呢。"成山叔停下手里的活计，他看着李江河说，"这会长的事俺是不能应。你跟平原商量商量，还是另找别人吧。村里有啥需要俺办的事，俺指定不说二话。可当会长，不成。"成山叔摇了摇头。

"叔，您就别谦让了，我都听说了，村里有啥婚丧嫁娶的大事，可都是请您张罗呢。哪家有个矛盾啥的，也都来找您帮着调解。您的话，大家觉得有理，也都愿意听。这乡贤理事会的会长，非您莫属。"李江河说。

"不是谦让，俺真是干不了。俺这一大把年纪了，脑筋也老了。这会长的事，还是让年轻点的人干吧。"成山叔连连摆着手，很坚决的样子。

"这个事，年轻人可不够格。您年纪大，在村里说话有分量。您办事公道，在咱村里威信高。我也听说了，您自年轻的时候就是大家的主心骨。以往咱滩里的秧歌队，都是跟着您这把头伞，跑遍了咱整个蒲桥镇的大小村庄，还跑到了省外参加了全国的秧歌节。"李江河对成山叔说。

"都是老黄历了。"成山叔摆摆手，"乡里乡亲的，谁家还没个勺子碰锅沿的事呀。说说这边，再劝劝那边，事就平了。不干这个会长，哪个找到门上来了，咱能不管？人家来找咱，是瞧得起咱。事该干还是照样干，这会长，还是让别人当吧。"李江河跟成山叔聊了半天，可成山叔到底也没答应任乡贤理事会会长的事。

李江河见成山叔态度坚决，也就不再坚持。他又跟成山叔聊了滩区迁建和建蔬菜大棚的事，成山叔表示都是好事，他都很支持。并说等金惠珍和景志强商量了，他也想在滩外建个大棚。

李江河问成山叔："到滩外发展的条件基本成熟，叔，您觉得咱滩里人不愿搬到滩外去，主要是为啥呢？"

成山叔想了想，说："依俺看，故土难离，这是主要的。祖祖辈辈在这滩里生活这么多年了。说实在的，咱滩里是不如滩外生活方便，可是人就怕习惯，习惯了就啥都不觉得了。滩里人脑筋不如滩外人活泛，有时总爱认个死理。"

"搬到滩外，也是咱滩里人将来的发展方向。一条大堤隔着，影响了咱滩里的发展。政府想办法给咱腾出那块地，就是想让咱滩里人先适应一下滩外的环境。也让咱滩里人多增加些收入。"李江河说。

"这是好事啊。"成山叔停下手中的编织，抬头看一眼李江河，"江河啊，有个事，俺一直想跟你和平原说。"

"您说。"李江河认真地看着成山叔。

"别说叔是老脑筋老想法。咱滩区搬迁，活人死人都得搬。"

"活人死人都得搬？"李江河有些不解地看着成山叔。

"是啊。搬人先搬坟。把祖先搬出去安下了，活人才能搬出去。"

"哦，我知道了，叔。"李江河点点头，终于明白了成山叔的意思。

"迁坟的难度，不比活人搬出滩里难度小。你对农村了解少，平原也年轻，可能也没想到这一层。"

"谢谢叔提醒。一会儿回去我就找平原商量一下，看怎么解决。"

李江河从成山叔家出来之后，心情有些沉重。

成山叔不同意任乡贤理事会的会长，成立乡贤理事会的事，该如何进行下去呢？

以往只想着把滩里人吸引到滩外发展，却没想到祖坟搬迁这事。

"迁坟的难度，不比活人搬出滩里难度小。"成山叔的话在李江河耳边响起。 这是一件大事。 接下来，该怎么办呢？

十二

苗玉桃把车停在板房门前。 金惠珍朝着不远处的脚手架望过去。 景志强也许正在某个脚手架上，看到了苗玉桃的车子，看到了自己呢！ 金惠珍眯起眼睛，朝着那排脚手架笑了，她脸上浮起一层淡淡的红晕。

"嘀，看你家景志强，越来越浪漫了，连鲜花都备好了。 房子也打扫得这么干净，就剩下睡觉了。"

金惠珍不好意思地笑着，白了苗玉桃一眼。

"又不是小女孩了，还红什么脸呀？ 两口子，不就那点事吗？"苗玉桃撇了撇嘴说。

金惠珍的脸更红了，她说："就能光是那点事呀？ 才不是呢！"

"不是？ 不是你大老远跑来做啥？ 有啥不承认的，嘴硬罢了！"

"才不呢！ 有的时候吧，确实是因为想那事。 可是大多数时候，就是想见到他，看着他，跟他说说话。"金惠珍又说，"挤车有啥累的？ 上了车，心里就满满的、暖暖的，说不出的感觉，反正，反正是挺幸福的！"

"那是因为坐上车，就能见到景志强，你们两口子，就能做那事了呗！ 这谁还不知道呀！"苗玉桃坐在床沿上，架起二郎腿，又细又高的高跟鞋挂在脚尖上。 苗玉桃既不把鞋子脱下来，也不穿上，就那么任它在脚尖上挂着，随着腿的摆动不停地动着。

"才不是呢！"金惠珍说，"从这里回去的时候，一上了火车，心里也是这种感觉呀！"

苗玉桃有些茫然地看着金惠珍，眼睛里有光亮了一下，却又瞬间熄灭了。

金惠珍想，苗玉桃跟贾建设在一起几年了，也没有一个孩子，当然不会有她这样的感觉：好多人都说坐火车是件辛苦的事，才不是呢！你要去的那个地方，有你的亲人、你的期望，火车前进一站，你心中的幸福和甜蜜就离你更近一些，心里装着这幸福和甜蜜，咋会觉得辛苦呢？

在工地上做饭的陈萍，提了一壶刚烧开的热水送过来。她目光在小屋里扫了一圈，啧啧称赞着景志强的周到、细心、体贴。

陈萍是个能吃苦的女人，饭做得好，也热心，可就是不识方向，一个人不敢出门。刚来时，她到工地附近的小卖店去买卫生纸，竟然怎么也回不到住的地方了。碰巧遇到出门买烟的电工老武，才把她带回来。

这么能干的一个女人，去买包卫生纸，怎么就会转不回来呢？

"走吧，出去吃饭。反正景志强现在也不能回来陪你。到了这里，夜里呢，你归你的景志强。白天呢，你就归我了。"苗玉桃把半挂在脚尖上的高跟鞋穿上，拽起金惠珍，就要往外走。

金惠珍笑着甩开苗玉桃："得了吧你，我是个人，又不是你俩的啥物件。"

"你这人，啥都好，就是爱咬文嚼字，多亏我不跟你计较。"苗玉桃娇嗔道。

"好好好，我错了，跟你道歉。"金惠珍搂住苗玉桃的肩，两个人又笑闹成一团。

"等下次回去，请你到我的蔬菜大棚玩，请你吃我种的无公害富硒黄瓜。李江河说了，等苇子圈都搬到社区的楼上，滩里的地也要复耕。到那时，滩里的地用来种粮，滩外的大棚用来种菜，多好！"金惠珍的眼睛亮亮的，闪着星星一样的光。

"你的大棚，你种的黄瓜？八字还没一撇呢，典型的空头支票。"苗玉桃撇撇嘴说。

"要想建，那还不快！地有了，水、电、路也有了。李江河他们乡村振兴工作队帮忙协调采购建大棚的物资，帮忙申请政府补贴，帮忙聘请免费的技术员。只要自己想建，就不是件难事儿！大棚建起来了，黄瓜不也就很快长出来了。"金惠珍眸子里的星星更亮了。

"金惠珍我可警告你，别一天到晚把那个李江河挂在嘴边上，当年，李江河可是暗恋过你的。"苗玉桃看着金惠珍，满脸认真。

"真能瞎扯！我都不知道同学里有李江河这个人。那回咱带麦穗去玩，多亏你提醒。要不然多尴尬！"

那是去年秋天，金惠珍和苗玉桃带麦穗去游乐场玩，一个男人笑着朝她们走过来。

"金惠珍！这么巧！"男人微笑着说。

金惠珍抬起头，茫然地望着面前的男人，脑袋有些蒙。

"金惠珍，不认识我了？"男人继续微笑着问。

金惠珍再仔细看一眼面前这个长得高大结实的男人，她觉得似曾相识。可到底是在哪里见过呢？她努力在记忆中搜寻着，却没有结果。金惠珍冲问话的人尴尬地笑了笑，轻轻摇了摇头："看着面熟，可……"

"我变化有那么大吗？我是李江河啊。"李江河朗声说道。

"李江河？"金惠珍还是有些蒙，她把求助的目光投向苗玉桃。

苗玉桃早笑弯了腰，边笑边说："二班的李江河啊，跟景志强是同班同学。"

"哦，对不起对不起，看我这脑子！"金惠珍窘得脸红起来，忙不停地道歉。

麦穗跑过来，黑亮的大眼睛看着李江河，脸上没有一点见到陌生人时的胆怯。

李江河一眼就看出，女孩是景志强和金惠珍的女儿。棱角分明的嘴巴，多像景志强呀。又黑又亮的大眼睛，小巧的鼻子，像极了金惠珍。 在女孩身上,他看到了两个同学的影子。

李江河弯下腰,轻拍拍女孩的小脑袋,柔声问:"你叫什么名字呀?"

"麦穗。"女孩歪了歪小脑袋,大声说道。

躲在李江河身后的女孩,探出半个小脑袋,怯怯地张望着,却不说话。

麦穗伸出手,想拉住小女孩的手。 女孩一下把手背在了身后,身子也躲在了李江河背后。

"你女儿吗?"金惠珍目光看向小女孩,柔声说,"你叫什么名字呀? 跟麦穗一起玩好不好?"

女孩不说话,把脸贴在了李江河背上。

"甜橙,跟麦穗去玩好不好?"李江河试图把甜橙拉到身前,但没能如愿。

"小孩子,认生呢,一会儿就好了。"金惠珍说着,轻轻推了一下麦穗的后背,示意她去找甜橙。 麦穗稍稍犹豫了一下,跑到了李江河身后。

"甜橙,给你。"麦穗一只手搂住甜橙的肩,另一只手上,是一只小巧的柳条篮儿,篮子里,有两朵小黄花,是麦穗在路边采的野花。

后来,在麦穗的一再坚持下,甜橙终于从爸爸身后慢慢走出来。 两个小朋友手拉手跑到一边去玩了。

到了该回家的时候,麦穗和甜橙都吵着不回。

麦穗把小篮子给了甜橙。 甜橙从口袋里掏出两颗晶莹的石头,给了麦穗。

"有一回几个同学聚会,李江河坐我旁边,聊到你,他连你上学时穿什么衣服、梳什么发型都记得一清二楚。 你说,这说明什么?" 苗玉桃意味深长地看着金惠珍。

金惠珍微转一下头,避开了苗玉桃的目光:"说明啥,说明李江河记性好呗。"金惠珍被突然跳出来的理由撞了一下,她笑起来,"不过,李江河确实挺能干的,思路也新。"

"看看,这就先欣赏上了吧。"苗玉桃盯着金惠珍的眼睛,脸上一副不依不饶的样子。

"你想哪去了,人家是正经为滩里人办事。麦穗爷爷也夸他肯干、有想法,事事都替咱滩里人着想呢。"金惠珍站起身,"我去买点菜,咱俩在这吃。"

"这里有啥好吃的?"苗玉桃也站了起来,"反正白天我那姐夫在工地上忙着呢,你一个人在这待个啥劲?走吧,想去哪说个地方,今天我就是你的'陪客'了。"苗玉桃嘻嘻哈哈地说着。

"今天就不麻烦你这位陪客了,反正我三两天也不走,有的是让你陪的时候。"金惠珍说着,轻轻推开了苗玉桃的手,"该忙啥忙啥去,我啥时想出去吃喝玩,一准找你,行吧?"

"好吧好吧,守着你的新房做你的恩爱梦吧。不打扰你了。撤了!"

门前的路坑坑洼洼,苗玉桃踩高跷一样寻找着平衡,左摇右晃风摆杨柳一样往车上走着。

"这路这么难走,下回过来,可别穿这么高的鞋了。"金惠珍对苗玉桃说。

苗玉桃回头对金惠珍做了个鬼脸,发动了车子。

"你这个妹子,真是热心肠!"陈萍择着菜,对金惠珍说。

"是啊,亲妹妹一样呢。"金惠珍笑了笑,心里暖暖的。

夫妻房里的每一处,都留着金惠珍和景志强的影子。并排站在门口的他们,一起吃饭的他们,躺在床上的他们……金惠珍像喝了一杯酒,心底一股热浪涌上来。

把房间重新收拾一遍,金惠珍去帮陈萍择菜。

陈萍也对金惠珍说过:"你整天来来回回地这么辛苦,不如住下别走了,正好我也缺个帮手。"

金惠珍笑着对陈萍摇摇头,说:"闺女在家等着呢!"

"闺女也不是吃奶的小娃娃,爷爷奶奶管她吃住,等学校放假你再带她来,不是挺好吗?"

"小孩子可不是只管吃饱了、有地方住那么简单。把闺女一个人留在家里,我哪能放心呀?"金惠珍说着,似乎看到麦穗蹦跳着朝她跑过来,小鸟一样扑进她的怀抱。搂着女儿,轻吻着她粉嫩的小脸、柔软的头发,惠珍心醉了。

"不放心?爷爷奶奶能不疼孩子?指不定比你更疼呢!"陈萍说。

"爷爷奶奶的疼爱,可替不了当妈的疼。"金惠珍望着不远处一株哗啦啦拍打着叶片的白杨。金惠珍的心狠狠地动了一下,一汪暖暖柔柔的春水,慢慢涨上来,心一下被填得满满的,"任谁也代替不了妈妈的疼。不一样的,真的不一样。"

"你们文化人,想法就是多。小孩子家,有人管吃管穿管住,有人知冷知暖,还不够吗?她还要啥?还想要啥?"陈萍把手里的菜扔进洗菜盆说。

收工的哨音悦耳地响起。金惠珍站起来,瞪大眼睛望过去,一群手拿安全帽的男人,三三两两地朝这边走过来。这些日子不见,景志强是胖了还是瘦了,变黑了吗?

金惠珍看到,走在前边的那几个男人挥舞着手里的安全帽,朝这边跑过来。近了,她看清楚了,景志强跑在最前边。

金惠珍的心"咚咚咚"狂跳起来,脸也热起来。她想迎着景志强走过去,想挥挥手臂,跟景志强和他的那些朋友们打个招呼。可是,金惠珍什么也没做,红着脸微笑了一下,她转身迈进了那间夫妻房。

几乎是在房门被推开的同时,景志强张开铁钳子一样的双臂,把迎上来的金惠珍紧紧搂在了怀里。

门外,是工友们敲着安全帽和饭碗制造出的一片热闹的起哄声和喊叫声。

在这热烈的合奏声中,景志强一下把金惠珍抱起来,顺势用脚关上门,只一步,就迈到了床跟前。

景志强弯下腰,把金惠珍丢到了平展的大床上。穿着淡绿色上衣的金惠珍,在景志强热切地注视着的目光里,花儿一样,幸福地绽放。

十三

金惠珍和景志强照例请工友们一起来吃个饭。陆西明他们提着从食品店买来的啤酒、烧鸡、煮花生,吵吵嚷嚷地走来。房子里坐不开,他们就来到门前的空地上,在摞起的砖头上放块木板,就是桌子。搬来自制的小凳,或随手拎块砖头垫在屁股底下。他们大口地喝着酒、吃着菜,大声地说着、笑着。

景志强大口咬着黄瓜:"嗯,真鲜!真香!真好吃!"

陆西明也拿起一根黄瓜,边吃边啧啧称赞着,"嗯,家乡的味道,就是不一样!"

"当然了,咱家乡的黄瓜,可是有注册商标的呢!"金惠珍自豪地说。

"这黄瓜也能注册商标?"大家边吃,边七嘴八舌地问。

"那是自然啊!"金惠珍嘴角往上一翘,脸上的笑容花儿一样绽放。"这两年咱那里建了那么多蔬菜大棚,你们回家时没看到?咱那的黄瓜,连东北……嗐,这么说吧,每天不知道有多少辆来自全国各地的大货车,到咱镇上的批发市场来运黄瓜。咱那里的黄瓜可有名了,'曲堤'牌商标,你们没听说过?"

好几个人看着金惠珍,摇了摇头。

金惠珍有些失望。在全国都有名气的"曲堤牌"黄瓜，他们竟然不知道？这是家乡的特产呀，怎么对家乡的事情会一无所知呢？

"都是中国驰名商标了呀！回家的时候没听说？没看到那么多外地的车到批发市场上去？"金惠珍有些不甘心地问。

他们还是摇了摇头。

"没太注意。"

"好像没听说。"

"只知道咱家乡黄瓜好吃。这名牌不名牌的，还真不太知道。回家就那么几天，正事还忙不过来呢，哪有时间关心这事啊？"

"听说省城的大超市里，多半的黄瓜是咱那里的。"金惠珍又说。

"大超市的东西那么贵，咱也不去逛，更不知道了。"

"可不吧。"

几个人附和着。金惠珍心里有点郁闷、失落，但她没表现出来。她听他们谈手机的牌子，聊某个明星的绯闻，都讲得头头是道，对自己家乡的品牌，咋就不知道呢？金惠珍感觉到了，她满怀自豪地说起家乡的黄瓜时，桌边这几个从黄河岸边走出来的人，也是一副似听非听的样子，金惠珍心中的失落，更深了一层。

酒桌上的气氛越来越热烈。空酒瓶被横七竖八地扔在地上，有几个人喝多了，不知是谁先哭起来。紧接着，板房前的空地上，哭声响成一片，决堤的洪水一样。

喝多了的陆西明，边号啕着，边含混不清地唱了起来：

梦里，

我的家乡，

我年迈的爹娘，

我想念的老婆和我的小儿郎。

醒来，

遥望家的方向，

泪两行。

我的苦，我的泪，我的梦，

我的亲人，我的爱人，我的故乡——

更多的人加入进来，大声唱着，一遍又一遍。夹杂着哭音和抽泣声的歌唱，在二环南路的空地上，久久不散。

金惠珍躺在床上，无法入睡。那些五音不全、丢腔跑调的歌声，强烈地冲撞着她的耳膜。她突然有些想家，想麦穗了。

景志强也没有睡着。以往金惠珍来看他的时候，工友们也过来聚，可从没出现过这样的局面。今天，是咋了呢？

月亮挂在夫妻房砖头般大小的窗户上，时而亮一下面孔，时而又跟谁赌气一样，把脸藏进了云里。

金惠珍依偎在景志强胸前，轻轻叹了口气。眼前突然一亮，是穿着粉色毛衣鹅黄色格子裤的麦穗。麦穗张着胖乎乎的小手，摇摇摆摆地跑过来。她张开双臂，迎接着扑过来的女儿；麦穗噘着小嘴，大眼睛里的泪珠儿骨碌骨碌滚下来；麦穗穿上新裙子，旋转着，唱着歌，跳起了舞；麦穗趴在奶奶怀里，哭着说，妈妈走了，妈妈不要我了，妈妈什么时候回来呀；麦穗站在屋后房台上，含泪朝着大堤的方向，眼巴巴地望着。末班车在大堤上停下，麦穗眼睛亮了一下。有两个人朝着房台走来，麦穗跑下房台，迎了过去，近了，更近了。麦穗突然停住了脚步。那两个滩里人带了大包小包的行囊，从麦穗的身边走过。麦穗瘦小的身子，慢慢蹲在地上，哭了起来……

金惠珍猛地惊起。

景志强惊了一下，也坐起来，搂住金惠珍的肩，轻声问："咋了？"

金惠珍把头抵在景志强肩上，带着哭音说："我梦见麦穗了，她在哭。"

"睡吧，不早了。赶明，往家打个电话。"景志强说话的声音有些迟缓了。

金惠珍把到了嘴边的话硬咽了下去。她闭上眼睛，曾经的一切，从心底咕嘟咕嘟地往外冒，像趵突泉里喷涌着的三股水一样，摁也摁不住。

麦穗哭着说，你只想着爸爸，你不爱我！

傻孩子，妈妈咋会不爱你呢？妈妈也是无奈呀！金惠珍叹了口气，眼前依然是麦穗的影子。

把熟睡中的麦穗锁在家里，天不亮惠珍就和公婆一起去河滩里收麦子。把收割完的麦子装上车往家里拉，车子到了房台跟前，怎么也爬不上去。她在前边拉，公婆在后边推。好不容易爬到半坡上，不知怎么，却又一下滑到了房台底下。车上的麦子散了一地，把在后边推车的婆婆埋在了麦子垛下……

麦穗高烧，她带着麦穗，连夜冒雨去镇上的医院。公婆不放心，也跟着一起去。麦穗烧退了，淋了雨的婆婆又烧起来。一家人回到家，床上、桌子上、茶几上到处是雨水和窗玻璃碎片。走得匆忙，忘了把窗户关上……

是喝了酒的缘故吧，尽管金惠珍强迫自己咬紧牙，闭住嘴，但那些曾在心中翻腾了无数遍的话，还是像刚打开的啤酒瓶里的泡泡，咕嘟咕嘟地冒了出来："景志强，等干完这个工程，咱不干了，回家行吗？我不想再这样了，不想了！"

"今天你咋回事？如今交通这么方便，你啥时想来，买个票，不就来了？从小在河滩里那点小地方待着，你还没待够啊！"景志强翻了个身，语气里有了些不耐烦。

"没待够，没待够，就是没待够！"金惠珍心里的火气一冒三丈,"待够了我会放着好好的护士不做,回到河滩里去做你的老婆,去当你闺女的妈,当你爹娘的儿媳妇吗?"

景志强语气和缓下来:"老婆,我知道你都是为了我,为了咱这个家。"

"是我自己愿意!"金惠珍意识到了自己的冲动,"志强,别再在这么远的地方打工了,回家吧。爹娘年纪大了,麦穗也想你。"金惠珍越说,心里想说的话越多。以往,她总是怕景志强不放心,从来没对他说过这些。"知道你是为我和麦穗考虑。可是真来了城里,咱也不认识人,办不了借读,麦穗上学咋办?就是能办了,也要花一笔借读费。再说,咱爹咱妈年纪都大了,舍下他们在家,我也不放心。这两年,你们男人不在家,滩里的地靠我们女人养着。我们再走了,就剩下那些老人,咱的地,怕就真要荒了。想想,真是心疼呀!"

"惠珍,你以为我愿这样吗?我一个人在外边容易吗?我为了啥,还不是为了将来咱家的日子能好过点,你和麦穗、咱爹咱妈的生活能更好点?"景志强的声音也高了起来。

"咱麦穗没有城里户口,哪个学校要?咱苇子圈马上就迁出河滩了,镇上的学校建得也挺好呀。"

"有了房子,麦穗就能在城里上户口。能有一线希望让麦穗来城里上学,咱就不能让她在那个小镇上。"景志强态度坚决地说。

"城里房子是一半点钱能买的?原先我一直想,用这些年挣下的钱,在咱滩里盖几间房子,再建个大棚种着,也不少挣钱。一家人安安稳稳地在一起,多好。现在好了,滩区迁建,咱自己盖房子的钱都省了,等社区的新楼房盖起来,咱直接搬进去,不好吗?"金惠珍不紧不慢地对景志强说着。

"镇上不还是农村?咱麦穗就要上一年级了,你还想让麦穗在那个耳朵眼大的地方待一辈子吗?"景志强越说越激动,脸涨得通红。

　　金惠珍不解地看着景志强，她突然觉得面前的景志强变得有些陌生。

　　"从滩外开现场会回来，咱爹也说想建个蔬菜大棚，他让我跟你商量商量，看你啥时能回去。省里刚出台了《黄河流域生态保护和高质量发展规划》，这个规划对咱沿黄村镇的发展来说，是多么好的机遇呀！你回去了，咱先把大棚建起来，国家有专项扶持资金，还有技术支持。你看人家大力和小丽两口子，现在日子过得多滋润！大力跟你一起长大，自小，他不也是平平常常的一个人吗？你回去了，咱一家人就能团圆。多好！"金惠珍看着景志强的脸说。

　　"靠种菜，能有多少收入？以往咱又不是没种过。"景志强说。

　　"现在跟以往不一样了，只要舍得下力气，收入不比你现在挣得少。你看大力和小丽两口子，才种了两年大棚，三层的楼房盖起来了，车也买上了。再说，就是收入少一点又有啥呢，能一家人在一起过日子，少吃点少喝点少花点，心里也踏实啊。"

　　"现在回去，好多事都不习惯了。"景志强有些疲惫。

　　"慢慢不就习惯了吗？你从小在那里长大，咋会不习惯了呢？"金惠珍不解地看着景志强。

　　"咱也没种过那玩意。谁知道好种不好种？想想就觉得麻烦。"景志强叹了口气说。

　　"有啥麻烦的呀！乡村振兴工作队的工作人员里，有一位就是县蔬菜局的蔬菜种植专家，有啥问题，问他就行。"金惠珍目光望向远处不可知的地方，她的声音也变得柔和，"你不知道，跟那些小苗苗在一起，看着它们一天天长大，就像是看着自己的孩子在长大一样，心都是软的。"

　　"就像你自己种过似的。"景志强说。

　　"我就是种过菜，你不相信吗？"金惠珍问景志强。

景志强盯着金惠珍，笑了一下，然后摇了摇头："你？ 种菜？"

"那年，是小学三年级。"一抹幸福的红晕，浮上金惠珍的脸颊，曾经的一切，蹦跳着来到了眼前，"有一天，不知咋的突然就想要自己种菜。 找来找去，看到院里的芙蓉树下有个桌面大小的空地，就拿了铲子，把地刨了。 从菜园移了辣椒、茄子来，把那些小苗苗种上了。 每天早晚两次，拿了茶壶，给它们浇水。 那几棵菜先是垂着脑袋，一副无精打采的样子。 放学铃声一响，我就背起书包往外跑。 进了家门，先去看那几棵菜。 有时写完作业，就搬个小凳子，守着那几棵菜苗，盯着它们看。 哪棵苗新冒出小芽芽了，哪棵苗上的叶子又长长了，每棵小苗苗上有几片叶子，在我心里一清二楚。 两天后，小苗苗慢慢抬起了头，慢慢变得青了翠了，它们还就真的活了过来。"

"后来呢，真的长出了辣椒、茄子？"景志强好奇地问。

"其实，那回我种下的菜并没有收获。"

景志强问："刚才不是还说你种的菜后来长得很好吗，青青翠翠的？"

"是啊。"金惠珍说，"是长得挺好的。 叶子是碧绿的，一片片舒展着。 早晨起来，露珠在叶片上来回滚动，珍珠一样。 每天放了学，我不是浇水、捉虫就是松土、施肥，我和那些小苗苗说话，我给它们唱歌，也听它们唱歌，看它们跳舞。 真的，我能听见它们说什么唱什么，你信吗？"

景志强有些疑惑地看着金惠珍，没有说话。

"它们唱着、跳着，伸展着腰肢。 每一片叶子上，都印着快乐。 听说鸡蛋最有营养，有天我趁妈到镇上赶集，就把我家芦花鸡刚下的一只红皮大鸡蛋从鸡窝里摸出来，磕开浇在了我的小苗苗上。 每天在学校里，总觉得有根线牵着我的心。 你不知道，芙蓉花睫毛一样细密的粉红花瓣落在小苗苗的叶子上，落在它们脚下的泥土上，有多好看。那时候没有相机没有手机，那都是些鲜活生动的生命呀！"

"金惠珍，你现在可不是三年级。"景志强轻哼一声，对金惠珍的这番话不以为然。

金惠珍没有理会景志强的态度。顺着刚才的思路，她继续说下去："有一天，我从学校回来，进门就看见我的那些小苗苗都趴在了地上，我一下蒙了，连哭都忘了。就那么呆呆地看着那些差不多被晒干了的东倒西歪的叶子。那天，我没有去上学。我妈说，我就像傻了一样，连做梦都在哭。我妈跟我商量，说要把那只祸害了小苗苗的芦花宰了，炖肉吃。我哭得更厉害了。那只芦花，也是我的好朋友呀，我怎么舍得把它宰了呢？"

景志强问："当时你一定恨死了那只芦花吧？"

金惠珍想了想，说："我也不知道。又恨，又不恨。芦花也是我的朋友。可是，它为啥就祸害了我的另一个朋友呢？那之后好久好久，夜里闭上眼睛，我就能听到我的那些小苗苗在哭泣。从那以后，我再也没种过菜。"

"是为了这个，你才想要我回去，跟你一起建蔬菜大棚吗？"

金惠珍像是不认识景志强似的看着他，看了好久才开口："难道我们一家人在一起，不好吗？"

"你和麦穗来城里，咱们不也一样在一起吗？"

金惠珍没再回答。心里，却一下乱起来。

十四

金惠珍和陈萍坐在板房门前择韭菜，她要帮陈萍做韭菜猪肉蒸包。

吃过早饭，金惠珍和陈萍就早早把肉馅切好，用酱油腌着。面也和好了，盖在盆里饧着，只等着发起来。

"你这一来，不光景志强高兴，大伙都跟着高兴，也跟着享福呢！"陈萍边择韭菜，边说。

金惠珍有些不好意思地笑了笑，说："闲着也是闲着，干这点活，累不着。"

"总听你说，你老家滩里的景色多么多么好，等哪天，真想去看看！"陈萍对金惠珍笑了一下，继续择菜。

"好啊好啊，随时欢迎你去呀！"说到黄河滩，金惠珍的话匣子一下子打开了，"你看了，一定喜欢。下了公交车，站在大堤上，就能看到房台了，有两层楼那么高吧，也许还更高。村里人的房子，都建在上面。平时，大堤和房台之间，是平展展的庄稼，望一眼，是盎然的绿。夏末秋初的时候，黄河里要发大水了。你别看平时黄河的水面静悄悄的，等到涨水的时候，那才吓人呢！不过我们从小生活在滩里的人都不怕，你没见过那阵势，去了，肯定怕，逢到水猛的时候，大堤和房台之间的庄稼，连梢头都看不见了，全被淹在了水里，整个房台，就成了一座孤零零的小岛。放眼望去，能看到的地方，全是浑黄的、翻滚着的河水。"

"发大水的时候，你们咋出来呀？"陈萍问。

"乘船呀！"金惠珍说，"不过那么大的水，好多年都没有过了。这些年，每年不都调水调沙吗，黄河里淤积的泥沙，冲走了不少。河床不再那么高了。以前没调水调沙时，河床比滩外边的楼顶都高呢。悬河，悬在半空的河，真是一点不假。"

"你们那边的河滩里，都种些啥呢？有啥好看的好玩的呀？"陈萍问。

"滩外能种的东西，我们都能种啊。还长得格外好，因为有黄河水呀！不管哪个季节去，都有好玩的好看的好吃的。单说水果吧，你看从开春开始，先是草莓。其实也不是从春天开始，大棚里的草莓，从头年冬天就开始下果了。你自己到地里去摘，边摘边吃，不用洗，不打药的。还有圣女红果，一年四季都有。桃、杏、樱桃、黄河甜瓜、西瓜、大枣、苹果、山楂……这么跟你说吧，超市有的北方水果，我们那都有。好多地方没有的，我们那也有，比如那种个头小小的富硒西瓜。"

没等金惠珍说完，陈萍接着说："是啊是啊，那回你来的时候，不是带来了吗？ 真甜呀！ 有一天我跟老武到邮局汇钱，见路边有卖这种小西瓜的，就问了一句，你猜多少钱？ 二十块钱一斤，真是吓了一跳，连第二句话没敢说，我和老武就悄悄溜了。"陈萍说着，哈哈大笑起来。

"这种瓜，一棵瓜秧上，只能结一个。 这就应了那句话，物以稀为贵嘛！ 还有更奇的呢，以往种西瓜，哪有搭架子的，一个个大西瓜都老老实实趴在地上。 你知道这种富硒小西瓜是咋长的吗？ 是在架子上吊着的！"

"哦？ 我还真没见过吊着长的西瓜呢！"

"往后，我们的蔬菜大棚都要建到河滩外边了，整个村子也要搬到镇上的社区里。 滩里的地，还会继续种。 等这种小西瓜开始长的时候，你过去玩吧，我带你去看。"金惠珍说。

陈萍苦笑着摇了摇头："也就说说罢了。 我哪有那福分呀！"又说，"怪不得听说你放着护士的工作不做，死活要回河滩里的老家，原来，你们那真是好呀！"

"你别听他们瞎说。 我回滩里，是有原因的。"金惠珍又说，"我这才跟你说了多少呀，河滩里的好，可多了去了！ 你去了，多住几天，更知道那里的好。 比如青草的味道，比如庄稼拔节的声音，哎呀，说是说不完的，你去了才知道。"

金惠珍望着不远处连绵的青山，忍不住又想起了家乡，想起了即将要建的蔬菜大棚，想起了她的麦穗。

苗玉桃拉了金惠珍逛街，金惠珍怕苗玉桃又要给她和麦穗、景志强买东西，就说："咱不逛商场了，找个有水有树有花草的地方吧，我就喜欢去那样的地方。"

苗玉桃说："那样的地方可多了去了。千佛山、大明湖、趵突泉、泉城公园、五龙潭、珍珠泉……泉城的七十二泉，你说哪个泉边没花没草没树？你自己挑一个吧。"

金惠珍就挑了五龙潭。

苗玉桃说："你还真有眼光！别看五龙潭不大，景致可是一流。不是你过来，我一个人还真是懒得去，好多年没去了。"

"好多年没去了？"金惠珍盯着苗玉桃，有些不相信，"这么好的一个地，就在市里，咋好多年没去呢？"

"谁知道这日子是咋混的呀，整天觉得忙忙活活的，可到头来想想，一天天到底忙了些啥，还真是想不起一件正事来。哎，反正，反正是没闲着。"苗玉桃说着，发动了车子。

苗玉桃驾着车，从南外环往东，经过著名的"怪坡"，上了东外环。

"这个地方，为啥叫怪坡呢？"金惠珍疑惑地问。

"刚才的路咱们看起来是下坡，可实际是上坡。不加油门，车根本不走。不自己开车，根本不好判断。"

"哦，这样呀？我有一个判断的好办法，不开车也能看出来。"金惠珍有些调皮地冲苗玉桃笑笑。

"还有啥办法？你眼睛那么厉害？"

"等下大雨的时候，你来这儿看看雨水到底往哪流！就知道到底是上坡还是下坡了。"金惠珍为自己突然冒出来的想法兴奋起来。

"你真是，哪像个孩子要上小学的妈妈呀，简直，简直就像个小学生！"看着金惠珍兴奋的样子，苗玉桃笑着，轻轻摇了摇头。

车子驶上燕山立交桥，跑了没多远，就在解放路的下桥口下了高架，然后一路往西，经过泉城路，不远处，就看到了趵突泉的北门。

再往路北看去，五龙潭的大门就在眼前了。

泉水果然清澈透底，泉眼处，泉水似珍珠一样，一串串自水底冒上来，待到了水面上，珍珠样的水珠，不见了。就像有无数个小精灵，调皮地藏在水底，对着水面一刻不停地吹着泡泡。

泉水流淌的声响，远远近近地传过来。脚下石板路的缝隙里，清凉的泉水欢快地流淌着。有几个光着小脚丫的娃娃，拿了水枪，在打水仗，四溅飞散的水花，在阳光下闪着五彩的光。

成群的红鲤，稠得把濂泉里的水都染成了红色，它们有些慵懒又有些悠闲地慢慢摆动着尾巴，舒缓地游来游去。

"这地方真好，还不要门票，要是周末过来，还不人挤人呀！"金惠珍站在一株大大的垂柳下，看着濂泉里那一片游动着的红色。

"也没那么夸张，哪有那时间呀！"

"你没时间吗？"金惠珍说，"你也不种地，也不带孩子，也不用上班，咋就没时间呢？"

"按说这个时间还是有的，可能是没心情吧。"苗玉桃仰起头，看着在清风中悠来荡去的垂柳，不紧不慢地说。

"我要是在这市里住着，这里又不要门票，我天天来！"

"你想得美，其实城里的大多数景点都要门票，有几个不要门票的地方呀？"苗玉桃说。

"咱滩里呀！咱滩里的景致，一点都不差吧，用买门票吗？再说，也没那么挤呀！"金惠珍说，"咱滩里，你想看水就看水，想看树就看树，想看瓜果、庄稼，随便看啊！"金惠珍双手比划着，脸上，是甜甜的笑。

"怪不得你那么愿意回滩里呢！"苗玉桃笑了一下，转脸看着金惠珍，"当初你不管不顾地辞了工作，是因为离不开景志强呢，还是因为离不开河滩那块地儿呢？"

"嗯，都有吧。"金惠珍抬起头，看着头顶上婀娜着随风轻摇的垂柳。

离开濂泉，金惠珍和苗玉桃来到一棵两人都合抱不起来的大银杏树下，相对坐在树下的石凳上。不远处，有几位老人围在一张石桌前，吵吵嚷嚷地打着扑克。

"说实话，有没有后悔过？"苗玉桃问。

"有啥后悔的，又没人逼我。当时我真是闻不了医院那个味，一闻就想吐。你知道，又正怀着麦穗，是一分钟也待不下去了。回家来的路上，刚站到大堤上，心里就像有一把扫帚，把那些恶心、反胃的感觉一股脑地扫净了，心一下敞亮了起来。你说，真是怪呀！"

"是心理作用吧。"苗玉桃说。

金惠珍和苗玉桃护士学校毕业时，景志强已早金惠珍一步，在县城的一个装修公司找到了工作。金惠珍也想留在县城，和景志强在一起。金惠珍和苗玉桃一起，报了县医院的同一个岗位。笔试第一的金惠珍，面试时却落在了第四名的位置，而她们报的这个岗位，只招三个人。苗玉桃以总分第一的成绩，留在了县医院。金惠珍则去了距苇子圈十来里地的乡镇卫生院。

没考进县医院，并没有影响金惠珍和苗玉桃的感情，更没有影响景志强和金惠珍的爱情。很快，金惠珍和景志强结婚了。两人蜜月还没过完，景志强所在的那家公司因为债务纠纷，很突然地就消失了。前一天景志强还好好地上班，没有半点预兆。第二天景志强再去上班的时候，公司已是大门紧闭。从那，景志强再也没见到过公司老板的影子。

刚刚怀孕的金惠珍，生理反应特别强烈，有时，喝口水都能吐出来。为了照顾金惠珍，景志强没有再在县城找工作。他每天骑着摩托车，接送金惠珍上下班。公婆都很疼惠珍，景志强更是宝贝着惠珍。单位的同事，也都喜欢惠珍，她们除了尽力替惠珍做一些工作外，想出各种办法，希望能让她把呕吐止住，或者，能减缓一些也好啊。她们大多都是过来人，孕期呕吐的那种滋味，都是领教过的。

金惠珍的呕吐，却并没有因为众人的关心而有所减缓，随着孕期的增加，孕吐反而越来越厉害。在金惠珍怀孕五个多月的时候，她做出了一个让所有人都不可思议的决定——从乡镇医院辞职，回到滩里。

景志强刚回到滩里的时候，金惠珍的婆婆还一直担心儿子没了工作，两个人有距离了，媳妇会嫌弃他。可当得知金惠珍把工作辞了之后，连婆婆都觉得惋惜，多好的工作，说不要就不要了，怪可惜的！熬上几个月，等把孩子生出来，不就行了吗？

金惠珍疲惫地说，妈，志强知道，每次去上班，过了大堤就开始吐，吐到肠子都要翻出来。我闻不得医院里那个味，实在闻不了。每一分钟，我都盼着景志强去接我。回家的时候，来到咱滩里，胃里就不难受了，就好了。别人这么说的话，我准以为是在装。妈，你不知道，我是真难受，我是一分钟都不愿在那里多待下去了。

婆婆叹了口气说，你往后不后悔就行。

妈，我不后悔。我咋能后悔呢！

金惠珍真的没有说过后悔的话，对任何人都没有说过。只是有时，她会淡淡地想一下，如果当初没辞职的话，现在会怎样。她想不出来。最后她终于想明白，无非也就两个可能：一个是比现在更好，另一个是还不如现在。至于自己是前者还是后者，金惠珍无法确定，所以对当初的辞职，金惠珍也就谈不上后悔不后悔。

金惠珍当初的同学、同事，有提拔到县医院当护士长的，有后来考上研究生留在省城的，有当了乡镇医院院长的，有因为出了医疗事故被开除的，有因为医患关系被误伤后瘫痪的，有夫妻矛盾离婚后精神失常的。金惠珍不知道，如果自己当初不辞职的话，会是其中的哪一个。

围在石桌边打扑克的那几个人，突然吵起来。金惠珍听出来了,是为了出牌前后的事。一位长得白白胖胖的老爷子,猛地站起来,把手里的扑克牌用力摔到石桌上。纸牌翻滚着,有几张落在地上。摔扑克的那个人,气哼哼地嘟囔着,朝别处走去。

"至于这样吗?不就是玩嘛!"

"就是呀,不输宅子不输地的,何必呀!"

"那么大的火气干啥呢,不怕伤了人家,也不怕伤了自己?不就是打个扑克吗?"

石桌边上的几个人,望着那个远去的背影,一边捡拾着地上的扑克,一边说着。

金惠珍和苗玉桃的目光,被吸引了过去。

"还真是呀,发那么大火干啥呢?这么大年纪了!"金惠珍说。

"发火还看年纪大小呀?"苗玉桃说。

"我发现,你们城里人都爱发火。"金惠珍说。

"是吗?"苗玉桃迟疑了一下,朝那几个吵嚷着向几个不同方向走去的人看了会儿,说,"也许有点吧。"

"哪是有点呀?"金惠珍说,"我头一回来的时候,下了火车,不知道该咋个走法,见路边有个卖报纸的小摊,我就过去问,你猜咋着,那个人一声不吭,还朝我翻白眼。我真吓坏了,以为自己说话不合适,把人家给惹恼了呢。"

"那样的,少数。"苗玉桃说。

"是,多数人,还都挺热情。就是火气大。"金惠珍看一眼空了的小石桌,"城里人太多了,人挤人,人挨人的,有点啥不顺心的事,也没地儿撒气。到处是楼房、马路、汽车,都是些不能喘气的主。哪像咱河滩里,不管是河水,还是庄稼,哪样不都是活的?咱那里人少,有啥不顺心的,那些个有生命的物件,就把人心里的火气给消解了。住在这城里的人,往哪消解?城里人休假了,都愿到有山有水的地方去,转一遭回来了,心里就敞亮了?你说是吧?"

"你哪来的这些怪想法呀?"苗玉桃笑了起来,笑过了,她两眼盯着金惠珍看,微笑着看,就是不说话。

金惠珍不明白苗玉桃在搞什么鬼。

苗玉桃终于忍不住了,往金惠珍跟前凑了凑,有些神秘地问:"怎么样,这两天你俩很那个吧? 久旱逢甘霖呀!"

金惠珍明白过来苗玉桃的意思,她伸手在苗玉桃手臂上打了一下,嘟起嘴笑着说:"讨厌! 神神秘秘的,我还以为啥事呢!"

"这不是正事吗? 对你两口子来说,是最大最大的正事了。 你看我那姐夫,长得多帅! 我说他长得像那个歌星江涛,到目前为止,还没人发表不同意见呢! 其实,姐夫比那个江涛可帅多了! 真的!"

"拿个镜子来照照,你现在的样子,可一点也不淑女,有点,有点色呀!"金惠珍继续笑着。

"有吗?"苗玉桃有些调皮地翻了翻眼睛,"看走眼了吧? 你妹妹我啥样的男人没见过? 放心,我再咋着,也不会拆自己姐姐的台呀! 连那些臭男人都知道朋友妻不可欺呢,何况我一知书达理的知识女性呀!"

"臭美吧你!"

苗玉桃认真地看着金惠珍,说,"金惠珍,我一直记着呢,我欠你的。"

"看你,净扯这些没用的。"金惠珍假装生气地推开了苗玉桃伸过来的手。

"好了,不说了,不说了。"

苗玉桃和金惠珍,手挽了手,在流淌着清清泉水的石板路上,慢慢往前走。

金惠珍心里,一股暖流涌上来。 恍惚,像是回到了十年前,回到了与苗玉桃一起形影不离无话不谈的中学时代。

金惠珍跟景志强随意聊着苗玉桃。

"上学的时候，你俩各方面都差不多。现在苗玉桃那么有钱，你羡慕吗？"景志强突然问。

金惠珍仰起脸来想了想，说："有的时候，会有一点点，就那么一点点。"金惠珍用右手的食指和拇指比划出了韭菜叶宽的距离。

景志强点了点头，没有说话。

金惠珍不紧不慢地说："苗玉桃嫁了有钱的老公，不缺吃不缺喝，想买啥买啥，想去哪去哪。可是她老公整天不回家，净惹她生气。你说她心里能痛快？她能有多幸福？我可是没看出来。说实在的，头一回见到苗玉桃的时候，我心里还真是有点羡慕。后来，心就安稳了，过好自己的那份生活，踏踏实实安安稳稳，不比啥都强？整天想那些不着边的，有啥用？人啊，依着攀比，哪有个头呢！像贾建设，应该很有钱吧？他的钱，多到咱想都想不出来，他一定还跟更有钱的人比，你信不信？"

景志强笑了一下，说："惠珍，你都快成哲学家了。"

"那当然了呀，不看是谁的老婆呀！"金惠珍笑起来。笑过了，她又说，"他家钱多，可他们过得不一定比咱更踏实。你说是不是？"

景志强紧紧搂住金惠珍，把脑袋抵在了她的胸口上。

金惠珍感到了胸口上的湿热，伸出手，她摸到了景志强脸上的泪水。

景志强的脸，已没有了年轻时的细滑，变得又硬又涩。金惠珍的心不由疼了一下。她把景志强的脑袋往自己怀里搂了搂，伸手擦净他脸上的泪。

金惠珍下床，从碗柜里拿出一根黄瓜，借着月光，用削皮刀"嚓嚓嚓"几下，黄瓜就变成了一小堆薄片。金惠珍坐在床上，把景志强的脑袋揽过来，枕在自己腿上，她要给景志强做一个黄瓜面膜。

"做啥面膜呀，我又不是女人！"景志强推开金惠珍的手，执意不让她做。

"谁规定男人不能做面膜呀？今天咱就做了，看能咋地！"金惠珍捉起景志强捂在脸上的手，拿到了一边。

一片一片，金惠珍仔细地在景志强脸上贴着黄瓜片。望着眼前这张熟悉的脸，金惠珍久久端详着，心中的暖意，丝丝缕缕地升上来。

枕在金惠珍腿上的景志强，贴着满脸的黄瓜片，在金惠珍温柔目光的注视下，发出了均匀的鼾声。

十五

发工资了。陆西明他们口袋里揣上了厚厚的一摞钱，有几个人提议到街上逛逛，买一些日用品，顺路找个小店喝顿酒。

陆西明问景志强去不去。景志强很坚决地摇了摇头。

"就是去喝个酒嘛。媳妇来了，连酒都不喝了？"陆西明对景志强的反应有些不满。

"今天不想喝酒，你们去喝吧。"景志强感觉到了口袋里那摞钱的重量。他扭转身，朝工棚方向走去。

"没听到吵嚷，我还以为没到下班点呢。"金惠珍边往小桌上摆饭，边说。

"今天发工资，陆西明他们都出去喝酒了。"景志强说着，把口袋里的钱掏出来，递给金惠珍。

"你咋不和他们一块去呀？你早早回来，耽误我绣十字绣。"金惠珍抬起头，看着景志强，眼波像羽毛一样打在景志强的身上、脸上，如一只看不见的小手，在景志强身上缓缓抚摸着，顺着毛孔钻进了骨头里，痒到了景志强的心尖尖上。

"傻瓜，你在家，我去喝啥小酒呀！"景志强的目光忽地一下子热起来，带了电一样。

"德性！"金惠珍脸红了一下，伸手作势要去拧景志强的样子。

景志强躲闪了一下，张开双臂，猛地一下钳住了金惠珍。

景志强抱起金惠珍，忽地一下把她扔到了床上。

天完全黑下来了。不远处的马路上，不时有汽车驶过的声响传过来，时重时轻。

"陆西明他们快回来了吧？起来吧。"金惠珍伸手去拉景志强。

"哪这么快呀。"景志强翻了个身，依然躺着不动。

"你说，陆西明他们会不会去干别的事？"金惠珍看着景志强的脸，突然问。

景志强愣了一下，边起身，边摇了摇头。

金惠珍伸出手，用力点了下景志强的额头，说："陆西明咋着我管不了，景志强，你要真咋着，我可不饶你！"

景志强说："有你这么好的老婆，我还出去找女人，我有病？"

金惠珍说："万一你真有病了呢？"

景志强嘻笑着说："有病了，就让你来治呀！"

金惠珍认真起来，她问景志强："我能来得那么及时吗，万一你等不得呢？就像陆西明喝醉了说的那样，你们男人，还不就跟吃饭一样，饿了，就得去外面找着吃？"

景志强见金惠珍当真了，忙说："陆西明也就这么说说，过过嘴瘾罢了。放心吧老婆，你看我是那样的人吗？"景志强说着，在金惠珍脸上吻了一下。

金惠珍撒娇地轻推了景志强一把。两人对视了一眼，都笑了。

"回老家的事，这几天你考虑得咋样了？"金惠珍轻声问景志强。

景志强打了个呵欠，懒懒地说："还没细想呢。"

"我回去前，你定下来。要不我回家咋跟爹交代？我跟小丽聊过好几回了，种大棚赚的钱，一点也不比打工赚得少。撇家舍业的，跑这么大老远出来打工。在家种大棚，是在自己家门上，一家人守在一起，多好。"金惠珍不急不缓地对景志强说。

"每一次过来，你都说要我回去的话。滩区迁建，吵吵好几年了，也没见楼房建起来呀！这建大棚说是有这补贴那补贴，谁见了？惠珍，你别那么单纯，听风就是雨的。"景志强听到惠珍又一次提起这些，语气里有些不耐烦。

"马平原开会说了，年底前那几栋楼全封顶。建大棚补贴的文件，李江河开会的时候都给我们看了，盖着大红的章呢，能有假？"金惠珍说。

"反正我没想好。明年就是真搬到社区楼上，那也就是个镇上，跟苇子圈有多大区别？将来，麦穗就在镇上上学，咱就在那小镇上待一辈子吗？"景志强有些不屑地说。

"小镇有啥不好？咱沿黄的小镇，往后机会多，发展空间大。将来各方面不比城里差。"金惠珍说着，忍不住叹了口气，"看看眼下的日子，顾不上老人顾不上孩子的，还说啥将来呢？"金惠珍激动起来，她越说语速越快。

景志强沉默了片刻，重重地叹了口气，说："唉，我也说不清楚。反正每回都盼着回去，有时恨不能立马就到家，一分钟都不想再在这里待了。真回去了，在家待的时间长一点，心里就没着没落的。在这里干活也挺苦挺累，每天十几个小时，可到了点就上工，到了点就下工，啥都不用考虑啥都不用想。"

"我知道了，你是怕回去操心。这几年，你打工都快打成半个机器人了。越这样，越该回去，去操心家里的老人、孩子，咱家的地，咱家的日子。你的心，本来就是活的呀。当初我看上你，为了啥，还不就是为了你人好，心活吗？"金惠珍说着，泪水忍不住流了下来。

"你说的，也有些道理。可是在外边待了这么多年，已经习惯了这样的生活。"景志强有些疲惫地说。

"苇子圈是生你养你的地方，咋会不习惯呢？要搬到滩外社区里，好多人还舍不得，一些年纪大的人，还偷偷地掉泪呢。他们也知道政府是为了村里人的安全，方便滩区村民的上学、就医、出行，也更利于就业和经济发展。可大多数中老年人还是不愿离开滩里。从小待惯了的地方，咋能舍得说离开就离开呢？就是真离开了，心也有一半在那里。"金惠珍突然感到身边这个人很陌生，这想法一旦冒出来，把自己狠狠地吓了一跳。她叹了口气，"离开家这些年，你心空了，空得啥都不剩了。"

景志强重重地叹了口气，没再说话。

金惠珍抹净脸上的泪，静静地躺着。不远处的二环南路上，不时有车驶过，发出或沉闷或刺耳的声响。金惠珍突然很想念河滩里的夜晚。轻轻闭上眼睛，脑海中，是她的家，她的黄河滩。月光如水一般轻抚过滩里的草木，静静的夜晚，近处的狗吠和远处的鸟鸣，还有树木生长庄稼拔节的私语声。滩里的这些声音，是活的，是有生命的。而城市里的声音，由钢铁水泥组成，又硬又冷。

苗玉桃打来电话，跟金惠珍时东时西地聊了一阵后，就约金惠珍一起吃饭、逛街。她说给麦穗买了玩具，明天带过来。

金惠珍说，街就不逛了，给公婆的吃食、药、衣服，麦穗吃的、玩的、学习的东西，她都买全了。她让苗玉桃明天到她这边来吃饭。苗玉桃想了一下，答应了。

吃过早饭，金惠珍想去买菜，一抬头，看见苗玉桃拎着一大包东西走过来。

"真是难得呀，这么早就起床了？咱们是要吃中午饭，可不是早饭。"金惠珍把苗玉桃推到床边坐下。

"定了闹钟呢！还不是怕你出去采购！"苗玉桃弯腰打开碗柜，朝里边瞧。

"别看了，里边啥也没有。想吃啥，我给你做。"金惠珍拉过苗玉桃，随手关上碗柜。

"不吃了。中午别做了，我知道一个吃烧烤的好地方，一会儿咱去。"

"不是说好在家吃吗？"金惠珍问。

"我又想吃烧烤了。你就陪我去呗，很正宗的烧烤，保证不让你失望。"

"在家吃多好。"金惠珍坚持着。

"在家能做出烧烤来呀？我就想吃烧烤！"苗玉桃很坚决地说。

金惠珍不再坚持。她从碗柜里拿出一个西红柿，一根葱，手脚麻利地给苗玉桃做了碗西红柿鸡蛋面。

金惠珍拿起苗玉桃丢在床上的包裹，问："这一大包又是啥呀？"

"咱闺女的，咱婆婆的，咱老公的。"苗玉桃笑起来，"错了错了，老公是不可以论'咱'的。"

"讨厌！"金惠珍白了苗玉桃一眼，笑着说，"吃饭也占不住你这张嘴。"

金惠珍解开包裹，一堆衣服"哗"地一下摊在了床上："咋这么多呀？"

"嗯，是这样。最近，我有了个新工作。"

"工作了？好啊！有个工作做着，也踏实。"金惠珍说完，突然想起了什么，"咋没见你去上班呢？"

"我这个工作，不用坐班，一天二十四小时都可以做，也都可以不做。"苗玉桃故作神秘地笑了一下。

"啥工作这么自由呀？"金惠珍好奇地问。

苗玉桃示意金惠珍看床上那堆东西。金惠珍看了半天，也没看明白这跟苗玉桃的工作有啥关系。

"我努力工作的成果呗！"苗玉桃瞟一眼床上的东西，大声笑起来，笑过了，她说，"我的新工作就是网购，这些，是我最新工作业绩。你不知道我有多敬业，自从我爱上网购，你猜保姆跟我说啥？她说，咱家往后不用买垃圾袋了。你说笑人不笑人？还有送快递的小伙子问保姆，你家是开店的吗，开的是个啥店？"苗玉桃说完，又哈哈哈大笑起来。

"光在手机上瞧瞧，看不见摸不着的，也不能试穿，买回来能合身吗？"金惠珍翻动着床上花花绿绿的衣服问。

"哎，有时行，有时不行。反正也不指望这些东西过日子，就玩呗！"苗玉桃放下碗，把那堆东西推到了一边，"有空慢慢看，能用的能穿的，就要。不行的，就送人。再不行的，丢掉算了。"

"丢掉？挺贵的吧？"金惠珍望着苗玉桃。

"不知道，早忘了。当时看着好就拍下了。每天收那么多件，哪能记得住哪个多少钱呀？别说多少钱，就是少送几个件，也不一定记着！"苗玉桃不在乎地说。

"依我看，你这工作，还不如不工作呢！"

"我这工作有什么不好啊？给网店增加收入，给自己增加快乐。"苗玉桃说着，拉起金惠珍，"走吧，去吃烧烤，晚了可占不到地方。"

是一家不大的烧烤店，却整洁敞亮。

苗玉桃刚停下车，一个细眉细眼的女孩快步走出来，先替金惠珍打开车门，又紧走几步，跑到苗玉桃那边，帮苗玉桃打开车门。女孩微笑着对苗玉桃说："姐，好久不见你来了！"

苗玉桃冷着脸，说："咋了，想我了？"

女孩脸红了一下,没有再说什么,就站在一边,对苗玉桃和金惠珍做了个"请"的手势。

女孩提着一把青花瓷茶壶轻快地走过来,苗玉桃的脸依然冷着。

女孩有些讨好地对苗玉桃和金惠珍笑了一下,就要转身走开。

苗玉桃叫住了女孩。她指着金惠珍,问女孩:"夏红梅,知道这是谁吗?"

女孩看了金惠珍一眼,轻轻摇了摇头,又看向苗玉桃。

"记住了,这是金惠珍,我最好的同学、朋友!"苗玉桃的声音又冷又硬,"你认识景志强吧?这就是景志强的老婆!"

女孩的脸红了一下,她匆忙看一眼金惠珍,然后又看一眼苗玉桃,低下头,轻声说道:"姐,我记住了。"

女孩转身朝门外走去。

金惠珍见女孩走远了,低声对苗玉桃说:"看你,跟人家摆啥谱啊!人家认识你,还认识景志强,认识我?这种地方,景志强能来几回,我又能来几回?"

苗玉桃从鼻子里哼了一声,满脸不屑的样子。

直到金惠珍和苗玉桃吃完,那个叫夏红梅的女服务员,再也没出现过。

第二章
夏 晖

十六

李江河回到村委会办公室，跟马平原说了与成山叔的谈话情况。

马平原说："成山叔是个热心肠，乡邻们的大事小情，他都愿意帮忙。不过他也是个极要面子的人，他之所以不答应，是怕万一干不好，咱们跟景志强和金惠珍又都是同学，他有顾虑。"

"我给景志强打个电话，让他做做成山叔的工作。"李江河说着，掏出手机拨通了景志强的电话。

景志强一听是这事，就对电话另一端的李江河说："放心吧老同学，一会儿我就给我爹打电话。你放一百个心，明天我就让我爹去找你李队长报到。"

"可别可别。"李江河连忙说，"明天我再去找成山叔，正式请他出山。谢谢你志强，啥时回苇子圈，咱们几个同学好好聚聚。"

"好，那就先这样。我正忙着。"景志强说完，挂断了电话。

"明天上午，咱俩一起去成山叔家，请他老人家出山。"李江河对马平原说，"乡贤理事会的会长确定下来，成立理事会的事也就好办了。"

"那么隆重？"马平原说。

"必须的。"李江河认真地对马平原说。

"李江河，我真不该跟你打那个赌。"马平原伸手到口袋里想掏烟，掏了个空。

"后悔了？晚了！"李江河朗声大笑起来。

两人聊完理事会的事，李江河又说起迁坟的事。

马平原说："这事我也想过。没考虑这么多，成山叔这一说，还真得重视起来。"

"你觉得这事该咋办？"李江河问。

"对农村人特别是老年人来说，迁祖坟可是件顶重要的大事。先不说咋迁，往哪迁，就是让他们答应迁坟，就挺难。"

"召集村委们开个会，看大伙有什么意见？"

"行。"

村委会开了一个多小时，大家一致觉得这件事不太好办。迁祖坟，这是自古没有过的。老年人能同意？即使他们同意了，往哪迁，也是个问题。

"平原，散会后咱俩去镇上，直接找镇长汇报。就像大家刚才说的那样，让镇上帮忙，看能否给找一块合适的地儿。"李江河说。

"行。"马平原犹豫了一下，"为咱建大棚腾地，镇上做了很多工作。这次再让他们给咱找块地，怕是有困难。"

"难也得找。那么多座坟呢，总得有个让村民都能接受、能认可的地方安置，咱们才方便做工作。否则，你光说要人家迁，往哪迁都不知道，还做哪门子工作呀！玩那些虚的，没用。"李江河说着，边掏车钥匙边往外走。

镇长周化民正想去县里开会，被李江河和马平原堵在了大门口。

"这事我跟高书记谈过，镇上正在想办法解决。村里先摸排，做好前期工作。明天我开会回来，找时间再跟高书记专门聊聊这事。"周镇长说完，他的车就驶出了镇政府。

李江河和马平原拐到社区建筑工地和蔬菜大棚那片地看了看。

建筑工地上，吊车时而升降时而旋转，砖瓦和钢筋的相互撞击声，各种车辆的来回奔跑声，工人们的喊叫声，组成一曲热气腾腾的大合唱。

蔬菜大棚那边，相对冷清了不少。在镇上为苇子圈腾出来的那片地上，只有三座大棚在建，其余的地还都空着。

"动员村民过来建大棚的事，不能松懈。"李江河望着眼前的空地说。

"一条不高的堤隔着，差距咋就这么大呢！唉！"马平原重重地叹了口气。

李江河问马平原："对了，郑福运为什么总是不接电话呢，他就不怕错过重要电话？"这段时间，李江河有空就拨打郑福运的电话，可郑福运从来都没接听过。

"切，他有啥重要电话？"马平原很不屑地说，"一没爹二没妈，三没老婆孩子，对他来说，打给他最多的就是派出所的电话。他可能把你当成警察了吧。"

"警察真要找他，不接电话管什么事？"李江河重新掏出手机，给郑福运发了条短信："你好郑福运，我是李江河，好久不见了。我来苇子圈了，哪天你有空，咱哥俩见个面，喝个小酒聊个天呗。"

李江河刚点完发送，一条短信提示音响起来，是郑福运的回信："马平原都跟你说了吧？马平原办不了我，他让你来办我！"

李江河看着这条短信，心中一阵激动，郑福运终于回信息了！李江河忙把电话拨了过去。

铃声响了五六下，那边才接起来。李江河听到那一声有些陌生的"喂"，他忍不住轻轻舒了口气。

"郑福运，你在哪呢？这么多年一直没见面。咱们可是三年的同班同学，看你刚才说的啥话呀？我来苇子圈，就想先看看老同学。马平原也想跟你好好聊聊。"

"李江河,你少给我说这些好听的话。马平原觉得我给他丢了人,让他在上级领导面前抬不起头。现在,他还不是临时找了你当说客?"郑福运说着,冷笑了一声。

"郑福运,我没别的意思,这么多年不见了,一是见个面,再就是咱们聚聚,好好聊聊。"

"李江河你记着,你以前的那个同学郑福运早死了!你就当从没认识这样一个人。没见面的必要,就是哪天碰见了,也没啥可聊的!"

郑福运不待李江河说什么,就挂掉了电话。

李江河又把电话打过去,郑福运没有接。再打,电话已关机。

李江河盯着手里的电话,曾经的那个郑福运,就在眼前。帅气的运动装,时尚的板寸。郑福运不管走到哪里,都是同学们目光的焦点。可是,才十年光景,郑福运竟变成这样!

从马平原口中,李江河大致知道了郑福运的一些经历。

郑福运在南方一家鞋企打工。听说在那里谈了女朋友,也到了谈婚论嫁的地步。不想有一天,郑福运出了事故,手指被机器轧掉了一节。在那个厂子里,这实在不是啥新鲜事,老板给他支付了医药费。出院后,就借故把他炒了。郑福运又去找老板,最后,老板答应再赔偿他,但不是现金,是他们厂生产的鞋子。鞋子就鞋子吧,郑福运已无力再到处找下去了。房租交不上了,女友在一个早晨出门后,再没回来。吃了上顿不知下顿的郑福运,打算在路边摆摊卖鞋维持生计。刚摆到第二天,就遇到来执法的城管,在躲避城管的过程中,郑福运不小心摔倒在地上,把胳膊摔骨折了。郑福运说是被打断的,他挂着一条胳膊,投诉无门。把一根手指丢在了城里的郑福运,只得曲着一条胳膊,回到了滩里。

郑福运家本来在城里有个大房子。父母去世后,郑福运家的房子里,突然被一个带着两个孩子的女人强行住了进来。女人说,那两个孩子是郑福运同父异母的弟弟。郑福运看到了出生证明，父亲那一栏里，果然写着自己父亲的名字。那一刻，郑福运绝望了，比当初轧掉手指、断了胳膊和女友不辞而别更让他绝望。他一句话没说，扭头走出那个家，再也没回去过。

郑福运是城市户口，按说不应该有田地。滩里人看他可怜，就匀出一份田给他。可他从不去田里，他家地里的杂草，比别人的庄稼还高。但这并不影响郑福运到处跑。指不定什么时候，郑福运就不见了。

视土地如生命的苇子圈的老人们，越来越看不惯郑福运，也越来越没人愿跟他说话。起初，郑福运见了滩里的老人们，也想主动说点什么，毕竟祖祖辈辈都在这滩里住着。但老人们不愿理他，郑福运的笑脸刚送到半路，老人就转过了脸，背过了身，有时，还转头冲地上狠狠地啐两口。郑福运脸上准备好的笑，便停在了半空中，凝固了，然后"啪"地落在了地上。

郑福运碰了几次壁后，就不再尝试跟老人们打招呼。开始，对面遇到有老人走来，或者在街上见有老人在聊天，他会转个弯避开。后来他不避了，越是有老人的地方，他越是往那里走，曲着那条残了的胳膊，眼睛望着天上的某一个地方，目不斜视地从老人跟前走过。

郑福运每次回到滩里，总是对遇到的人说，他是进城去问案子了。每说起这些，他都是理直气壮，当时我是摔倒了，那个城管不在我胳膊上踩一脚，我的胳膊会断？早晚我要找出那个人，让他赔偿我。他这样说时，完全不顾对面那个人脸上的表情。

郑福运曾说过，我这胳膊是因为他们才断的，他们总不能不认账吧？总不能就这样算了吧？随着时间的推移，这件事的版本，在郑福运嘴里变得越来越具体，越来越详细。在复述的时候，他甚至不自觉地表现出一副很陶醉的样子。

不管是作为郑福运的同学，还是乡村振兴工作队派驻蒲桥镇的负责人，李江河都不想让郑福运再这样混下去了，他暗自下了决心，不管用什么办法，都要尽快跟郑福运见一面，跟他好好聊聊。拖的时间越久，郑福运的心结就勒得越紧。只有把郑福运心中的疙瘩解开了，他的人生才有可能回到正常轨道上来。

十七

景志强收工回来，看见床上堆的东西，就问金惠珍："出门捡着钱了？买这么多东西。"

金惠珍把一件胸口上绣着朵小黄花的T恤拿过来，抖开，让景志强试穿。

景志强接过衣裳换上，脸上的喜色涨上来。

"好看，真好看！"

"谢谢老婆！"景志强说着，在金惠珍脸上亲了一口。

毫无防备的金惠珍被亲得脸红了，她轻轻推了一下景志强，说："是苗玉桃买的。"

景志强愣了一下，疑惑地问："苗玉桃给你买给麦穗买，她咋也给我买呢？"景志强疑惑地问。

"你是她姐夫呀！"金惠珍冲景志强笑笑说。

金惠珍的笑，让景志强更是有些摸不着头脑。苗玉桃有时会从车上拿下一条烟或几瓶酒或者别的东西，顺手给景志强，但从来没买过衣服给他。本来嘛，金惠珍的同学，哪能给他买衣服呢？

从刚结婚那天起，金惠珍就知道景志强喜欢穿新衣服，哪怕是很便宜的衣服，只要是新的，他就喜欢，穿上就高兴。开始金惠珍觉得有点不可思议，景志强一个大男人，又不是小女生，怎么会那么喜欢穿新衣服呢？有次金惠珍忍不住问景志强，没想到景志强竟说，谁规定的只能你们女人喜欢新衣服？爱美之心人皆有之嘛！我们男人为啥就不能喜欢穿新衣服呢？金惠珍反驳，你也要看是啥样的新衣服呀，不管好不好，就盲目地喜欢，反正我不那样。虽然我也喜欢新衣服，可不适合我的话，宁肯不要，宁缺毋滥。景志强撇撇嘴，不就一件衣服吗，还整得跟啥大是大非似的，也不嫌累。后来，慢慢习惯了，金惠珍也就不觉得有什么了。她想，或许是景志强小时候穿的新衣服太少了吧。又想，也可能是景志强长得太帅了。长得帅的男人往往就会有那么一点儿自恋。

见景志强还是一副茫然的样子，金惠珍就想逗逗他。金惠珍认真地板起脸来说："苗玉桃许是看上你了吧？要不她咋给你买这么多新衣服，还都这么贵。老实坦白，你是不是也看上她了？"

"你胡说啥呢？"景志强认真起来，"苗玉桃是啥样的人？整天穿金带银的主，能看上一个搬砖的？你真是！"说着，景志强把T恤脱下来，扔在了床上。

见景志强真急了，金惠珍说："跟你说着玩呢，大男人家，咋那么不识闹！"金惠珍随口把苗玉桃的新爱好——网购，跟景志强说了。

"有钱人嘛，就是不一样！钱多得花不了，买东西玩。真是！"景志强无奈地摇了摇头，他从床上拿起那件T恤，重新穿上，拎起金惠珍的镜子，前前后后地照。

"别臭美了你！"金惠珍扬起手上的一条毛巾，轻轻地在景志强身上抽了一下。

景志强抓住毛巾，然后顺着毛巾往上，抓住了金惠珍的胳膊，猛地一下把金惠珍搂在了怀里。

景志强的呼吸，变得急促起来。

金惠珍眼睛的余光扫到了一个从门前走过的工人，她一下意识到，天还没黑透呢。明天要走了，说不定苗玉桃或者陆西明他们会过来玩。想到这里，金惠珍就想分散一下景志强的注意力。金惠珍用力推着景志强的手，说："我跟你说呀，今天苗玉桃带我去吃饭了。"

景志强没有回应金惠珍的话，他手上一用力，金惠珍被他搂得更紧了。

金惠珍听到了景志强强有力的心跳，她轻轻闭上了眼睛。连金惠珍自己也不知道为什么，在她轻轻颤栗着，准备迎接着景志强亲吻的时刻，眼前却突然出现了那个细眉细眼的叫夏红梅的女孩。

金惠珍愣了一下，像是无意识地，她随口说了一句："烧烤店那个叫夏红梅的女孩，苗玉桃说是咱老乡呢！"说完，金惠珍自己也愣住了。这种时候，自己怎么突然说出这样一句毫不相干的话来呢？

景志强紧搂住金惠珍的双臂突然僵住了。两个抱在一起的身体之间，像是猛地被一个无形却坚硬无比的东西隔开，两个身体看似很近，近到与以往没有任何区别。但是，金惠珍却一下感觉到了景志强与以往的不同。

是这句不合时宜的话让景志强不乐意了吧？静静伏在景志强胸前的金惠珍，自责的心情刚闪了一下，脑海中却突然响起了一声炸雷，她睁开眼睛。近在眼前的景志强，突然变得从未有过的陌生。

金惠珍抬起胳膊，一下把景志强推开。

景志强试探着，伸出胳膊，想抱住金惠珍。金惠珍伸手一挡，就把景志强的胳膊挡了回去。

怪不得苗玉桃对那个女人一副恶狠狠的样子，怪不得苗玉桃对那个女人说我是景志强的老婆，怪不得那个女人再也没有露面……

此刻，金惠珍的心上，有把尖利的刀子在切割。

金惠珍的泪，汹涌流淌。她想不明白为什么会这样！在老家的时候，每当想景志强的时候，她也想过景志强的种种好和景志强会犯的错，但她唯独不相信景志强会犯这样的错。她那么爱景志强，景志强也那么爱她，怎么会做出这样的事来呢？

这是真的吗？恍惚中，金惠珍脑子里像灌满了糨糊，一片混沌。

"惠珍，你听我说。我……我……那回，我……我是喝多了。"景志强结结巴巴地说。

心口上那把刀子，刺得更深了。金惠珍咬紧牙，一个字都不说。她不想问，也不想知道。用力捂住胸口，耳边是心碎成一片片的裂响。

整整一夜，金惠珍就那么脸朝墙躺在床上，泪水如决堤一般，怎么也收不住。事后，金惠珍觉得奇怪，自己的身体里怎么会存了那么多的泪水呢？

那个夜晚，景志强曾几次试图靠近金惠珍，但每次，景志强还不曾碰到，金惠珍就像触电一样，浑身上下起了一层鸡皮疙瘩。条件反射一般，她的胳膊猛地伸出来挡在了景志强的面前。景志强似乎说了许多话。他说了与夏红梅的相识，说了自己的醉酒。到了后来，景志强好像还爬到地上，跪下了。他跟金惠珍保证，那是唯一的一次，也是最后一次。他请求得到金惠珍的原谅。整整一夜，金惠珍一言不发。

窄小如两片砖头的窗户上，曙色缓缓透进来，朦胧着、胆怯着，怕惊到了谁的样子。

金惠珍慢慢爬起来，试着去找地上的鞋子。

景志强呆愣了片刻，像是一下清醒过来，他光脚跳到地上，看着金惠珍，不知该怎样做。他试探着伸出手，想拉住金惠珍。金惠珍只一下，就把景志强的胳膊挡了回去。反复几次后，景志强不再努力，他垂下手，立在碗柜跟前，重重地叹了口气。

金惠珍抬起手，下意识地拢一下头发。她贴着墙，从景志强的身边挤过去，走出了那间夫妻房的门。

景志强追了出去。

门外，这个城市的一切都在半睡半醒之中。金惠珍深一脚浅一脚地往前走。

景志强想拿过金惠珍肩上的包。金惠珍很坚决地扭了一下身子，景志强的手就被甩到了一边。

"惠珍，我错了，我该死！你说句话，到底咋样，你才能原谅我？"景志强死死抓住金惠珍的胳膊，身子一软，他跪在了金惠珍面前。"惠珍，看在麦穗的份上，你就原谅我这次吧。我向你保证，再也不会了。惠珍，我变牛变马，也要对你好，对咱麦穗好。惠珍，你就饶了我这回，行吗？"景志强双手抱着金惠珍的腿，一把鼻涕一把泪地哭起来。

想到麦穗，金惠珍的心狠狠地疼了一下，刚止住的泪水又涌上眼眶。麦穗，你还知道麦穗？做出这样的事，你还有脸提麦穗？金惠珍咬紧牙，没有让自己哭出声。她慢慢弯下腰，使劲儿掰开了景志强的手。然后，一步步朝着不远处的二环南路走去。

来到站牌下，金惠珍竟一时无法判断自己应该在马路的哪一边乘车了。这趟车她坐过无数次，每一站的名字，她都记得一清二楚，闭着眼都不会坐过站。可是，在这个朦胧的清晨，金惠珍竟失去了方向。

一辆亮着顶灯的出租车缓缓驶过来。金惠珍似乎想也没想，就一步跳到了路中央。出租车司机一脚急刹，在她跟前猛然停下。金惠珍拉开车门，跨进了出租车。这一连串动作，前后不到半分钟。等景志强反应过来，抹着脸上的泪跑过去的时候，出租车早已驶进了弥漫着薄雾的晨曦里。

路边的景志强，试图拦辆出租车，去追金惠珍。可是平时车流不断的二环南路，此时此刻却连个出租车的影子也看不到。景志强一边伸长了脖子，焦急地望着路上，一边掏出手机，拨打着金惠珍的电话。电话一直被金惠珍挂断。后来，金惠珍直接关机了。

不知过了多久，终于有一辆出租车驶过来。景志强一步跳到了路中央。但那辆出租车在他面前稍稍减速，绕过他，快速开走了。

这唯一一辆从他面前驶过的出租车，是载了客人的。

看着远去的出租车，景志强像一个迟暮的人一样，步履蹒跚地走到路边，靠着一棵法桐的树干，慢慢地，慢慢地矮了下去。依在树干上，他无所顾忌地号哭起来。那牛一样的号啕声，在将明未明的城乡结合部的上空，缓缓散开，被建筑工地钢铁水泥的声响碾得粉碎。景志强泪眼迷离的目光里，怀抱着麦穗的金惠珍，越走越远，只留给他一个模糊的背影。景志强眨一下眼睛，再望过去，竟连那个背影也消失不见了。

景志强了解金惠珍的脾气，一旦认准了的事，八头牛都拉不回。

从知道这件事到跳进出租车，不管他怎样解释怎样道歉甚至哀求，金惠珍竟连一个字都没有对他说过，哪怕是一个"呸"都没有。就好像身边不存在他这个人一样。金惠珍哪怕骂他一顿打他一顿也好啊，可是，没有。什么都没有。

《泉韵》的音乐响起。景志强忙掏出手机，凑到眼前，屏幕漆黑一片。一辆洒水车喷着白色水雾，从他身边驶过。景志强愣了一下才意识到，耳边响起的，是洒水车的音乐。

那首《泉韵》，是金惠珍手机的来电铃音。她说过，每次听到这首音乐，就像来到了泉城。

景志强与夏红梅的联系，与这首音乐也有些关系。

想到夏红梅，景志强眼前一片模糊。他抬起手，用力拍打着自己的脑袋。把手机拿到眼前，他找出苗玉桃的号码，拨了过去。

她耐着性子听完景志强带着哭腔颠三倒四的叙述后，恨恨地说："该，活该！金惠珍对你咋样，你心里不清楚？金惠珍是啥样的人你心里没数呀？现在想起来找我去劝了，早干啥了？你们这些臭男人，没个有良心的！让我去劝金惠珍？你真好意思！跟你说吧，别说是我，就是天爷爷也没法帮你劝回来！"苗玉桃说完，不待景志强反应，就猛地摁掉了电话。

苗玉桃是被景志强的电话给吵醒的。她本来计划早晨早点起床,送金惠珍去车站。昨天晚上,为了要孩子的事,苗玉桃跟贾建设吵了一架,吵到最后,还动了手。苗玉桃不依不饶地跟贾建设闹。以往,苗玉桃想要啥,贾建设就没有不答应的,唯独苗玉桃提到要孩子的事,贾建设就不那么好说话了。苗玉桃也不是吃素的主,两个人断断续续地闹了一夜。天快亮的时候,苗玉桃才迷迷糊糊地合上眼睛。

苗玉桃坐起来,看到睡得死猪一样的贾建设,心里的气忍不住又"噌"一下蹿上来。苗玉桃扬起头,长长地吐了口气,拿起电话,找出金惠珍的号码,拨了过去。

金惠珍的手机却始终是关机状态。苗玉桃光脚从床上跳了下来。

十八

苇子圈全体村民大会在村委会门前召开,马平原先讲了镇政府对苇子圈祖坟迁出河滩的安排。

听说要迁坟,村民一下乱起来。

"祖祖辈辈在这滩里待着的先人们,到滩外去,这能行?"

"迁坟可不是个小事,破了风水,那还了得!"

"多少辈了都在这里,哪能说迁就迁?"

"迁出去也不是啥坏事,往后咱去了滩外,给祖先上个坟也近便。"

多数人对迁坟持反对态度。特别是马平原的远房亲戚马秉财,更是跳着脚地不同意。

"秉财大爷,咱活人都搬出去了,先人们不也得跟咱住得近点吗?"村文书老金说。

"谁说俺要搬出去的?住惯了的老屋,到死也不离开。"秉财大爷用手里的拐杖用力敲敲地面,"打小咱也没住过那洋楼,架在半空里爬上爬下的,咱住不惯。 不搬。"

"别人都搬走了,剩你自己咋办?"一个年轻人故意调侃地说。

"剩我自个儿更好,就当看堰屋!"秉财大爷说完,气哼哼地转头就走。

秉财大爷年轻的时候看过堰屋。 他脾气倔得出名,村里人说他"撞到南墙也不回头,不撞出个窟窿来,他不罢休。"在苇子圈,没人敢惹他。 秉财大爷无儿无女,老伴前几年也走了。 就连经常照顾他的马平原,也不敢轻易对他说什么。

在滩外建祠堂,是李江河和马平原综合考虑后,一起做的决定。 他们多次到镇政府去找镇长、找书记。 领导们都忙,等找到他们,做完汇报,镇领导抽空商量了,还要跟镇驻地蒲桥村商量协调。 蒲桥村领导要跟村民们商议,这其中的难度确实不小。 蒲桥村的蒲书记跟马平原是战友,是个顾大局、识大体的人,他顶着各种骂名,硬是在紧靠大堤的水塘边上,整出来一块能建祠堂的地方。

"接下来,你想怎么办?"散会后,李江河问马平原。

"还能怎么办,挨家挨户地去动员呗。 老百姓又不跟机关单位的工作人员那样,动员一下就响应。 把板凳坐穿,硬磨,早晚把他磨得无话可说。"

李江河一拳砸在马平原肩头上:"行!"

两只手掌拍在了一起。

"到了这份上,不行也得行。 当初回来,就没想'不行'这俩字。"马平原把握起的拳头在脸前晃了晃。

李江河对马平原竖起大拇指:"在部队待了这几年,果然不一样!"

马平原从部队回来后,被安排到镇经委工作。 工作单纯、轻松,还有双休。 在镇经委干了不到一年,镇领导找他谈话,让他回苇子圈兼任村委会主任。当时他也很犹豫，从小生长在农村的马平原，知道村里的工作不好做，妻子魏晓珍在镇上小学当老师，她也不同意马平原回去。但领导找他谈话，他也不好直接拒绝，就说考虑一下。第二天，他就找了镇领导说服从组织安排。马平原任村主任不到半年，赶上村委换届，他被选为村支部书记后，就正式离开了镇经委。

李江河一直想知道那次发给村民的五百多块钱是哪来的。可每次他想问，马平原就把话题拐到了别处。

那天，村文书老金的一句话，让李江河知道了钱的来源。

老金说："马平原再有本事，他能变出钱来？还不是从自己口袋里往外掏。"

李江河听闻这话，愣了一下，把询问的目光投向马平原。

"五百多块钱，我还是能掏出来的。"马平原知道漏了底，也就不再对李江河隐瞒。马平原咧开嘴，有些无奈地冲李江河笑了笑。

"掏自己腰包，这总不是办法吧？"李江河对马平原说。

"否则呢？"马平原有些自嘲地拍了拍口袋。

"否则呢？"李江河说。

李江河和马平原几乎是同时伸出右手，两只手掌击在了一起。

"你俩，还玩小孩子游戏呀？"老金瞪大了眼睛问。

李江河和马平原哈哈大笑起来。

这三个字，是他们高中班主任的口头禅。背地里，同学们也常常使用，且越用越熟练，代表的含义也越广泛。高兴的时候、无奈的时候、尴尬的时候……到了最后，这三个字到了几乎无所不能替代的地步。

"李江河，没见你练倒立呢，别到时不好兑现呀！"马平原呵呵笑着，问李江河。

"才几天没抽烟呀，就以为自己能赢？"李江河整理着桌上的材料，"不过这两天真觉出咱滩里空气好了。以往，都让你给糟蹋了。

马平原你放心，你要真能坚持到第二个月，我就开始练。"

"好，就这么定了！"马平原伸手拍了下桌子，呵呵大笑起来。

麦穗放学回到家，把书包扔在枣树跟前的小凳上，就要往外跑。

奶奶一把拉住她，说："刚回来就往外跑，不饿呀？"

"我去看婶婶家小鸡长大了没。"麦穗用力扭动着身子，想挣脱开奶奶的手。

"哪这么快呀？先吃饭，吃了饭再去。"奶奶拉着麦穗去洗手。

麦穗乖乖地跟奶奶来到脸盆跟前。奶奶转身朝厨房走。

麦穗冲着奶奶的背影做了个鬼脸，一伸手，把毛巾丢到树下的凳子上，猫着腰快步跑出大门，眨眼不见了踪影。

奶奶端饭出来，眼前只有麦穗的书包和毛巾："这孩子！"奶奶把碗放在石桌上，去找麦穗。

麦穗果然在婶婶家看小鸡，奶奶好说歹说，麦穗才被奶奶拽着，离开了盛小鸡的柳筐。

麦穗在前边跑，奶奶在后边跟着。

"等婶婶家小鸡下蛋了，我去捡鸡蛋。"

麦穗伸展双臂，学着小鸡的样子，时东时西，歪歪斜斜地往前跑，嘴里发出"叽叽叽"的叫声。

奶奶被麦穗逗得笑起来："看你这孩子，好好走路，别摔着呀！"

奶奶紧走几步，想拉住麦穗。麦穗停下，站在前边，等奶奶过来。奶奶刚把手伸过来，想抓麦穗的胳膊，麦穗突然一低头，飞快地从奶奶胳膊底下钻了过去。站在不远处，麦穗看着奶奶那只刚刚扑了个空、还没来得及放下的手，她弯下腰，咯咯地笑起来。

奶奶看着麦穗开心又调皮的样子，脸上的笑波纹般一圈圈暖暖地漾开来。

孙女高兴，奶奶就高兴。孙女哭着想妈妈的时候，是爷爷奶奶最难过的时候。比自己生病、想念儿子、干活劳累，都更让人难过。麦穗是个乖孩子，嘴也甜，奶奶心里有啥不痛快了，只要麦穗扑到怀里，搂着她的脖子撒撒娇，奶奶脸上的笑，就花儿一样绽开了。心里的那点不顺畅，也早没了踪影。偶尔，奶奶也会有缓不过来的时候。麦穗玩一会儿回来，见奶奶像是还在生气，她就偎在奶奶怀里，小手轻轻抚摸着奶奶的脸，仰起小脸看着奶奶："奶奶，你说，你快说，'俺的宝贝疙瘩呀'！"奶奶不说话，麦穗就一遍遍地学着奶奶的声音说，"俺的宝贝疙瘩，俺的宝贝疙瘩呀！"到了最后，竟像是麦穗对奶奶说这句话了，"俺的宝贝疙瘩，俺的宝贝疙瘩呀！"奶奶没忍住，被麦穗逗笑了。

　　麦穗偶尔犯起性子来，也拗。金惠珍进城，麦穗自然免不了哭闹，爷爷奶奶哄一阵子，也就哄好了。但随着年龄的增大，麦穗越来越不好哄。有时，爷爷奶奶把她哄好了，看她啥事都没地跑到一边玩了，但不知什么时候，也许只是一转头的工夫，她就又问："妈妈啥时回来？"说着，泪珠儿已经骨碌碌地滚了下来。不论爷爷奶奶怎么哄、怎么劝，就是不说话不吃饭不睡觉。

　　奶奶没有办法把麦穗哄好，只得糊弄她说："再过五天，你妈妈一准能回来。"

　　麦穗看着奶奶，看了好一会儿，然后用手背抹净脸上的泪，不哭了。她慢慢走到梳妆台前，从抽屉里掏出只小盒子，把里边的东西倒在床上。

　　奶奶悄悄探头一看，是包着花花绿绿塑料纸的巧克力。

　　麦穗拿出五颗，然后抱过毛绒大袋鼠，把巧克力放进了袋鼠肚子。麦穗说："谁也别动我的宝贝！"说完，就跳下床，一口一口吃起饭来。

　　晚上，麦穗把袋鼠搂在怀里，从袋鼠肚子里掏出那些巧克力，跪在床上，一颗一颗认真地数，接连数了好几遍。麦穗对着床上的五颗巧克力抿嘴笑了。麦穗拿起一颗巧克力，放在眼前瞅了半天，然后慢慢剥开，放进嘴里。麦穗把包装纸摁平整了，放进袋鼠的肚子，把袋鼠搂在怀里，轻轻闭上了眼睛。

每天晚上，麦穗都重复着同样的动作，对着那几颗巧克力数来数去，然后把一颗巧克力含在嘴里，才会入睡。

奶奶对麦穗说："你妈妈说了，晚上吃糖虫子钻你牙。"

麦穗把袋鼠用力往怀里搂搂，说："奶奶，这不是糖，是巧克力。"

"巧克力也是糖！"奶奶说，"往后，别等睡觉了再吃，白天吃。"

"奶奶，你不知道。"麦穗说完，抱着那只大袋鼠，翻了个身，闭上了眼睛。

袋鼠口袋里的巧克力剩下最后一颗的那个晚上，麦穗跪在床上，对着那颗巧克力，看了好久好久。奶奶催她睡觉，催了几遍，麦穗才轻轻剥开那最后一颗巧克力，放进嘴里，然后抱着大袋鼠，轻轻合上了眼睛。

那一晚，麦穗的梦里有巧克力的味道。麦穗梦到妈妈和爸爸一起回来了，他们下了公共汽车，并肩从大堤上走过来。爸爸妈妈到学校去接她，他们牵着她的手，一起往家里走。狗狗小黑颠颠地跑一会儿，就扭过头，看看她和爸爸妈妈。"小黑，你是羡慕了吧？小黑，别难过，我的爸爸妈妈，就是你的爸爸妈妈，他们爱你，我也爱你，全家人都爱你。小黑，你多幸福呀，是不是？"

麦穗说着，咯咯地笑起来，把自己笑醒了。

麦穗吃过饭，背上小书包，蹦蹦跳跳地去上幼儿园。

中午放学后，她快步跑回家，没来得及放下书包，先跑进屋里，各个房间来来回回地看了一遍。扔下书包，她朝房台后边跑。从那里，能看到大堤上来来往往的汽车。麦穗踮起脚，朝大堤看了好久，也没有一辆公共汽车从这里走过。也许是妈妈下了公共汽车，正在滩里的路上走着呢！麦穗踮起脚，朝房台通往大堤的路上望，半人高的玉米田里，白绸带一样的小路上，一个人影也没有。麦穗待了一会儿，低下头，慢慢朝家走。

奶奶已经把饭盛好了。麦穗没哭也没闹，她不声不响地吃着饭，直到离开饭桌，麦穗也没说一句话。她知道，爸爸妈妈上午没回来，一定是车晚点了。有一回，妈妈回来的时候，天都快黑了呢。这回，妈妈坐的车，不会晚那么久，妈妈说了，那回是因为春运。

下午放学后，麦穗喘着粗气跑进家门，看也没看坐在院子里洗衣裳的奶奶，就一头扎进妈妈的卧室。妈妈坐了那么久的车，一定累了，在睡觉吧。

卧室里没有妈妈的影子，客厅里、厨房里，都没有妈妈的影子。也没有妈妈那只绣着小马的布包。麦穗跑出屋子，又跑出院子，朝房子后边跑去。

站在房台边上，麦穗痴痴地朝着大堤望。有一辆公交车从远处过来了，麦穗跳了一下，她要看着妈妈从车上走下来，再从大堤上下到滩里，不多时，妈妈就会来到她面前！麦穗又跳了一下，妈妈从车上下来的时候，她就马上从房台上跑下去，过去接妈妈！

那辆绿色的公共汽车没停，驶走了。

麦穗眼睛里亮亮的光暗了下去。

红红圆圆的大太阳，停在大堤上那排梧桐树的树梢上，笑眯眯地看着碧绿的滩和静静流淌着的河。

麦穗靠在一棵大柳树上，伸长了脖子，眼睛眨也不眨地朝大堤上望。

树梢上圆圆的大太阳，慢慢地变成了半个。转眼，那半个太阳也"咕咚"一声，落在了大堤的后边，不见了。

又一辆车过去了,还是没停。

天色渐渐暗下来。麦穗揉揉眼睛,见身边有一个大大的麦秸垛。麦穗走过去,朝垛顶上爬去。好几次,麦穗刚爬了一半,就溜了下来,那些麦秸太滑了。麦穗脱掉鞋子,继续往上爬,终于,麦穗爬到了麦秸垛顶上。

麦穗能看到更远的地方了。远处有车子过来的时候,麦穗很快就能看得到。河滩里的一切,也都更清楚。从房台通往大堤的路,在玉米田里曲曲弯弯地往前走着,像一条被随手丢在田里的绳子一样。

麦穗的眼睛望得疼了,泪水流了下来:"妈妈,妈妈,妈妈,妈妈!"小小的人儿赤脚站在高高的麦秸垛上,大声哭起来。

奶奶喊麦穗回家吃饭的声音从不远处传来。

奶奶看到了麦秸垛上的麦穗,惊得一屁股坐在地上:"哎呀,你这孩子,这么高的麦秸垛,你是咋上去的?万一摔下来,还了得呀!"

"你说妈妈今天回来,妈妈咋没回来?"麦穗哭着,"妈妈,妈妈,我要妈妈!"

奶奶的惊叫和麦穗的哭喊,惊动了邻居家的叔叔婶婶,他们跑出来,看到了麦秸垛上的麦穗,也吓了一跳。叔叔伸长胳膊,把从垛上溜下来的麦穗接住,抱了下来。

奶奶拉着麦穗的手,慢慢往家走。麦穗依然不停地哭,奶奶抬起胳膊,用衣袖抹着脸上的泪。

这天晚上,麦穗没吃饭,只是哭。任爷爷奶奶叔叔婶婶怎么劝都不听,直哭到睡了过去。梦中,麦穗边抽泣边不时地喊着"妈妈,妈妈"。

奶奶坐在麦穗床前,看着睡梦中依然哭着找妈妈的孙女,想着久未见面的儿子,泪水也忍不住一颗颗落下来。

那天麦穗放学回来，小脑袋在奶奶腿上枕了一会儿，然后抬起头，突然问："奶奶，你说实话，我是爸爸妈妈的亲孩子吗？"

奶奶被她的话吓了一跳，她没想到麦穗会问这样的话。

没等奶奶回答，麦穗又说："爸爸好长好长时间也不回来看我们，妈妈也扔下我去看爸爸，也不管我。爸爸妈妈是不喜欢我了吧？"

奶奶把麦穗搂在怀里，说："你爸爸要挣钱呀，你看，咱家里要盖新房子，你要买新衣服，上学要买新书包。你爸爸不在外边挣钱，咱拿啥买这些，是吧？"

"你和爷爷种地，把粮食卖了，也挣钱呀！妈妈编花篮，也挣钱呀！为啥爸爸非要去那么老远的地方去挣钱呢？"

"你爸爸每次回来的时候，不都是给你买很多好吃的好玩的东西吗？你妈妈也是呀！你爸爸妈妈最疼你了，他们不疼你疼谁？不喜欢你喜欢谁？你看，奶奶也是你爸爸的亲妈呀，你爸爸不也是好久没来看奶奶了吗？"奶奶说到这里，心疼了一下。她也想儿子了，但她不能让麦穗看出来。

"我给爸爸打电话，让他回来看你和爷爷。"

"等过年的时候，你爸爸就回来了。现在你爸爸要挣钱，你打电话，他也没空回来呀。"

"爸爸就是不愿回来。可心的爸爸在家里，也一样挣钱呀！"麦穗说着，低下了头。

奶奶发现，自从麦穗问了自己是不是爸爸妈妈亲生的以后，就变得不怎么爱说话了。有什么不顺心的事，就喜欢一个人躲在角落里生闷气。

为了让麦穗高兴，有天晚上，奶奶跟麦穗说："麦穗啊，你不是喜欢婶婶家的小鸡吗，赶明儿，让你爷爷也买几只回来，好吧？"

麦穗抱着她的大袋鼠，把脸背过去，用力摇了摇头，说："要喂你喂，我不喜欢！"

奶奶愣了一下，没再说什么，只是重重地叹了口气。

替麦穗盖好被子，奶奶突然有些生金惠珍的气，滩里那么多男人在外边打工，就你金惠珍守不住，想你男人呀！把孩子丢在家里，整天又哭又闹的！奶奶叹了口气，儿子景志强的面孔突然出现在眼前，哎，惠珍要是不去，志强一个人成年累月地在外边，也不是个事呀，他一个正当壮年的男人，万一出点啥事，这个家可咋办？

奶奶思前想后，一会儿想想惠珍，一会儿想想儿子志强，一会儿又想想麦穗，整整一夜，没有合眼。

十九

火车站到了，司机停下车，对金惠珍说："大妹子，到了。"

金惠珍望了一眼司机，又看了看车窗外，一时竟像是在梦里。若不是司机提醒，她没想到已经到了火车站，也没想起自己的目的地就是火车站。金惠珍机械地打开车门，木偶一样一步步朝着候车室走去。

回家，回滩里，回苇子圈。想起了自己要去的地方，金惠珍的泪又落下来。她边抹泪，边慢慢往前走。

"喂，大妹子，大妹子，你的包！"

有人在拉她的衣袖，金惠珍缓缓回过头，见是出租车司机，他正把那只布包朝金惠珍递过来。

金惠珍接过包，低声说："谢谢大哥！"说完，就低了头，又要往前走。

司机轻轻拉住了包上的带子，结结巴巴地对金惠珍说："嗯，大妹子，是这样。我知道你心上有事，凡事想开些。"司机顿了一下，有些艰难地说，"大妹子，你看，也不知你带没带零钱？"

金惠珍愣了一下，一时没明白过来司机问她带没带零钱做什么。

难道，他是要让我帮他找零钱吗？金惠珍想了一下，一时记不起自己包里到底有没有零钱。金惠珍慢慢掏出钱包，打开的一瞬，一道亮光闪了一下，金惠珍的脸一下子红了。

"不好意思大哥，你看，我不是故意的。"金惠珍急忙解释，她怕司机把她当成骗子。

"没事，没事，我知道你不是故意的。谁还没个忘事的时候。"司机笑着，接过金惠珍递过来的钱，"大妹子，还是那句话，凡事想开些，哪有过不去的坎儿啊，你说是不是？"

金惠珍点了点头，带着哭腔说了句"谢谢大哥"后，就随着客流，低头朝候车大厅走去。

事后，金惠珍记不起在等待检票的那段时间里，她都想了些啥。好像想了很多，又好像是什么也没想。直到上了火车，在那个属于自己的座位上坐下，金惠珍才像是醒过来。从昨天晚上到现在的一切，在她的脑海里翻涌着。

怎么会这样呢？这是景志强跟我开的玩笑吗？这一切是梦吗？金惠珍的脑袋里一跳一跳地疼。她把头靠在窗玻璃上，眼泪像开闸的水，怎么也止不住。

火车"咣当咣当"响着，像是有个人在耳边不停地大声吵。以往，金惠珍喜欢听这个声音，"咣当咣当"，音乐一样，很有节奏。伴着这声响，她的心，她的人，就离那个日思夜想的人儿近了，更近了。心里的思念，浓了，更浓了。

有一回，在即将离开泉城的前一天晚上，金惠珍和景志强躺在床上，金惠珍把脑袋往景志强胸前拱了拱，突然笑起来。景志强问她笑啥，金惠珍只是笑，不说。景志强把手放在金惠珍的腋下，要挠她的痒痒肉，金惠珍才讨饶，说："你有没有觉得，两口子在一起，就像充电。时间久了，不充，就会断电。你说是不？"景志强听罢，坏笑着说："嗯，有道理，我可不能让你断电。"金惠珍轻轻打了一下景志强，说："净往歪里想。我说的充电，可不单单是指这个呢！"

两人之间的电，明明就充得足足的呀，该说的说了，该做的做了。为什么她和景志强之间的电突然就断了，为什么景志强就和别人有了那种事呢？

金惠珍的眼前，突然出现了景志强和那个叫夏红梅的女人，他们抱在一起，滚在一起。金惠珍觉得胃里什么东西顶了上来，她慌忙把拳头堵在嘴上。

景志强已经不是原来的那个景志强了。想到与景志强的那些亲热，金惠珍身上立刻起了一层鸡皮疙瘩。她下意识地抱紧了自己，把头抵在窗玻璃上，牙齿颤得咯咯作响。她觉得自己像是掉进了冰窖里，连头发梢都是冰的。

离婚，只有离婚！

金惠珍实在无法想象，当她再与景志强在一起的时候，她和景志强之间，躺着一个叫夏红梅的女人。

离婚，除去离婚，还能怎样？

金惠珍的泪又从脸上滑了下来。

景志强，是我不够爱你吗？是我对你不够好吗？你怎么能这样呢？怎么可以跟一个不相干的人，做出那样的事来呢？景志强，她一直深爱着的丈夫，真就做出来了。他就没想过自己的老婆、父母和女儿吗？

从火车站到汽车站，金惠珍不知怎么走过去的。以往，她都是坐公交车或打个摩的，这回，下了火车，她径直朝着汽车站走去，像是在梦游。

汽车在苇子圈村口停下，金惠珍才如梦初醒。到家了，这回是真到家了！金惠珍快步冲到车门前，一步迈下车，跌跌撞撞地朝通往苇子圈的小路冲了下去。此时的金惠珍，像一辆刹车失灵的车子，不管不顾地往下冲着。待来到堤下的河滩里，金惠珍的泪再也忍不住，她冲进路旁的柳林里，双手搂住一棵小柳树，号啕大哭。

天渐渐黑下来，周围的景物变得模糊了。金惠珍抹净脸上的泪，慢慢站起来。看着不远处飘着炊烟的房台，金惠珍鼻子一酸，又想掉眼泪。她咬咬牙忍住了。走到一个小河沟跟前，金惠珍弯下腰，捧起水洗了把脸。她想把脸上的泪痕、疲惫都洗掉，她不想让公公婆婆和麦穗看到。

直起腰，金惠珍慢慢朝房台走去。

二十

景志强终于拦下一辆三轮摩托。那是辆趁路面值勤民警还没上岗，出来拉活的黑车。景志强跳上三轮车直奔火车站而去。

等景志强挤进候车室时，载着金惠珍的那列火车刚刚开走。景志强不死心，他在候车大厅里焦急地走着，眼睛时左时右地寻找着。来回找了两遍，哪还有金惠珍的影子？景志强知道，金惠珍真的走了，一句话也没说，就这么走了。

景志强在角落里的一张椅子上坐下，把脸埋在双手间，一动不动。像是有只大手，把他的心一下掏空了。怎么会这样呢？景志强把头低在两腿间，一只手下意识地捂在了心口上。

音乐声在旁边响起，是惠珍吗？

景志强猛地抬起头，寻着那首熟悉的铃声望过去，对面座位上，一位男士正从口袋里往外掏手机。

又是《泉韵》，那次跟夏红梅相识，也是因为这个铃声。

那天下午，有个工人违规操作，不巧被上级来巡查的工作组逮个正着。当着全体工友的面，景志强被老板骂了个狗血喷头，老板指着景志强的鼻子说，再有下次，让他立马滚蛋。当月的奖金，也全被扣掉了。晚餐喝了一顿闷酒后，景志强一个人漫无目的地在路上走，到了一个站牌下，正好有一辆公交车驶过来，景志强像是被什么东西牵着，随人流上了公交车。在某个站点，景志强被身后的人挤下了公交车。

站在华灯初上的街头，景志强只感觉头晕目眩，他一下子辨不清自己到底在哪里。茫然地朝四周看了看，离自己不远的地方，有一家看起来很热闹的烧烤排档。条桌上一杯杯冒着泡沫的啤酒吸引了他的目光，景志强抬脚走了过去。

那串熟悉的旋律在耳边响起的时候，景志强已经喝得趴在了桌上。《泉韵》的突然响起，让景志强猛地打了个激灵，他似乎醒了过来。醉眼中，随音乐飘来的，不就是他想念着的妻子惠珍吗？

惠珍，惠珍！景志强含着眼泪，跌跌撞撞地走过去。此时，他唯一想做的，就是扑到惠珍怀里，痛痛快快地哭一场。

"惠珍，惠珍，惠珍！"

"哥，你咋知道俺的名字的？"

两个人相扶着坐下，碰了一杯。

两个人后来怎么走的，怎么去了那个小房子，景志强一点都想不起来了。

景志强醒来的时候，看到屋子里陌生的一切和身边的这个女人，犹如五雷轰顶，他猛地坐起来。头疼得要裂开一样，景志强下意识地抬起手，捂在了头上。

女人也醒了，她用力蜷着身子，把自己缩成弓一样。抬起头，她想对景志强说点什么，刚一张嘴，"哇"的一声，一大口混杂着酒味、酸腐味的液体喷了出来。

真混！怎么到这来了呢？自己这样，咋对得起惠珍？景志强用力拍了下自己的头，他真恨不得打自己几巴掌。以往，工友们谈起这种事时，在心里，他是鄙视的。没想到，自己竟然也这样了！

景志强看着这个陌生的女人，一时不知怎么才好。他飞快地穿上衣服跳下床。从工友们以往的说笑中，他知道这事是要付钱的。他摸到了口袋里那张硬硬的钱币，但那只手却像是和口袋长在了一起，试了几次，都无法拿出来。此时，景志强不是心疼钱，他是不知道该说啥。昨天晚上的一些记忆，慢慢浮了上来，他想起了这个女人叫夏红梅。夏红梅的老家，跟他老家相距十几里地。论起来，他们也是老乡。掏钱给她，那不明摆着成了买和卖的关系了吗？就这么拍拍屁股走了？那也太不男人了。景志强脸涨得通红，手足无措地站在夏红梅面前，不知如何是好。

离上班时间越来越近。景志强怕迟到，又怕万一让贾建设知道了，就更不好了。

"妹子，昨晚……昨晚我喝多了，嗯……嗯……这点钱，你自己买点东西吧。"景志强把手里的纸币朝夏红梅递过去。

看着那张粉色的纸币，夏红梅哭了："哥，你真把俺当成那种人了？"夏红梅转身趴在床上，大声地痛哭。

景志强站在门口，不知是该进来安慰夏红梅，还是该立即离开。

"都怪我，怪我喝多了。"景志强低头看着自己的脚说。

"哥，不怨你。开始，俺是故意跟你套近乎。俺刚结婚三个月，他就去深圳打工了，走了一年多，一直也没回来……哥，开始俺是故意的，真是故意的，俺看你一副实诚相，从侧面看，挺像俺家那口子。可后来，后来……你也把我当成干那个的了？"夏红梅边说，边不停地抹着泪。

"不……不是，妹子，你……你别误会，我……"景志强把手里那一百块钱丢到小床上，逃出了小屋。

对不起惠珍，对不起夏红梅。往后我再也不喝酒了。我不是人，我真是个畜生！惠珍对我这么好，我咋这样呢！

回到工地，景志强拼命地干活。到了吃午饭的时候，他没有去餐厅。下午刚上班的时候，还勉强能坚持住，到了晚上，干了一天活的景志强饿得前胸贴后背，肚子里一阵阵咕咕叫。下脚手架时，景志强眼前发黑，身体轻得像要飘起来。他不敢低头往下看，使劲抓住脚手架上的钢筋，慢慢地，终于下到了地面。

见工友们吵嚷着直奔餐厅，景志强的脚也忍不住朝着餐厅的方向走。到了餐厅跟前，饭菜的香味一阵阵飘过来，带了钩子一样，勾着景志强的胃。景志强忍不住猛吸了一口。他在餐厅门口站了一小会儿，然后转过身，有些艰难地朝工棚走去。身后，饭菜从未有过的香味儿，像一只看不见的手，在往后拉着他。景志强走得很慢，但他却没有回头。走进工棚，他把自己扔在了床上。

胃一阵阵地痉挛，景志强握起拳头，一下下击打着胃。转而，又击打着自己的头。吃饭，还吃什么饭？做了对不起惠珍的事，就不应该吃饭！

精神和肉体双重折磨下的景志强，始终无法入睡。从床上爬起来，他走出了工棚。

陆西明跟了出来，递给景志强一根烟。烟雾中，景志强跟陆西明说出了昨天晚上的事。其实景志强不说，陆西明也已经猜出来了。

"嘻，男人嘛，也就是玩玩，又不当真，咱一不离婚，二不包着养着。"陆西明安慰景志强说。

"你也是畜生！"景志强猛地扔掉手里的烟，举起手，冲着陆西明就是一拳。

被打蒙了的陆西明恼了，他丢掉手里的烟，冲着景志强回了一拳。两个人扭打在一起，在地上滚起来。景志强躺在地上，双手捶打着自己的头，失声大哭。

手机铃声响起的时候，景志强愣了一下。拿起手机，里边传来了一阵骂声："你他妈死哪去了？不言一声就玩失踪，他妈的不想干了？不想干滚！"

老板是贾建设公司的副总，负责景志强所在的这片工地。看在贾建设的面子上，平时老板对景志强还比较客气。但只要工地上发生点什么事，老板就会骂人，除贾建设外，他谁都骂。景志强真想像老板说的那样"滚"，可是，除去这个工地，除去苇子圈，他又能"滚"到哪里去呢？相比苇子圈，他还是更愿意到工地。

景志强站起来，慢慢往外走。他都忘了上班，忘了跟老板请假了。工地上最不缺的就是工人了。虽然跟贾建设能说上话，但贾建设基本不到工地上来。他有好几个工地呢，每个工地上都有一个人管着。再说，景志强不能大事小事都去找贾建设，毕竟隔着一层。越是跟贾建设有关系，景志强越觉得自己不能懈怠。

景志强边往外走，边试着拨打金惠珍的手机，依然是关机。金惠珍真的就不原谅他，不能给他一次机会吗？把手机放进口袋，景志强走出候车大厅。刚到门口，手机响了。是苗玉桃。苗玉桃先是不管不顾地把他骂了一顿，然后让景志强去聚福临等她，她一会儿就到。

景志强坐上4路车，不多会儿就到了聚福临。金惠珍第一次来泉城的时候，贾建设和苗玉桃在这里请过他们。想想，竟像是昨天。

景志强找了个靠窗的位子坐下等苗玉桃。

苗玉桃的厉害，景志强是知道的。苗玉桃和金惠珍的友情，他更是知道。自己惹出了这事，就等着挨苗玉桃骂吧。他不知道苗玉桃会怎样处理，会不会替金惠珍提出离婚。苗玉桃生起气来，一贯是不管不顾的。

从苗玉桃又想到金惠珍。自始至终，金惠珍竟然一个字都没说。她是被气晕了，还是不屑？金惠珍在车上会哭吗？回到滩里，她会把这事告诉父母，告诉麦穗吗？想到麦穗，景志强的心狠狠地疼了一下。

透过窗玻璃，景志强看着走下车的苗玉桃，心里不由一阵发紧。他既盼着苗玉桃快点进来，听他诉说，帮他把金惠珍劝回来。又怕苗玉桃当着餐厅这么多人的面把他大骂一顿。这样的事，苗玉桃能做出来。

二十一

李江河和马平原专程去了一趟成山叔家，再一次恳请他出任苇子圈村的乡贤理事会会长。不知是被李江河和马平原的真诚打动，还是景志强的电话起了作用。这次，成山叔没有再推辞。

"你们这么信任俺，俺再推三推四的，就拿不上台面了。强子也打电话来跟俺说了。行，你俩说咋干，咱就咋干。"

李江河看到成山叔如此爽快，心中一阵敞亮，他紧紧握住成山叔的手，说："叔，太感谢您了，谢谢您对我们工作的支持。"

"说这个就见外了。咱啥也别说了，有啥俺能做的，咱尽力去干。你们没白没黑地忙，还不都是为了咱苇子圈人过得更好。咱的想法都一样。"成山叔说。

"叔，我们商量好了，下午咱们开个乡贤理事会成立会议，之后由咱理事会牵头，重点对村容、村貌和村风进行整治。在村庄搬迁和迁坟这两件事上，您也多宣传、多动员。您觉得这样可以吗？"马平原对成山叔说。

"是啊。这村容、村貌和村风啊，是该好好整治整治了。前些年，在外边一说自己是苇子圈的，头一回见面的人就敢借钱给你。人家都知道咱苇子圈人实诚啊。咱滩里那片红柳，说起来不是啥值钱的东西，外村人听了这事，可都眼红着咱滩里的和睦呢！可惜，这几年不行了。再这样下去，在外头遇上个啥事，都不敢提这话了。"成山叔无奈地摇了摇头。"滩区迁建，是上头的政策，也都是为咱滩里人好。看看，地也给咱腾出来了，楼房也快替咱盖好了。有些人一时想不明白。这迁坟的事，我琢磨着还得慢慢来。"

"您老费心跟乡贤理事会的人好好商量商量，看以后咱该怎么办。你们拿出个方案来。只要是为咱苇子圈好，不管什么事，我和马平原都尽全力支持。"李江河望着成山叔说。

"好，好！俺们几个人合计合计，把想说的话、想办的事汇总了，再跟你们说。"成山叔脸上的皱纹舒展开来。这村容、村貌和村风，不正是这几年村里的老人们时时提起又时时感到无奈的话题吗？这下好了，有乡村振兴工作队和村两委的支持，一切都能迎刃而解了。

告别成山叔，李江河和马平原想再到另外几位乡贤理事会成员家走走，征求一下他们的意见和建议。他们都是村里德高望重的老人，两个人上门走一趟，也是对他们的尊重。

李江河电话响了。是镇政府的李副乡长打来的："李队长，第一批建大棚的竹竿、无滴膜和草苦子，已经到货了，咱们直接分发到申请建大棚的农户手中吧，记得通知他们过来领。"

李江河说："李乡长，你看这些东西都是些大件，他们领回来也麻烦。过几天建大棚，又要再运回来。我想，是不是麻烦咱乡里先找个地方暂存一下呢？"

"你说的倒也值得考虑，可是咱乡里哪有这么大仓库啊？放在露天地里，万一下雨淋坏了，怎么办？我可负不起这个责。"李副乡长有些为难地说。

"李乡长，你帮忙想想办法，我也跟村里领导商量商量，看怎么办好。"李江河说。

"这李副乡长，典型的老滑头。"马平原说，"啥事都不想担责任。出一分力就能轻松解决的事，可他从来不办。"

"你有没有办法？"李江河转头问马平原，"让村里人来回折腾，费时费力不说，也容易造成物料的耗损。咱们能帮村里人办的，就尽力办了，让大家省点钱，省点事。"

马平原用力点了点头，他没说话，继续闷头往前走。

李江河有些猜不透马平原为什么不说话，他正想问，口袋里的电话又响了。电话是镇政府办公室主任打来的，问他明天有没时间，镇上想组织人员到苇子圈来做滩区迁建入户测量工作。李江河应着，就先挂了电话。

马平原在打电话，挂断电话，他对李江河说："你给李乡长打个电话吧，镇政府旁边的红星收粮点有闲着的仓库，我已经跟收粮点的石经理说好了。"

李江河心中一阵热乎乎的，他忙给李副乡长打电话。

"收粮点的仓库，人家不要租赁费？"李副乡长问。

"马平原已经跟石经理说好了，你直接找他就行。"李江河耐着性子跟李副乡长说。

"直接分到老百姓手里，他们自己就把车卸了。卸到收粮点，不得找人卸车吗？装卸费咋办呢？"李副乡长又问。

李江河心中的火忽忽往上冒，他真想对着电话那边的李副乡长说句什么，咬咬牙，他还是忍住了。李江河努力让自己的语调平和些："李乡长，卸车这点事你都解决不了的话，费用就记我名下，到时我解决。"李江河说完，不等李副乡长再说什么，就挂断了电话。论行政级别，李江河是副处级，李副乡长是副科级。但县官不如现管。李副乡长在蒲桥镇待了多年，除去乡镇党委书记和镇长外，谁的话他都不听。乡村振兴工作队刚到蒲桥镇时，县里分管的副县长也明确对乡镇领导说过，乡村振兴工作队是来帮助我们蒲桥镇的，我们镇领导要全力配合好乡村振兴工作队的工作。镇上专门指派李副乡长对接乡村振兴工作队的工作。

马平原生气地骂了一句："老狐狸，心里哪有一点咱老百姓。在他眼里，啥活都是给别人干的。"

"对这种人不能太客气。不能惯他这些臭毛病。"李江河话还没说完,他的手机又响起来。

电话是李江河母亲打来的。母亲告诉他,甜橙病了,让他有空回去一趟。

"甜橙怎么了,去医院看了吗?"李江河急忙问。

"看了,感冒、发烧,也拉肚子。昨天晚上我跟你爸带她去的医院。医生说要在家休息两天。现在没事了,她就是想你,一天不知要念叨你多少遍。"母亲说。

李江河心中纠起了一个疙瘩,眼前浮现出年迈的父母深夜带甜橙去看急诊的场景,也看到父母脸上掩不住的焦急,看到甜橙烧得通红的小脸。心中的痛愈加尖锐、强烈。他觉得自己实在愧对年迈的父母和年幼的女儿。

来到蒲桥镇的这些日子,不管工作多忙,李江河每天都找时间跟甜橙通一次视频电话。只有昨天因为忙到很晚,他怕影响父母和女儿休息,没有视频。没想到,就在昨天晚上,甜橙病了。

李江河想看看甜橙现在怎样了,哪怕一分钟。站在胡同口,他接通了母亲手机上的微信视频通话。

熟悉的房间里,在厨房忙碌的父亲的背影一闪而过。面前出现了躺在床上的小甜橙,红扑扑的小脸,长长的睫毛,翘翘的小鼻子,菱角一样的小嘴巴。

李江河鼻子酸了一下:"甜橙。"

"爸爸,你什么时候回来,我想你!"甜橙说着,嘴巴一撇,泪珠儿顺着脸颊滚下来。

李江河的心纠得更紧了,他柔声对女儿说:"甜橙乖,甜橙不哭。"看着女儿脸上的泪水,李江河的眼眶涨得生疼。此时,他多想把女儿抱在怀里,伸手替她擦去脸上的泪。李江河用力忍住泪水,让自己尽量显得平静,"爸爸尽快找时间回去看你。你在家要听爷爷奶奶的话。"

一只大手擦净了甜橙脸上的泪。李江河知道，那是母亲的手。

"爸爸，你说要带我去游乐园玩的，你忘了吗？"

"没忘，没忘。甜橙要多吃饭多喝水，快快好起来。爸爸有时间就带你去游乐园玩。乖，先把电话给奶奶，爸爸有时间再跟你视频。"李江河狠狠心，中断了跟甜橙的通话。他向母亲问了甜橙的病情，又嘱咐了母亲别着急，就挂断了电话。

"闺女病了想你，就回去一趟看看她吧。她妈妈又不在身边。"一直站在前边不远处的马平原对李江河说。

"下午要召开乡贤理事会的成立会议，要听取大家的意见。明天又要入户测量。为马圈村和小高村筹集的一批农机，明天就能到货。时圈村路面硬化刚铺开，材料还不全，要去催。桥南王村建村文化广场的事，明天也要定下来，好赶在冬天前完成施工。"李江河望着马平原，说，"工作队负责的这五个村庄，哪个都不能落下。"

李江河和马平原顺着胡同继续往前走。他们都没有再说话。

二十二

苗玉桃没等坐下，就先把景志强骂了一顿。

景志强低着头，任由苗玉桃骂，一句话也不说。

见景志强这样，苗玉桃的气更不打一处来。苗玉桃恨恨地说："别装了，你当初的本事呢？"

"苗玉桃，我对不起惠珍。我真是喝多了。要不，也不会出那事。"景志强依然低着头。

"你以为我是金惠珍啊？那么好糊弄！"苗玉桃把手机重重地拍在桌上。

周围的人，都好奇地朝他们看。

苗玉桃不管这些，她继续说："以为做了，就没人知道吗？第一次是喝多了，那往后的那些次呢，也都喝多了？"

景志强惊异地抬起头，看着苗玉桃。

"看我干啥？我也不是你那个夏红梅！哼！"苗玉桃从鼻子里重重地哼了一声，"别把自己的智商估计得那么高。有句话咋说的，要想人不知，除非己莫为。金惠珍不知道你，我还不知道？"

从苗玉桃的眼神和语气里，景志强知道，苗玉桃并不是在诈他。

那次跟夏红梅在一起后，景志强发誓再也不喝酒，更不能再跟那个夏红梅联系。开初的日子，他确实做到了。空闲的时候，他也会想到夏红梅，想起夏红梅面对他递过去的钱，痛哭的样子。每当这时，他的心就软一下。但接着，他就会在心里狠狠地骂自己一顿。他强迫自己把这些都忘掉，就当没发生一样。

但是有一天，夏红梅打电话来，说自己不小心把脚烫了，躺在床上不能动，工作也丢了。夏红梅哭着说："哥，我知道不该给你打电话，可我实在想不到还能给谁打电话。"

景志强犹豫了一下，还是买了些吃的，去了夏红梅的出租屋。他想，不管咋说，夏红梅还是自己的老乡呀，在这个城里，夏红梅也许真的找不到可以帮忙可以倾诉的人。景志强当时想，把这些吃的给夏红梅送过去，看她一眼就回来，这无非就是老乡之间相互帮忙。

可当他真的见到躺在床上，哭得泪人一样的夏红梅时，景志强在心里设好的那条底线，一下就崩塌了。

就这样，景志强和夏红梅又来往起来。那些日子，景志强几乎忘记了金惠珍的存在。

"景志强，想瞒我，你还嫩点。"苗玉桃端起茶杯，喝一口茶，不紧不慢地说，"我也不是金惠珍，也没权利让你坦白交代。现在的问题是，你到底啥态度，说句话。"

"苗玉桃，你知道，我爱惠珍。我一时糊涂，做出这样的傻事。现在我后悔得想死。苗玉桃，我知道惠珍听你的，你就帮我劝劝她，千万别离婚。我知道你也喜欢麦穗。咱不能让麦穗没爸少妈的吧。我现在跟你保证,我要再和夏红梅来往,让我不得好死,让我出门撞车上,干活从楼上掉下来。"景志强说着,不由抓住了苗玉桃的手。他越抓越紧,就像抓住了一根救命的稻草一样。

"行了行了,你也用不着跟我发那么多誓。"苗玉桃说着,把手抽开,"你要真能跟那个夏红梅断了,金惠珍的工作,我去帮你做。"

"苗玉桃,你要能做下惠珍的工作,这辈子我都记着这个恩。"景志强的眼圈红了,"你不知道,惠珍从知道了这事,一个字都没跟我说就走了。她的脾气我知道,铁了心的事,九头牛都拉不回。我真怕她提出离婚,真要那样,我可咋办呀?"

"你们这些臭男人,就这德行!"苗玉桃恨恨地说,"不过丑话说前边,这工作能不能做下来,我可不敢保证。"

"行行,只要你去做,就行。"景志强忙不迭地说。

"金惠珍跟我说过,想让你回去。你咋想的呢?"苗玉桃转动着手里的杯子,眼睛并不看景志强。

"我不想回去。"景志强很坚决地说,"在城里待了这么多年,好多事都习惯了,乍一回去,还真不知该咋干。"景志强叹了口气。"过不了多久,苇子圈就成为历史了。搬到镇上,也就是个堤里堤外的区别,又能强到哪去呢?"

"是啊。虽说是那里生那里长,可真要整天地待在那,想想就要发疯。反正,我是回不去了。"苗玉桃也叹了口气,"在老家,现在发展的机会是比从前多,什么滩区迁建、黄河战略啥的,各种专项扶持、补贴也多。可不管咋说,乡下还是乡下。我是宁肯在这城里喝凉水啃冷馒头,也不想再回那里拼了命地去挣个热包子啃。我也想了,只有生个孩子,生个城里的孩子,才能把根在这城里扎下。"

"你咋不生一个呢?反正你家也不缺钱。"景志强说。

苗玉桃从包里掏出一只细长的烟盒，拿出一根来点上，深吸一口，她说："这不是钱不钱的事。贾建设那个王八蛋，死活不同意。后来我打听了，是他那两个混蛋儿子不同意，说只要他敢再要一个，就让他现在的两个儿子一个都不剩。贾建设这个混蛋，怕丢了他现在的两个儿子呗！"

景志强看着苗玉桃，一时不知该怎样劝她。

"我就不信，那两个小混蛋就真敢去死！贾建设这个王八蛋就被吓住了。哼，他怕，老娘我不怕。反正，我要生个孩子，一定要生一个！"苗玉桃把手里的烟狠狠地摁灭在烟灰缸里。

二十三

苇子圈乡贤理事会成立会议开得很成功，理事会成员们热情很高，他们提了很多对苇子圈的发展及形象提升有益的意见和建议。李江河和马平原都一一记录下来。

散会后，李江河和马平原根据明天的工作做了些准备。

"天不早了，去我家吃个便饭再回镇上吧。晓珍说晚上包饺子。"马平原对李江河说。

"不了，改天吧，我还有点别的事。"李江河说着，匆忙上了车，边发动车子，边给工作队的副队长打电话，告诉他自己有点事要回一趟城里，晚上不回镇上了。

李江河的车朝着不远处的大堤驶去。路两旁正在抽穗的玉米，碧绿的叶片像手臂一样伸展着。粉色的缨穗，丝丝缕缕地挂在穗子上，清新鲜嫩。李江河已无暇欣赏这一切，他加大油门，汽车在绿柳夹道的河堤上飞驰着，朝省城方向驶去。

李江河到家的时候，甜橙已经睡着了。

"回来这么晚啊，吃饭了吗？"母亲边倒水，边问李江河。

"甜橙晚上吃了吗？烧应该是退了。还拉肚子吗？"李江河进门的时候，已经去看过甜橙了，把自己的额头贴在甜橙额头上试了试，他觉得甜橙的额温正常。看着睡梦中露出甜甜微笑的女儿，李江河真想把甜橙抱出来，跟她说说话。在女儿床前站了一会儿，李江河被母亲拉出了甜橙的小屋。

"有啥现成的，对付一口就行。"李江河把杯子里的水一气喝干。

父亲执意要去厨房给李江河煮面。母亲则端过果盘，让李江河先吃点水果垫垫肚子。母亲告诉李江河，吃了药后，甜橙已经不烧也不拉了，晚上说想吃奶奶包的馄饨。

"就吃了小半碗，咋糊弄也不吃了。发烧烧得胃里热。说要吃草莓，你爸转了小区周边的大小超市，没有一个卖草莓的。明天坐车去大超市看看。"母亲说。

"我去吧。"李江河说着拿起车钥匙。

"你刚跑了这么远的路，到现在还没吃饭。甜橙也睡着了，夜里她又不吃。明天你爸去买。"母亲想拿下李江河手里的钥匙。

"我开车去快。"李江河说着，已走出家门。

父亲煮好的面条热了凉，凉了又热，最后坨成了一碗面疙瘩。去超市买草莓的李江河终于回来了。他手上，是一盒带着翠绿叶柄的鲜红草莓。

李江河开车跑了几家超市。下班时间就要到了，他要赶在超市闭店前，买到草莓。不巧的是，附近几家超市里的草莓都卖光了。

"草莓难储存，下班前，都低价处理了。明天上午你再来买吧。早晨有新货进来。"几家店的店员商量好了一样，都是一样的说辞。

明天早晨他要赶早回去，超市开门的时候，他大概已经到蒲桥镇了。

赶到下一个超市，下班时间到了，超市广播正在提示还没结账的顾客抓紧到收银处结账。

李江河快步朝摆放水果的地方走，远远地，他看到有两盒鲜红的草莓，盛放草莓的塑料保鲜盒，在灯光照射下，发着闪亮的光。李江河跑向那两盒草莓。终于能买到草莓了！明天早晨甜橙醒来，就能吃上她想吃的甜草莓了！

可就在李江河还差两步就跑到草莓跟前的时候，一只大手，把那两盒草莓拿了起来。

"哎，哎，先别收，我要买草莓。"李江河对那个刚刚脱下工作服的高个子男生喊道。

"不是收。这是我刚才买的。"店员转头看着李江河说。

李江河看向货架，草莓已经没有了。这两盒草莓，是店员已经付过款的。

"你能卖给我一盒吗？"李江河眼巴巴地看着店员手里的草莓。

"我女朋友今天过生日，她说想吃草莓。要不你明天再来买吧。"店员说着，就要把草莓往袋子里放。

"甜橙病了，想吃草莓。爷爷奶奶没买到。我刚回来，跑了好几家超市都没有。"李江河着急地说着，也不管店员是不是听明白了他的话。

"这样啊，那我分你一盒吧。"店员笑了笑，把手中的草莓递给李江河一盒。

"谢谢老弟，太感谢了！"

谢过店员，李江河匆忙往家赶。

父母要给李江河重新做饭，他拒绝了："这个挺好，又当菜又当饭，还有鸡蛋。"李江河端起那碗烂成一团糊糊的面条，几口就扒进了肚子里。

"想吃啥，明天给你做。"母亲说。

李江河看了看父母，他实在不忍心跟他们说实话。

父亲看出了李江河的为难，他说："不早了，先睡吧。"

"爸、妈，明天村里有事离不开，早晨要早点回去。等忙过这阵子，我请假在家休几天。"李江河说着，起身去厨房洗碗。

两位老人对视了一眼，没再说话。

父母休息后，李江河把家里的地仔细擦了一遍。老人腰不好，拖一次地，要歇好久。

夜里，李江河起来去看甜橙。甜橙的烧退下去之后没再烧起来，他终于松了口气。

李江河离开家的时候，天还没亮。怕吵到父母和女儿，他把钥匙慢慢插进锁孔里，轻轻带上了家门。

李江河家位于市中心，平时出门，总是各种堵。此时，门前的路像是比以往宽敞了许多。路灯闪着橘黄色的光，路上极少看到行人，偶有车辆驶过，轻快又匆忙的样子。

李江河脑海中是年迈的父母、乖巧的甜橙和远在异国他乡求学的妻子。父亲走路越来越慢了，腿也有点抬不起来。母亲的胳膊和腰老是疼，不能总是贴止痛膏。找个时间，一定带着父母去医院全面检查一下。很久没陪甜橙一起出去玩了，先带她去爬山，还是先去趵突泉玩水？好久没跟妻子视频了，她也很忙，整天不是上课就是做实验……

车子出了主城区，驶过黄河大桥，顺着河堤往前走。随着国家黄河战略的实施，黄河流域生态保护和高质量发展，给沿黄城市带来重大利好。滩区搬迁，也是其中的一部分。望着大堤两旁成排的绿树和一片片各具特色的绿化带，李江河的思绪，从父母妻女自然切换到了蒲桥镇。滩区搬迁，会有一些难度，毕竟滩里人祖祖辈辈在这里生活了这么多年，故土难离。更难的，是引导村民到滩外发展。同时，要发挥女性的带头作用，把庭院经济搞好。在这点上，金惠珍做得不错，柳编生产她已经搞了多年，有丰富的经验。很多女性不愿做，一是因为觉得不好学，再就是感觉收入不高。就这个问题，李江河也曾问过金惠珍。金惠珍说，这有啥难的，学个一天两天的，包会。对收入问题，金惠珍说，也就是早晚和阴天下雨的时间才有工夫做这些，闲着也是闲着，积少不就成多了。金惠珍的话很有道理。目前的问题，是如何让她把村里女性的积极性都带动起来。

二十四

金惠珍磕磕绊绊地往前走，天已黑透，路上没什么人。从昨天晚上到现在，她连一口水也没喝。竟然不觉得渴，也不觉得饿。整个人像截木头。

房台到了，金惠珍停下脚步，抬头看着房台上熟悉的一切，泪水忍不住哗哗流下来。

"奶奶，你说的，俺妈快回来了，咋还没来呢？"

金惠珍愣了一下，是麦穗带了哭腔的声音。

金惠珍泪眼蒙眬，朝麦穗的方向看过去。她想喊麦穗，想告诉她，妈妈来了，回来了。金惠珍嗓子里却像堵着团破絮，没能喊出一个字。

麦穗的哭声传过来："妈妈，妈妈，我要妈妈！"

"你妈又不想你，咱也不想她！"是婆婆恨恨的声音，"等她回来，咱不要她了！"

"要，要！"麦穗更大声地哭起来。

麦穗，妈妈来了！金惠珍用力咽回涌上来的泪水，踉跄着朝房台跑过去。

"妈妈，你咋才回来？"麦穗扑倒在金惠珍怀里，搂着她的脖子，有些委屈有些撒娇地哭起来。

金惠珍弯腰抱住了麦穗，拍着麦穗的背，说："妈妈这不是回来了吗？"咬住嘴唇，金惠珍没有让眼泪掉下来。

婆婆有些生气又有些心疼地说："麦穗这孩子，一到天黑就来这里等，等不来，就哭。 哎，看你和志强这当爹娘的，心有多狠。"婆婆说着，伸手要替金惠珍拿包。

"我拿吧妈。"金惠珍轻声说。 她不敢看婆婆，她怕撞到婆婆的眼睛，自己的眼泪会忍不住滚下来。

"你拿？ 都拿一天了，还没拿够，还不嫌累呀？"婆婆把包拿过去，抱在怀里。

金惠珍眼睛热了一下，悄悄抬起手，抹掉了脸上的泪。

金惠珍拿出两块巧克力，塞到麦穗手里。

麦穗蹦跳着，追到奶奶跟前，举起手里的巧克力："奶奶，你吃。 可好吃了。"

奶奶弯下腰，嘴巴轻轻在巧克力上蹭了一下："嗯，好吃，真好吃！"

麦穗咯咯咯笑起来，她跳一下，重新把巧克力举到奶奶嘴边上，说："奶奶骗人，还没吃到呢，咋就知道好吃？"

奶奶停下脚步，在巧克力上咬了一小口。

"妈妈，往后你别扔下我去找爸爸了，行吗？"麦穗咬一口巧克力，仰起头来看着金惠珍。

"行，不去了。"金惠珍轻声说完，心猛地疼了一下。 往后，不会有往后了。 那个城市，她不会再去。 她要守着她的麦穗，在老家过下去。

"你看看，馋人腿长。 咱家刚蒸了猪肉韭菜的包子，还没揭锅盖呢。 看看，你妈妈闻着香味就跑回来了吧。"麦穗奶奶快走两步，拉住了又跑又跳的麦穗。 她怕天黑了，麦穗摔着。

记得上回从城里回来的时候，也是割了韭菜，烙的韭菜盒子。 金惠珍调了两种馅，肉馅的给麦穗，鸡蛋馅的给公婆。 看一家人吃得香甜，她心里的甜，止不住地往外漾。 婆婆让她吃，她说不饿。 麦穗翘起脚，把小手里的韭菜盒子举到妈妈嘴边上，惠珍咬一小口，说，嗬，真香！香死了！逗得麦穗咯咯笑起来。婆婆又让，她说要去给景志强打个电话，麦穗也吵着给爸爸打电话。电话里，麦穗告诉爸爸自己在吃韭菜盒子，她对爸爸说："爸爸，妈妈烙的韭菜盒子可好吃了，可香了！爸爸，你想吃吗？你回来吃吧，我让妈妈给你留着。"麦穗把手里的韭菜盒子凑近了话筒，说，"爸爸，你闻着香味了吗？可香可香了是吧？你闻闻，使劲闻闻。爸爸，你张开嘴，咬一口尝尝。来，咬一大口！"金惠珍听着麦穗跟景志强的对话，她心中的幸福，像泉眼里的泉水一样，一串接一串地往外冒。

今天，婆婆恰巧也割了韭菜，还包了蒸包。可是，上次吃韭菜盒子时的幸福呢？

金惠珍感到心如刀割，景志强，你不爱我，难道也不爱你女儿了吗？

金惠珍用尽全力调整呼吸，她怕自己哭出声。

爷爷看到走过来的娘仨，笑着对麦穗说："你妈妈这回可真回来了，看你往后还哭不哭！"

麦穗跑到爷爷跟前，做了个鬼脸，蹦跳着跑进了院子。

金惠珍平复了情绪，跟公公打了声招呼，跟在婆婆身后，迈进了家门。

金惠珍跟婆婆说累了，想睡一会儿，就回了自己房间。

以往回来，金惠珍都是天不黑就到家。这次回来这么晚，婆婆心里想，可能是路上车多不好走。她拿了两个包子，让麦穗给金惠珍送进去。

麦穗回来，有些委屈地跟奶奶说，妈妈不吃饭，妈妈用被子盖着头，不理她。奶奶愣了一下，把吃到一半的包子放下了。爷爷没说话，示意奶奶过去看看。

奶奶端了一杯水，进了金惠珍的房间："惠珍，咋了？是累了？不想吃饭，起来喝口水吧。"

金惠珍没有动，只含混地答应了一声。她怕婆婆看到自己脸上的泪水。

婆婆觉出了金惠珍的异样。以前金惠珍回来，都是提前打电话来。这回，咋悄没声地就回来了呢？以往也是坐一样的车呀，金惠珍每次回来，总是先把她带回来的东西一件件拿出来，让他们看。买来的衣裳，让他们一件件试了。那些吃的，等他们一一都尝了，评价了。她笑着，跟他们讲景志强，讲苗玉桃，讲城里的事。好像要把这些日子攒下的话，一气都说出来。坐了大半天的车，在金惠珍脸上，丝毫看不出疲惫。

莫非，惠珍怀孕了？婆婆心里亮了一下，但紧接着，又忽地暗了下去。真要是怀孕的话，志强能放心她一个人回来？志强没来送她，咋连个电话也没打来呢？莫非两个人闹矛盾了？

想到这里，婆婆的心不由往下沉了沉。这两年，村里离婚的年轻人越来越多了。有的年轻人，前一天还并着膀子在街上走呢，没过两天，就听说离了。没孩子的还好说，那些有了孩子的，两个人说离就离，苦的是孩子，缺爹少妈的，看着就可怜。昨天晚上睡不着，她还跟老头子叨叨过这事。

婆婆轻轻拉开了金惠珍裹在头上的被子，出现了金惠珍泪流满面的脸。婆婆一下慌了神，她知道，儿子和媳妇之间，一定是出大问题了。媳妇平时不是个计较小事的人，夫妻间有点啥小矛盾，惠珍转头就放下了。

"惠珍，跟妈说，是志强欺负你了？他咋着你了，妈替你出气！"婆婆拉住金惠珍的手。

金惠珍把脸埋在婆婆掌心里，忍不住痛哭起来。

婆婆任金惠珍哭，她没劝，也没问到底怎么了。惠珍都哭成这样了，还用问吗？婆婆一下手脚冰凉，那些一直让她痛恨令她不齿的事，难道真的要在她家上演吗？

想到这里，婆婆站起来，急慌慌朝自己房间走。她要给儿子打电话，问问到底是怎么了。

刚刚拨完那串号码，景志强就接起了电话："惠珍，你都急死我了，我打了那么多回，你都关机。惠珍，是我不好，都怪我，我不该跟夏红梅来往。你原谅我吧惠珍！"

景母听到儿子的话，脚下一软，一屁股坐在了地上，对着话筒，她哭起来："强子啊，你咋这样，你咋能这样？"

景志强一听不是金惠珍，声音马上变了，他虚虚地喊了一声"妈！"就不再说话。

"你要是做下对不起惠珍，对不起咱家的事，以后再也别叫我妈！"景母边哭，边用力拍打着自己的腿，"志强啊，你咋也这样呢？做下这事，不怕街里街坊地瞧不起呀！你妈你爹的老脸往哪搁呀？惠珍哪点不好，你还这样？你对得起谁呀！"

"妈，你别着急。不是你想的那样。"景志强说。

"别把你妈当傻瓜，你妈还没老糊涂。志强，我丑话搁这里，你要和惠珍玩啥花样，我和你爹就不认你这个儿子！"

"妈，不是我愿跟她离，是惠珍不肯原谅我。"

"她不肯，她为啥不肯？你不做下啥不好的事，惠珍会跟你离婚？"

电话那头的景志强沉默着，一声接一声地叹气。

"你一个大男人家，自己能作，就该能挡！玩的时候不管不顾，出事了，没主意了。仔细想想吧，想好了，明天再打来。"景母说完，"啪"的一声挂掉了电话。坐在地上，痛哭起来。

"他要真在外头做下啥对不起惠珍，对不起咱老景家的丑事，俺明天就去找他！"景父在屋子里不停地转着圈，"这个不知好歹的东西，还反了他了！"

二十五

金惠珍边哭，边想着与景志强从相识到相恋再到结婚这十年来的一切，越想越伤心：景志强，你的心既然已经不在了，也别怪我狠心，咱们好说好散吧。

以前听别人说，男人出轨了，自己的老婆能感觉出来。可是，景志强和夏红梅的事这么久了，自己怎么就没有一点感觉呢？以往夜里睡不着的时候，金惠珍也曾想过景志强可能会犯的错误，但怎么也没想到景志强会做这样的事，会犯这样的错。

是自己太相信他了还是自己太傻了？怎么就连一点迹象都没看出来呢？以前好多人还都夸自己聪明，此刻，还有比自己更弱智的女人吗？

金惠珍想，即使不要任何东西，她也一定要争取到麦穗的抚养权。往后的日子里，她再也不让麦穗尝思念的苦。她要守着麦穗，看着麦穗，再也不离开她的麦穗。

早晨天刚亮，景父就要出门。他要进城，把景志强找回来，让他当着全家人的面，把事情说清楚。

"在外头待几天，就不知道自己姓啥了！"为这事，他气得一夜没合眼，"咱们家，自古也没出过这么不要脸面的人！"

"你去了，又能咋？不如打个电话给他，让他回来。"景母说。

"要是他不回来呢，不还是得去找他？"景父气得不停地在屋子里转圈。

"先打一个试试，看回不回。强子要是推三阻四地不回来，再去找他也不晚。要不过一会儿再打吧，天还没亮，怕强子还没起呢。"

"都是你惯的！啥时候了，还有心思睡！"景父说着，拿起电话，拨通了景志强的手机。

金惠珍病了。她不吃不喝，不停地干呕，每到下午就发烧。村里的卫生室、镇上的卫生院都看了，也找不出原因来，婆婆急得嘴上起了一圈燎泡。公公几天没出大门，眼见着金惠珍瘦了一圈，他给景志强打电话，说还有两天期限，再不回来，就去找他。

爹第一次给景志强打电话时，没骂他，但语气坚决，让他马上回来。他说工地上要先交接。爹说："限你三天交接完，不然立马去找你。"爹说完这话，没容他再说什么，就把电话挂了。这两天，景志强不敢往家打电话，不管爹妈哪个接电话，都免不了要骂他一顿。妈总是问他票买了没有。爹不问，只冷冷地提醒他注意回家期限。爹的脾气他知道，从来都是说一不二。无奈这几天副总出差不在，工地上又有几栋楼要封顶，他请假的事，被副总一口回绝了。景志强拨打过无数次金惠珍的电话，始终是关机状态。也发了无数的短信、微信，跟金惠珍解释、道歉、发誓，但却没有收到半个字的回复。听到惠珍病了，景志强知道是自己惹的祸。他不清楚惠珍病情如何，心里也急。挂掉电话，他又去请假。他想，惠珍在病中，心会比较软。到家后，他一定好好照顾她。毕竟六年的夫妻了。也许，惠珍一心软，就原谅他了呢。这样想着，景志强心里的焦虑感就消减了一些。

夏红梅发微信给他，说包了他爱吃的韭菜馅水饺，问他有没有空过来吃。景志强没有回复，他删掉夏红梅的微信，就把手机关了。他不想再与夏红梅有啥瓜葛。

过了几个小时，他再打开手机，好几个短信都是显示夏红梅的来电。景志强看了看，又删掉了。他想等把与金惠珍的事处理妥当了，再约夏红梅好好谈谈。夏红梅是个通情达理的女孩，不可能死缠着他不放。

景志强正收拾东西，手机响了。他看也没看就接起来。打电话来的，又是夏红梅。夏红梅在电话那头带着哭腔说："哥，我怀孕了，这可咋办呀？他……他突然打电话来，说……说这几天就回来。

哥，我咋办呀，你快点过来吧！"

听到这些，景志强大惊失色。他知道，夏红梅不可能骗他。通过这些日子的来往，他能看出来，夏红梅是个实诚姑娘，平时很少要求他什么，从来没跟他要过钱。有时他给她买点小礼物，她也总是借机再给他买点东西还回来。

夏红梅怀孕了，怎么办？是过去看夏红梅，还是回家去看金惠珍？

景志强就那么愣着，脑子里像被塞进了一团乱线，理不出一点头绪。

怎么会这样呢？景志强举起拳头，狠狠地砸在了自己头上。

金惠珍被送到了县医院。所有应该查的都查了，就是查不出原因，烧却一直不退，也并不是很高，就在37.5℃和38℃之间徘徊。大多数时间，金惠珍都处于昏昏沉沉半睡半醒的状态。在那间没有窗户的病房里，她分不清黑夜白天。不管是睡着还是醒着，眼前，总是不停地播放着曾经的一幕幕。

生病之后，金惠珍再没流过一滴泪。婆婆却是泪水不断，背着金惠珍，她骂景志强，也捎带着骂景志强的爹。景父的心里难受，但他一个字也不争辩，任由老伴埋怨。老伴急得都快要疯了，他还跟她争辩个啥？子不教，父之过。景志强这样，他这个当爹的有责任。这样想着，景父心里的难受就更重了一层。乡贤理事会的人来找他，他就推脱说身体有点毛病，等过了这几天再出门。

麦穗放了学，哭着找妈妈。爷爷把麦穗拉进怀里，替她擦着泪，说："明天星期六，爷爷陪你去看妈妈。可有一点，你妈妈病着呢，去了，一定不能哭。你哭了，你妈妈就哭，你奶奶也哭。你妈妈哭了，她的病就不肯好呢！"

麦穗仰起小脸，看着爷爷说："爷爷，我不哭。看见妈妈，我保证不哭。"

第二天一早，爷爷就带麦穗坐最早的那班车去了县城。麦穗见到躺在病床上的妈妈，小嘴一撇，就想哭。就在眼泪要滚下来的时候，她想起了爷爷的嘱咐。麦穗把一只小手放在嘴里咬着，把含在眼里的泪水硬生生憋了回去。麦穗伸出另一只手，在妈妈脸上轻轻抚摸着，额头、眼睛、鼻子、嘴巴，从上到下，一遍又一遍。

在女儿柔软小手的抚摸下，金惠珍轻轻闭上了眼睛，憔悴的脸上，现出了淡淡的红晕。

景志强决定还是先回家去看金惠珍。夏红梅的事，等回来再说。他不知道惠珍到底怎么了，小病的话，不会就去了县医院吧？景志强心里有些慌。他回拨了夏红梅的电话，接通后，他急急地说："夏红梅，我在外地。刚才信号不好，不知咋就断了。等我回去，就过去看你。"景志强不等夏红梅说什么，就匆忙挂掉了电话。

景志强坐苗玉桃的车回家。苗玉桃开车很猛，有好几次，眼见着就跟旁边的车撞了，苗玉桃或者猛地踩一下刹车，或者猛打一下方向，车就过去了。景志强惊得出了一身汗。他心里那些七上八下的事，被苗玉桃这一吓，就断了。再连起来，再断。一路上就这么断断续续地在他脑海里随着车子的行进而颠簸着。

车子临近县城，苗玉桃撇撇嘴，转头对副驾上的景志强说："这个破地方，十年不来，我也不想它。"

景志强说："有时也想，毕竟生活了这么多年。不过要真回来，肯定不适应。不说别的，单是没有自来水，就不方便。"

"切，这哪是有没有自来水的事呀！我们这些人，真是不容易，拼死拼活地在城里混了这些年，还是没把根扎住。有个小小的风吹草动，就会被连根拔起。"苗玉桃轻轻叹了口气。

"你扎得差不多了。贾建设那么有钱，你在城里有房子有车的，不像我。"景志强说。

"有房子有车又能咋的？你们男人，说转性还不是一颗烟的工夫？"

　　景志强没说话，他怕这个话题继续下去，苗玉桃又骂他。

　　"你们男人，在城里有了房子有了车，也就能在城里站住脚了。我们女人，光有房子还不行，还要跟城里男人有个孩子，才算真正扎下根。哎，难啊！"苗玉桃说着，用力拍了下方向盘。车子随之抖了一下。

　　苗玉桃说得对，如果能有一套房子，就能有城里户口，就能和老婆孩子在一起，孩子也就能上城里的学校了。那时，孩子就算是城里人了。景志强为这个想法激动了一下。但不一会儿，他的心就冷下来。现在城里房子的价钱他知道，凭他一个小打工仔，想在城里买房子，这样的梦，有些遥远。但是，他不想放弃。

　　景志强有些羡慕苗玉桃。他和苗玉桃，差不多的年龄，差不多的成长环境，苗玉桃在城里有房有车，想买啥买啥，想去哪儿去哪儿。想到这里，景志强忍不住重重叹了口气。

　　苗玉桃以为景志强是为金惠珍的事，就随手拍了一下景志强的手，说："车到山前必有路。别愁，愁也没用。谁让你闲着没事去招惹那个夏红梅呢？真是想不开，亏你当初还是全校有名的帅哥，竟然看上那个夏红梅！"

　　"啥帅哥呀，还不是胡乱喊着玩的。"景志强随口说。

　　"哪是喊着玩呢？"苗玉桃认真地说，"当时，有好多女生都说你长得像那个歌星江涛，江涛哪有你好看。真的。那时候，好多女生都惦记着你呢。"苗玉桃扭头看了一眼景志强。

　　"那些女生里，肯定没有你。"景志强笑了一下，开玩笑地说。

　　"才不是呢。"苗玉桃很认真地说完这话，腾出一只手，在方向盘上打着节奏，唱道，"女孩的心事男孩你别猜，你猜来猜去也猜不明白。"唱完，哈哈哈大笑起来。

金惠珍拗不过婆婆，只得喝了半碗稀饭，闭上眼歇了一会儿，她觉得精神好了些。拿起枕边的手机，打开，一个接一个的微信、短信提示音，叮叮当当接连响了十多分钟。金惠珍看了一眼，微信都是景志强和苗玉桃发来的，另有一些全时通发的短信通知，也都是苗玉桃和景志强的号码。金惠珍觉得累，她不想看这些信息。等它们叮当响着蹦完后，看一眼时间，又把手机关掉了。

苗玉桃把车停下，见景志强并没急着下车，就推了他一把："咋了？"

"我怕惠珍她……"景志强没说下去。

"早知现在，何必当初啊！"苗玉桃转到副驾的位置，打开门，一把就将景志强拉了下来。见景志强满脸愁容，苗玉桃轻轻拉了拉他的胳膊，说，"哎，你可真是。金惠珍能把你咋地呀？金惠珍脾气是拗，可你别忘了，她心有多善。放心吧，她不会咋着你的。走吧，有我呢！"苗玉桃拽着景志强的胳膊朝病房走去。

楼梯口上，一对年轻男女正在吵架。女孩伸长胳膊，试图去抓男孩的脸。男孩一伸手就把女孩胳膊挡了回去。"我怀孕了，你没事人一样，想溜，没那么容易！"女孩说。"当初是你自己愿意的，怪不得我。"男孩说。"流氓、无赖！"女孩不停地骂。两个人相互推搡着，上了自动扶梯。

看到面前这两个人，景志强不由想到了夏红梅。夏红梅早不怀孕晚不怀孕，偏偏这时就怀了孕。还有那个一直失联的男人，早不回晚不回，也偏偏要这时回。唉！景志强忍不住又重重地叹了口气。这么多的事都挤到了一起，又都是要急着办的。连傻子都知道，修复与金惠珍的关系和处理夏红梅肚子里的孩子，这两件事，哪件都等不得，哪件办晚了，后果都很严重。

景志强走下电动扶梯，一抬头，看到拿了水壶的母亲正朝这边走过来。娘俩的目光交汇，都愣在了原地。景志强喊了声"妈"，想拿过妈手里的水壶。志强妈闪到了一边，景志强伸过来的手落了个空。当着苗玉桃的面，志强妈没有骂他，只说了句："快去吧。"转身就朝开水间走去。

站在病房门口，景志强没有马上推门进去，回过头，有些求助地看了一眼苗玉桃，见苗玉桃正拿眼睛翻他，一咬牙推开了病房的门。

二十六

景志强先看到了坐在病床前的麦穗。麦穗正拉着金惠珍的手，在手心里写着什么。金惠珍闭着眼睛，脸色干黄。

麦穗瞪着一双圆圆的黑眼睛，看看景志强，又看看苗玉桃，没有说话。

"麦穗，不认识姨妈了？"苗玉桃弯腰，想抱麦穗，麦穗转身躲开了。

金惠珍听到苗玉桃的声音，缓缓睁开了眼睛。

苗玉桃把金惠珍的手握在手心里，俯身看着金惠珍的脸。两双眼睛就这样对视着。金惠珍心里突然有了流泪的冲动，但眼睛干干的，一滴泪也没有。

景志强握住了金惠珍的另一只手。

金惠珍抖了一下，浑身一阵寒冷，胳膊上起了一层鸡皮疙瘩。那双自己曾熟悉的手，像炭火，又像冰块，她说不出被景志强握住到底是什么感觉。她想抽出自己的手，但试了两次，没成功。金惠珍不再努力，她把注意力集中到被苗玉桃握住的那只手上，以减轻另一只手上的难受。

"金惠珍，别那么傻了，何必要拿别人的错来惩罚自己呢？先要自己好好的，才有精力解决问题。记着我的话，一定要自己好好的，好吗？"苗玉桃说完，放下金惠珍的手，对景志强说，"你俩说说话吧，我带麦穗出去玩会儿。"苗玉桃说着，拉起麦穗的手，朝病房外走去。

病房里共有三个病床，床与床之间用蓝色的布帘子隔开。金惠珍的床在靠近门口的地方，景志强没看到里边的两张床上是什么人。

"惠珍，对不起，都是我不好！你骂我吧，打我吧！"景志强把头抵在惠珍的手上，低声说，"惠珍，原谅我吧，看在麦穗的份上。往后，我一定对你好，对麦穗好！"

你还配提麦穗！金惠珍用尽全身的力气，猛地抽出了手。闭着眼，大口喘着气。

"惠珍，我知道你生气。真是千不该万不该，我不该那样。我一时糊涂，犯了错，你就原谅我这次，我保证，以后再也不会有这样的事了。"

以后？我和你，不会再有以后了！金惠珍在心里恨恨地说。

"惠珍，你恨我不要紧，你不能伤自己呀！你这么不吃不喝的咋行？"景志强说着，声音变了。

哼，真会装。你还知道让我不伤身体？你伤的，不就是我吗？拿刀子在我心上刺一刀，一边看着鲜红的血往下滴，一边说对不起。假惺惺的，滚回去找你的夏红梅吧。

一直不说话的金惠珍，这时睁开了眼睛，她没有看景志强，目光空洞地盯着天花板，幽幽地说："啥也别说了，既然这样了，还说啥呢？"

金惠珍终于说话了，景志强急切地问着金惠珍："惠珍，你原谅我了？往后，我一定对你好，对麦穗好！"

金惠珍轻轻摇了摇头："景志强，离婚吧。出院之后就去办手续。我想好了，我啥都不要，就要麦穗。"

"惠珍，咋能这样？咋能这样呢？"景志强急得站起来。

"景志强，当初你那样做的时候，就应该知道，结果是啥样。"金惠珍动了下嘴角，似是笑了一下，"景志强，我的脾气，你知道。"

金惠珍说完，轻轻闭上眼睛，把脸转了过去。

苗玉桃带着麦穗，去车里拿了一堆吃的喝的，又把车上一只白色绒毛狗也一起塞到了麦穗怀里。麦穗的小手和苗玉桃的大手牵在一起，两个人一起朝病房楼走。麦穗不时蹦跳两下，头上弯弯的羊角辫也跟着上上下下地跳动着。苗玉桃看着麦穗，满眼的爱怜。

"麦穗，等学校放假，跟姨妈到城里玩好不好？城里有好多好玩的呢。"

"姨妈，有多少好玩的，你告诉我。"麦穗仰起小脸，有些撒娇地说。

"可多了！动物园还记得吗？现在呀，新添了不少动物呢！还有公园，大明湖啊，趵突泉啊，都添了好多好玩的东西。还有，麦当劳、肯德基，你也喜欢的，是吧？"

"嗯，喜欢！"

"那放了假就跟姨妈去玩。"苗玉桃笑着拍拍麦穗的小脑袋。

"妈妈去吗？"麦穗停下脚步，认真地看着苗玉桃，"妈妈去我才去。"

苗玉桃愣了一下，笑着说："妈妈当然去了。"

"那我也去。"麦穗蹦跳着朝前跑去。

苗玉桃去了医生办公室。离开几年，院址都换了新地方，但熟悉的人还在。巧的是，金惠珍的主治大夫，是苗玉桃当年同科室同事。

寒暄过后，苗玉桃问了金惠珍的病情。大夫说，金惠珍没什么大病，各项指标都还算正常。

"那她为什么一直低烧呢？"苗玉桃问。

"这个，有些不好说。"大夫沉吟片刻说，"低烧的原因有时比较难找。我觉得，你朋友发烧，可能是因为感冒了。虽说她没有半点诸如嗓子疼、流鼻涕、咳嗽、鼻塞等感冒症状。"

"无症状感冒？这真是很奇怪，既然感冒了，为什么没有感冒症状呢？"苗玉桃不解地望着这位昔日同事。

"这种情况也不是太少见。那些感冒的症状，隐藏了。"

苗玉桃还要再问什么。有护士匆匆跑进来，说有位病人昏迷了，请大夫去看看。

"有什么问题尽管来找我，我先去一下。"大夫说完就出去了。

苗玉桃还是不明白，既然没有感冒症状，为什么还会是感冒呢？当年她在这里做护士的时候，没遇到过这种情况。看来，疾病也在推陈出新啊！想到这里，苗玉桃无奈地笑了笑。

病房里，景志强见金惠珍如此决绝，一时也不知该如何是好。当初，他跟夏红梅来往的时候，也想到过金惠珍，想到一旦东窗事发，后果肯定很严重。金惠珍来城里的次数并不多，再说，金惠珍是个单纯的女人，不是亲眼所见，她不会乱猜。这样想着，景志强就放心了。他和夏红梅的事，金惠珍咋能亲眼见得着？那是百分百的不可能。夏红梅是个懂事的女人，每回金惠珍来城里，只要景志强提前告诉她，她就不再联系，只是那么静静地等着。跟如此"识趣"的女人来往，金惠珍咋能看出什么端倪呢？

景志强没想到的是，金惠珍还真就知道了。真是应了那句老话：要想人不知，除非己莫为。

手机响了，景志强拿起来一看，是夏红梅。景志强犹豫了一下，摁下了拒接。紧接着，手机又响了一下，是一条微信。景志强猜测可能是夏红梅发过来的。平时，夏红梅很少给他打电话，怕他不方便。景志强拿起手机，消息果然是夏红梅发来的。景志强没敢细看，慌忙删除了，心里七上八下地感到不安。跟他在一起干活的一个湖南仔，正跟女朋友闹分手的时候，女友怀孕了，给他打电话，他不接，女孩无奈一个人去了私人诊所，结果大出血，差点没了命。想到这里，景志强心里越加烦乱。为了金惠珍，为了这个家，他不想再和夏红梅来往了。但是，夏红梅肚子里的孩子是他的，他不能不管不问就这么消失了。夏红梅的丈夫就要回来了，万一看到夏红梅怀了别人的孩子，肯定要出乱子。

景志强的太阳穴一跳一跳地疼起来。他想不出该怎样，金惠珍才能原谅他。因为只有金惠珍原谅了他，他才能尽快回到城里，去处理跟夏红梅的事。他知道，家里的事处理不好，凭爹的犟脾气，肯定不放他走。

景志强掏出烟，刚想点，突然记起这是医院。他站起来，向外走去。

走廊的长椅上，景志强的父母和苗玉桃正在说话，麦穗抱着绒毛狗在一旁跑来跑去。见儿子出来，景母忙凑过去问："咋样，跟惠珍聊得咋样？"

景志强没说话，只是使劲摇了摇头。

苗玉桃说："我过去看看。"

景母拉着儿子在自己身边坐下，伸手戳了下他的额头，恨恨地说："你也不是小孩子了，咋做下这样的事？别说惠珍，搁我，也不轻易饶你！"看着儿子愁眉苦脸的样子，又有些心疼，她问儿子，"午饭吃了没？楼下有餐厅，去买点饭吃。"

景志强说："吃了。"

景母语气和缓了些，看到儿子这样，她心里也难受："这事吧，出了也就出了，已经做下的事，反正也回不去了。往后长点记性，你也不是三岁五岁的孩子了。现如今，就看你想啥法，能把惠珍哄好了。千万不能离婚。要真离了，丢人不说，麦穗咋办？缺爹少妈的孩子，有几个是幸福的？再说了，惠珍哪点不好？真离了试试，你还能找到惠珍这样的媳妇？"

"妈，我也是一时糊涂。"景志强使劲低着头，"婚是不能离，这我知道。是惠珍认准了要离婚，咋说都不行。"

"你伤她这么厉害，三两句话就能让惠珍回心转意？这样吧，你先别回去上班了，啥时把跟惠珍的关系处理好了，再考虑回去的事。"景父的语气很强硬，毫无商量的余地。

"就这么着，你爹说得在理。"景志强妈说。

景志强一听这话，顿时感觉脑袋大了。真让他猜准了，爹妈果然不放他走。谁知道惠珍啥时能原谅他呢？就是能不能原谅他，也没把握。惠珍的性格，他知道。万一这边哄不好，那边又出了事，这可咋办呢？

"时间长了不回去，工地上该不要我了。"景志强只好拿工作当借口，"现在找个工作也不容易。"

景父说："你要想好了，是老婆孩子重要，还是挣钱重要？要是老婆孩子都没了，还挣啥钱？就是挣了大钱，又有啥用啊！你这么大人了，分不清哪头轻哪头重？"

"是啊。"景母重重叹了口气，"这些日子，都在商量着去滩外建大棚的事呢，听说赚钱也不少。回不去就不回了，一家人在一起，也挺好的！"

景志强低了头，不再说话。

病房里，苗玉桃拉着金惠珍的手，低声细语地开导着金惠珍，她说："你想想，若是你一个人在外边，受伤了不能下床，身边连个亲戚朋友也没有，你怎么办？景志强和夏红梅，毕竟还有份老乡的情在那，这时候，景志强要是不管不问，那才是无情无义呢。"

你可以管，可以帮忙，但不能帮着帮着就帮到床上去了吧？金惠珍心里又堵起来。转而想想那个夏红梅，也确实可怜。可再可怜，也不能跟别人的丈夫混在一起呀。

金惠珍心里有些矛盾。

苗玉桃见金惠珍脸色柔和了些，就继续说："景志强也就是一时糊涂，他也没跟别的男人那样，闹着要离婚。他对你，对麦穗，不是一直都挺好的吗？我也跟景志强谈了，他心里想的，还是你。"苗玉桃拍拍金惠珍的手，接着说，"你在城里待的时间少，对城里的那些事，了解得也少，这样的事，太多了。男人嘛，哪有不想玩的。玩够了，能想着老婆想着家，能知道回来，这就是不错的了。"

这是啥话？他家里有老婆孩子，还在外边玩。玩够了，再回来，这还是不错的男人？啥逻辑呀？这样的男人才更恶劣，还不如直接提离婚呢。

"女人嘛，也不能亏待了自己。何必那么死守着？现在都啥时代了。只要不影响家庭安定团结，其实也没啥大不了的。"

"照你这么说，那还结婚干啥？"金惠珍有些生气地问苗玉桃。

"这结婚是一回事，这适当玩玩又是另一回事。相互之间，不矛盾呀。凡事太当真了也不好，自己痛苦，别人也累。你说呢？"苗玉桃笑了一下，很轻松的样子。

金惠珍不可思议地看着苗玉桃，心想着昔日的好友如今怎么变了？

金惠珍的脑子里本来就乱，被景志强和苗玉桃轮流着说了半天，更乱。脑子里像有台搅拌机，把那些分不清是黑是白，是好是坏的东西混在一起，不停地搅拌着，越转越快，那些不明物体，在旋转中不断膨胀。她感觉脑袋都要被撑裂了。

二十七

确实是"好事不出门，坏事行千里"，景志强的事还是被村里人知道了。马平原找个没人的时候，把这事告诉了李江河。

"这个景志强，怎么这样！"李江河转身对马平原说，"都是老同学，咱们去看看金惠珍，也顺便说说景志强。"

"这可不行。"马平原示意李江河坐下。

李江河不解地看着马平原。

"咱越是老同学，就越不能去。不只是不能去，见了他们家任何人，还得装出一副什么都不知道的样子。人家没跟咱说，咱就不知道呗。这样的事，知道的人越多，越不好。"

李江河仔细想想马平原的话，觉得有道理。都怪自己基层经验不足，差点就好心办了坏事。

景志强回来的第二天，金惠珍退烧了，也不再呕吐，能慢慢喝点稀饭、牛奶，吃点水果了。金惠珍执意要出院。

景志强要先到银行取点钱。苗玉桃说取钱有啥要紧，刷卡就行。景志强执意要去，他说回到滩里再取钱还要专门跑到镇上，太麻烦，不如现在取了，用不着，再存上。

景志强知道自己一时半会儿是无法回城里了，夏红梅那边，他这么不管不问的，也不行。昨天晚上睡不着，他突然想起，几个月前，夏红梅曾跟他借过五百块钱，他翻着手机里的交易记录，还真翻到了那条消息，于是，景志强给夏红梅转了三千块钱。他不知道这钱是多还是少。景志强想给夏红梅打个电话，犹豫了一下，还是发了个短信过去。回医院的路上，景志强每隔几分钟就看一下手机，却一直没有收到夏红梅的回复。

金惠珍的身体逐渐好转。她和景志强的问题，却一直没什么进展。平时当着女儿、公婆或邻居的面，景志强说话，金惠珍偶尔也会简短地接一句，但到了晚上，麦穗睡了，房间里只剩他们两个人的时候，金惠珍就感觉压抑和不自在。景志强哪怕有一丁点表示亲昵的动作或语言，金惠珍就觉得浑身上下寒毛卓竖，心跳加速，寒冷自心底升上来，让她忍不住瑟瑟发抖。背对着景志强，她把自己缩成一张弓，开始几次，景志强还想用力把金惠珍拉进怀里，以往，金惠珍最爱往他怀里钻了。金惠珍曾说过，最最想的，其实并不是那事，而是景志强的怀抱，被他抱在怀里的时候，感觉是最幸福的时候。可是，景志强几次试图努力，都被金惠珍冷硬坚决地挡了回去。看看金惠珍弓一样的后背，景志强悲哀地想，此时的金惠珍，把我当成了她的敌人。

曾经的浪漫与期盼，变成了深深的恐惧。金惠珍害怕夜晚的到来，景志强对她没有什么强硬的举动，但就是那些试探性的动作，也让她浑身发冷，无比恶心。有时，她甚至觉得，躺在身旁的这个男人，是一个陌生人，她为自己跟他躺在一起感到不安，感到羞耻，她有一种随时会被这个陌生人强奸的恐惧。夜里，她睡不踏实，即使勉强闭上眼睛，也总是噩梦不断。

调皮的麦穗，也像一夜间突然长大了。放学回到家，她不再到处乱跑，只是静静地偎在金惠珍身边，不时抬起头，看看金惠珍的脸。金惠珍竟然从麦穗那双黑黑的大眼睛里看出了一丝忧郁。金惠珍想，应该尽快结束这种局面。时间拖得越长，对麦穗的伤害就越大。

金惠珍不是没有试着去原谅景志强。毕竟多年的夫妻之情，哪能说断就断得了呢？就是骨头断了，筋也是连着的呀！可是，当她真的面对景志强时，她又无法做得到。每当想到景志强，眼前就是他和那个叫夏红梅的女人在一起时的情景。

金惠珍对景志强说："我们还是离婚吧。"说这话时，金惠珍觉得像有把刀，在一下一下扎着自己的心。

景志强一听这话，眼眶里马上含满了泪，他两只手抱着脑袋，低声说："惠珍，我知道你不肯原谅我。要不，咱都再好好想想，行吗？你放心，我不会再犯这样的错了，不管你这回是不是能原谅我。往后，我会好好做人，好好干活，多挣钱，让你和麦穗过上好日子。"

金惠珍静静地听着，什么也不想说。

景志强又说："你也知道，工地来好几次电话了，催我上班。那几栋楼马上封顶了，事多。要不，明天我先回去看看？"
　　金惠珍没有表态。她看得出来，景志强在家里，常常像热锅上的蚂蚁一样，焦躁地转来转去。以往在家休假，待的时间长了，景志强也这样。但那时他们关系好，景志强的焦躁不太明显，这回就不一样了。
　　景志强父亲坚决不同意景志强回去，他说："你和惠珍的事没处理好，哪儿也别想去！"
　　景母见儿子日渐消瘦，她看着也心疼，毕竟他是自己身上掉下来的肉啊。她觉得两个人这样子下去，问题更不好解决。她同意儿子回去工作，两个人都冷静冷静，也许会有转机呢？
　　看着景志强背上包往外走，金惠珍心里疼了一下。景志强走到门口，说："惠珍，对不起，都是我不好。我知道自己错了。"往前迈了一步，他又转过头，"过几天，我就回来看你。"说完，朝大门外走去。
　　以往，景志强每次回城里，金惠珍都是把他送到大堤上，看着他上了车，才回来。这回，金惠珍想，要不一会儿把景志强送到大门口？金惠珍犹豫着，还没起身，景志强就走出大门，转眼不见了。

　　金惠珍像是渐渐缓了过来，只是，她变得不那么爱说笑了。
　　到滩外建大棚的事，金惠珍进城前就拿定了主意，公爹也赞同。她想回来后就开始建。因为身体和心情等原因，她没有到滩外去。建大棚的事在心里搁着，她却迟迟没有行动。
　　晴天的时候，金惠珍会跟以往一样去滩里干活。婆婆不让她去，说她病刚好，要在家歇着。金惠珍勉强冲婆婆笑笑，也不说什么，扛了工具，就下地了。金惠珍不愿闷在家里，只有到了滩里的庄稼地里，看着庄稼绿绿的叶子，看着河里流淌着的河水，她的心情才会舒展一些。

不下地的时候,金惠珍照样编她的花篮,只是编着编着,她就会走神。不像以往,一边编着,心里一边盘算着,再编几个,就够去城里的路费了。现在,她不用在心里盘算这些了,能编几个是几个吧,多编些,能多卖点钱。

景志强常打电话回来,问金惠珍的身体,问麦穗的学习。金惠珍都一一回答他。但只要他说"惠珍,我想你了",这时的金惠珍就会停顿下来,不知应该怎样回答景志强。

苗玉桃也常打电话来,除了问金惠珍的身体和不厌其烦地问麦穗外,就是开导金惠珍。电话一打就是几十分钟,甚至一两个小时。苗玉桃总是有那么多话要说,叽叽喳喳没完没了。有一次,苗玉桃兴奋地告诉金惠珍,贾建设终于同意跟她生个孩子了。她问金惠珍:"你说,我是生个闺女好呢,还是生个儿子好呢?"问完也不等金惠珍回答,就又开始了其他的话题。

金惠珍为苗玉桃高兴,努力了这么多年,苗玉桃终于可以有一个自己的孩子了。

苗玉桃说,她从现在开始不喝酒了,也不让贾建设喝酒。苗玉桃还说,她已经开始囤母婴用品。她兴奋地说:"惠珍,等你过来,到我家来看看,那间专门的大房子,就是一个超齐全超高档的母婴用品商店!"

苗玉桃年纪也不小了,金惠珍盼着她能快点怀孕,尽快生个宝宝。

"我要是生个女孩呢,咱俩往后做干亲家。要是个男孩呢,咱俩直接做亲家得了。"苗玉桃的话语中充满对未来的期待。

"你可真能瞎想。"金惠珍忍不住笑了,"做干亲家没问题呀,做亲家肯定不合适,你家儿子八字还没一撇呢!"

"这怕啥,想生也快。再说了,现在正流行姐弟恋呢,咱没赶上，就让下一代赶赶时髦呗！"

金惠珍被苗玉桃说的话逗笑了。

现在，只有苗玉桃和麦穗，才能让金惠珍的脸上露出一丝笑容。

婆婆对金惠珍是越来越好了，好得让金惠珍喘不过气来。

婆婆是个热心肠，说话也直，心里藏不住话。现在婆婆每次跟金惠珍说话，都像是事先考虑好了的，有时，甚至像个在老师面前背课文的小学生。

吃饭时，婆婆看到金惠珍往哪个菜碗里多夹了几筷子菜，立马就把那个菜碗挪到金惠珍跟前。金惠珍碗里的饭刚刚见了底，婆婆早已拿起勺子，重新给她添上了。金惠珍手里的馒头还没吃完，婆婆已把另一个馒头朝金惠珍递过来。金惠珍觉得别扭。她不敢在一个菜碗里连续夹两次以上，哪怕再喜欢吃的菜也不敢多吃。碗里的饭还剩下一半的时候，她就开始观察着婆婆的动静，趁婆婆不注意，自己匆忙把碗盛满。

从前，到了该做饭的时候，婆婆就会走到金惠珍的门口，大声喊她出来做饭。有时，金惠珍正编着的花篮就剩下收口了，可婆婆不愿意等，就说，等吃了饭再接着编还不是一样啊？那时，婆婆馏馒头，金惠珍炒菜，娘俩在厨房里一阵叮叮当当，不多会儿，饭菜的香味就飘满了院子。

可现在，金惠珍每次想到厨房做饭，婆婆都找各种理由拦住她，要么是她病刚好，要么是让她辅导麦穗学习。只要金惠珍想迈进厨房门，婆婆总有这样那样的理由不让她进去。

看着婆婆整日忙碌又小心翼翼的样子，金惠珍心里又别扭又难过。

景志强汇了些钱回来，婆婆让金惠珍去镇上卖花篮的时候把钱取出来。以往，家里的钱都是婆婆收着。就是金惠珍卖了花篮，也是自己留一些，大部分让婆婆收着。村里一些小媳妇，都想自己管钱，为此，有人甚至吵架吵到了街上。她们说金惠珍傻，家里的钱让婆婆管着，自己编花篮挣的钱还再往婆婆手里交，哪有这么缺心眼的！金惠珍却认为，钱交到婆婆手里能存住，婆婆理财，比自己有经验。金惠珍也不想操那个心，整天算计今天收入多少明天支出多少的，多麻烦呀。她只管着干活，钱多了交给婆婆管着，自己手上也有零用钱，能随便买点女人想买的东西，这还不行吗？管着那么多钱干啥？

婆婆说："惠珍，妈老了，往后这个家，要你来管了。这钱，你管着吧。"婆婆很坚决地把金惠珍拿钱的手推了回去，"我知道你也不是乱花钱的孩子，你管着，妈放心。"

金惠珍不想管钱。她以前没管过，现在更不想管。她都要跟景志强离婚了，怎么会再去管景志强寄来的钱呢？

无论金惠珍怎么说，婆婆就是不要那沓钱。金惠珍无奈，只好在下次到镇上卖花篮的时候，把钱存进银行。这些钱，就当是代婆婆临时管管吧。办离婚手续的时候，把银行卡交给婆婆。

金惠珍的目光，不再敢与婆婆对视。她替婆婆难过，辛辛苦苦把儿子养大，自己老了，却要如此小心地过日子。她知道，婆婆做这些都是为了她能不和景志强离婚，能和麦穗一起留在这个家里。

在发生那件事前，金惠珍何曾想过要离开这个家呢？可现在，她不得不选择离开，带着她的女儿麦穗。在这个家里，有太多她和景志强一起留下的东西。某一个地方，某一件物品，都让她想到景志强，想到他们一起说过的话，做过的事。

偶尔，金惠珍也想原谅景志强，如苗玉桃所说，景志强是一时糊涂。可是，就在金惠珍出院的当天，景志强竟然还给那个女人转了钱。这事儿对金惠珍的伤害太大了。金惠珍没有跟任何人说，包括苗玉桃。她当时明白了，景志强和那个夏红梅，并不是一时糊涂，也不是偶尔寻乐，他们已经交往很久了。从景志强撒个谎跑出去转钱，金惠珍就猜出来了。无论怎样找补，金惠珍都找不到可以原谅景志强的理由。

那天在医院，景志强刚接完一个电话，恰巧一位小护士进来，催他去办出院手续。景志强拉开床头柜抽屉找金惠珍的新农合证件时，随手把手机放在床头柜上，就跟着护士出去了。

那时，苗玉桃和公婆都不在病房里。

是一条短信的提示音，把金惠珍从似睡非睡中唤醒。听到这熟悉的提示音，恍惚中，金惠珍竟以为是自己的手机。先看到了那条促销短信。这条短信的下边，就是夏红梅发来的收到汇款的回信。

放下手机，金惠珍尚存余温的心，一下冻僵了。她抱住自己，抖得如秋风中半挂在树枝上的一枚小小树叶。

金惠珍很怕婆婆跟她说起景志强。可是，婆婆却总是找机会跟她说景志强。有好几次，婆婆说着说着就哭起来。婆婆对金惠珍说："孩子，看在你妈这张老脸的面子上，别再提离婚的事，行吗？只要不离婚，咋都行。"又说，"你也不是没见过咱村里那些离婚的，到后来，有几个过得好？妈知道你委屈，妈也是女人。你能忍心让咱麦穗没爸少妈的吗？"

夜里睡不着，婆婆的话在金惠珍耳边一遍遍响起，金惠珍边流泪，边想着婆婆说这话时的样子，心中泛起一阵阵的痛。

老人的心情，她理解。滩里民风一向纯朴，这几年，随着外出打工者的增多，离婚的夫妻也多起来。那些家里有儿女离了婚的老人，在街坊亲戚面前，总觉得抬不起头。还有那些父母离异的小孩，有哪个真正快乐幸福？虽然家里的长辈们也都很疼爱他们，但金惠珍知道，对孩子来说，任何人的疼爱，都无法替代父母的爱。缺少父母爱的孩子，一搭眼就看得出来。金惠珍觉得自己离婚后能带好麦穗，能让麦穗幸福快乐地成长。但是，父爱的缺失，真的能让麦穗健康地成长吗？有时，金惠珍心里也没有底。

公公眼见着苍老了。景志强的事，村里没人明着议论。毕竟景志强不在家，景志强和金惠珍也没离婚，金惠珍和公公婆婆的关系，在外人眼里还是从前的样子。有些人觉得，这事也许是讹传。公公的心病，金惠珍清楚。碍于李江河和马平原的面子，理事会的事他也还管，但他自己却没有了以往的理直气壮。

想想景志强，再想想麦穗和公婆，金惠珍的心始终深陷在矛盾的漩涡里。

苗玉桃的电话越来越多了，话语里，也越来越充满焦虑。她说，连奶粉都跟品牌商预订了，可肚子就是没动静。偷偷跑了好几家医院去检查，结果都正常。她怀疑是贾建设整天在外边花天酒地的，折腾出毛病来了。

"你没让贾建设去查查？"金惠珍问。

"那可不行。万一真查出他有问题，我连退路都没有了。"苗玉桃说。

金惠珍不明白苗玉桃所说的退路指什么。她知道苗玉桃是个有办法的人，想做的事，她一定能做成，只是时间长短的问题。

第三章
秋　实

二十八

在李江河的不懈努力下，郑福运终于要回苇子圈了。李江河专门抽时间，到黄河大堤去接他。

李江河把车停在站点旁的路边上，他站在堤上，放眼望去，河堤房台上的苇子圈，如同碧波中的一座小岛，真实中又有些梦幻。待明年苇子圈搬到了滩外，可以考虑把这里打造成一处旅游景点。房台，是很多人都没见过的吧？滩里土地肥沃，把种植和养殖搞好，可以采摘瓜果、蔬菜；充分利用好房台前的池塘，种荷、养鱼，可以赏花、采藕和垂钓；河岔里，可以购置几艘小型游船，供孩子们游玩；条件成熟后，还可以考虑建一座黄河文化博物馆，让这里成为城里人休闲娱乐、孩子们接受爱国主义教育的基地。

到时，带甜橙来住些日子，她肯定喜欢。想到女儿，李江河心里暖暖的，笑意，挂上了他的眼角眉梢。

金惠珍曾说过几次，要他带甜橙过来玩些日子。麦穗见了他，也总是吵着要找甜橙姐姐玩。让甜橙跟麦穗在一起待些日子，甜橙内向、羞涩的性格也许能有所改善呢。金惠珍说得有道理，小孩子不能总是在一个小的空间里待着，见不到更多的人，慢慢就不习惯见生人了。你看麦穗，整天到处疯跑，啥都不怕，见谁都不怵。

李江河多想甜橙能像麦穗那样呀！可他太忙了，把甜橙带过来，哪有时间陪她？金惠珍说让甜橙待在她家，跟麦穗一起玩儿。可李江河觉得，金惠珍上有老下有小的，他实在不好意思麻烦她。

金惠珍总说，哪天你回去的时候带甜橙来，试几天看看，也当陪麦穗一起玩，两个人还能相互学些东西。河滩这边环境也好，好多东西甜橙也没见过，她来了肯定喜欢。带她来吧，麦穗整天念叨呢。

李江河知道金惠珍是为了帮他分担。甜橙妈妈去国外高校做访问学者还有近半年才能回来，甜橙的性格越来越内向，少了她这个年纪孩子该有的活泼、大胆和快乐。这确实让李江河很担心。

金惠珍一家的为人他知道，甜橙来了，他们肯定像疼爱麦穗一样疼爱甜橙。要不然下次回去，就带甜橙来？

甜橙可以和麦穗在田野里疯跑，她们摘野花、捉蚂蚱，跑得头发都散开了也不管；她们在小洼里捉小鱼、捞小虾；用柳树枝编草帽、做柳笛……

看着面前碧绿的田野，李江河仿佛看到了在田野里疯跑的甜橙和麦穗，他开心地笑了。周末回去，就把甜橙带来，让她和麦穗在河滩里疯、跑、玩，让甜橙变成一个麦穗那样快乐的孩子！

可是，金惠珍和景志强的关系现在不是太稳定，金惠珍心情也不好，这时候，他怎么能带甜橙过来麻烦她呢？

李江河转过身，眼前变成了正在建设中的社区楼房，一排排蔬菜大棚在阳光的照耀下闪着亮光。脚手架上，是头戴安全帽的工人们忙碌的身影，机器的轰鸣声传过来，与穿梭着的货车、拖拉机的声响，组成了一曲乡村特有的大合唱。不久的将来，苇子圈的村民们，也将来到河堤的这一边，开启他们的新生活。

一辆公交车在李江河身边停下，他把目光移到车门处，想象着郑福运走下来时的样子。十年前的那个意气风发少年郎的形象，还印在李江河的脑海中。如今，李江河实在想象不出郑福运的样子。尽管有足够的心理准备，但真正见面的那一瞬，李江河还是一下被击蒙。

从车上下来一男一女。男人较瘦，头发稀疏，背有点驼，四十多岁的样子。李江河并未特别关注这两人，他朝车门走过去，等待着郑福运下车。

可李江河刚走到车跟前，车门却关上了。郑福运呢，怎么没下车？不是这趟车？

李江河掏出手机，拨通了郑福运的电话。前边不远处刚下车的那个男人，从口袋里掏出了手机。

男人回过头，四目相对的瞬间，李江河呆住了。面前的这个人，身穿一套看不出是灰色还是黑色的衣裤，稀稀拉拉的灰白头发杂乱地堆在头顶上，脸上的肉耷拉着，目光有些呆滞。眼前的这个男人，就是曾经风流倜傥，在篮球场上肆意奔跑，把苗玉桃迷得不辨方向的郑福运？

面对着昔日的老同学，李江河一时竟不知该说什么。幸好眼睛的余光瞟到了停在路边的车："郑福运，车在这边。"李江河朝郑福运走过去。

"嗬，这几步道，还劳驾省里的大领导开车来。"郑福运朝李江河走过来。

"在这里，你是领导啊。万一不小心得罪了你，电话都不接。"李江河朗声笑着，打趣道。

郑福运没有接话。

两个人在路边的一棵树下面对面站着。李江河伸手在郑福运肩上拍了一下，没想到郑福运竟被他这一掌拍得身子歪了歪。李江河愣了一下，为了消除尴尬，他抓起郑福运的手说："老同学，十年不见了，走，咱们找地方吃个饭。"

"吃饭？是不是马平原安排的鸿门宴？"郑福运从鼻子里哼了一声。

"都是老同学，好久不见了。我安排。"李江河把郑福运拉进车，朝镇上驶去。

李江河本想他们三个人一起吃顿饭，他好不容易做通了马平原的工作，马平原虽然提到郑福运就骂骂咧咧的，可遇事还是能以大局为重。在这点上，李江河很佩服他。

为了郑福运，马平原可没少挨领导的骂。有一次，李江河亲眼看到分管治安的李副乡长骂马平原。

李副乡长拍着桌子大声说："马平原，我看你是不想干了。郑福运再到处跑，小心我撤你的职！"

"好，好！"马平原也啪地拍了下桌子，"你现在就把刚才说的话给我写下来，我立马就辞职！谁不写谁是软蛋！"马平原拿起桌上的纸笔，往李副乡长手上塞，"你以为我愿意干呀！"

李副乡长一看马平原的样子不像是在开玩笑，就有些怯了，声音也低了不少："你，你能找一个人替你干，我就写。"

"凭啥是我找个人？凭啥？"马平原继续不依不饶地问。

李副乡长看到这一招确实唬不住马平原，就软下来："马书记，我知道你也难。可话又说回来了，谁不难？我比你还难。为了郑福运的事，全县大会上，领导点了我的名，让我当着那么多人的面站起来。"李副乡长都快哭了。李江河一下觉得他也挺可怜。

"马平原去你就停车，我下去。"郑福运说。

"郑福运，你至于嘛！不就吃个饭吗，都是老同学呀！"

"他真去？停车，你停下！"郑福运想打开车门。

"好了，好了，就咱俩，行了吧？"李江河无奈地摇了摇头。他不想把郑福运惹毛了。

坐在副驾上的郑福运，脸朝着窗外，不知道是在想什么。

"这次来蒲桥，见到这么多同学，真是挺高兴的。高中毕业十年了，日子过得真是快呀！"李江河看一眼郑福运，说道。

"不是每个人都让你高兴吧？"郑福运冷笑了一声，他的脸依然朝着窗外。

"同学都是一样的，不管每个人在这十年中发生了什么，同学这层关系变不了。"

"李江河，你不觉得这话很虚伪吗？"郑福运扭过头，盯着李江河。

"虚伪？同学，任何时候不都是同学吗？"李江河扭头看一眼郑福运，反问道。

"你真这样以为，不是虚伪，就是幼稚！"郑福运哼了一声，满脸不屑。

李江河愣了一下，他被郑福运的话堵得哑口无言。

车子停在离镇政府不远的一家小吃店前，这家店里做的驴肉远近闻名，每到周末，慕名而来的食客们在店门前大排长龙。

"我记得上学的时候你最喜欢吃驴肉。"李江河把菜单朝郑福运丢过去。

郑福运抬头看一眼李江河，他的目光亮了一下。李江河在这短暂的一抹亮光中，似乎看到了郑福运曾经的影子。

借着去洗手间，李江河给马平原打了个电话："要不你先别过来了，我先跟他聊聊看看。"

"我本来也没打算去。我知道这货肯定不想见我。"马平原说。

"大度点，你是村干部。"李江河半认真半调侃地说。

"村干部就要依着他不干正事呀？村干部才更要管他！不走正道的祸害！"马平原恨恨地说。

"我先跟他聊聊，看他有什么想法。"

"李江河，别怪我不告诉你。这顿饭，看你能吃得进去吧。"马平原在电话那端冷笑了一声。

"我请他吃饭,听他的诉求,他还能咋的?"李江河也笑了一声。

"我的话你还别不信。需要救火,赶紧打电话。"

"到不了那一步吧?好了,先这样。"李江河说着挂掉电话。

郑福运能愿意回来见他,事情就向前迈进了一大步。自毕业到现在十年的时间里,李江河与郑福运没有什么交集,不像马平原和郑福运之间有这样那样的矛盾累积。李江河觉得马平原的话有些夸张了,他跟郑福运的第一次见面,怎么可能会到需要"救火"的地步?李江河抬起头,看到不远处建筑工地脚手架上闪烁着的灯火,他笑了一下,大步朝房间走去。

曾经高大帅气的郑福运,似乎矮小了很多,找不见半点曾经的影子。马平原跟李江河说过,村里人,没有哪个愿意主动跟郑福运打招呼。李江河十分清楚,他跟郑福运是同学关系,同时,他又是乡村振兴工作队的队长。这就决定了,他跟郑福运交流时,更要注意把握分寸,平和地解决问题,以理服人。在省机关工作多年,李江河相信自己这点修养还是有的。

但让李江河没想到的是,以往他在机关工作时遇到的人,与他面前的郑福运是不一样的。对手不同,也决定了结果不同。

这个看似普通的晚上,在这家特色小吃店,李江河和郑福运之间,上演了让李江河完全没想到的一幕。

二十九

金惠珍感觉到在这段时间里麦穗变了很多。放学回来,麦穗放下书包就写作业,根本不用大人催,写完作业也很少出去玩。有时她会坐在一边,看妈妈编花篮。只有在看电视或跟小黑玩的时候,金惠珍才能听到麦穗的笑声。

金惠珍知道，麦穗的小脑袋里，装了她这个年纪不该装的东西。在麦穗面前，金惠珍努力装出一副快乐的样子。但是，麦穗那一双又圆又亮的大眼睛，仿佛能看透她的内心。

那天，麦穗放学回来，把书包丢到一边，也不写作业。小脑袋靠在门框上，看着妈妈编花篮。

"今天没作业吗？"金惠珍抬起头，对麦穗笑了一下。

麦穗不说话，只是摇了摇头。

金惠珍不明白麦穗要表达的是什么。

"咋了，挨老师批评了？"金惠珍站起来，走到麦穗身边，拉起她的小手。

麦穗还是摇了摇头。

"哦，我知道了，是跟同学闹矛盾了吧？为了啥呀？"金惠珍把麦穗额头上的一缕长发顺到了耳后，柔声问。

"妈妈，你咋不去看爸爸呢？"麦穗仰起小脸，认真地看着金惠珍，"妈妈，你去看爸爸吧。我在家不哭。"

麦穗今天是怎么了？

想到景志强，想到泉城，金惠珍的眼睛忽然模糊了。

"奶奶说，叶子妈妈整天在家里，不去看爸爸，叶子爸爸要跟妈妈离婚。妈妈，我不要你和爸爸离婚。妈妈，你去看爸爸吧，我不想你。"

金惠珍再也忍不住，一颗颗豆大的泪珠止不住地往下淌。

"叶子说，她爸爸不要她和妈妈了。妈妈，你说，她爸爸是不是坏人？叶子还说，她爸爸嫌她妈妈没有生出儿子，就在外边找别人给她生了个弟弟。妈妈，爸爸也会嫌我不是男孩吗？也会在外边生一个小弟弟吗？"

金惠珍把麦穗搂在怀里，泪水滴在麦穗头发上。麦穗仰起小脸，金惠珍看到了女儿眼睛里的惊恐和无助。

"不会的，麦穗，爸爸不是一直都很爱你吗？"金惠珍紧紧地搂住麦穗，心中的那把刀，又划在了她尚未愈合的伤口上。

"爸爸为啥要扔下我们，到那么远的地方去呢？爸爸不管我们了吗？"麦穗继续仰着小脸问。

"傻孩子，爸爸去打工挣钱呀。奶奶病了，拿什么买药？还有你穿的新衣服、新鞋子，你背的新书包，都是爸爸挣钱买的呀。"金惠珍努力控制住眼泪，尽量让语气平缓些。

"可心的爸爸没有去那么老远的地方打工，可心也有新书包，有新衣服、新鞋子。可心写完作业，能跟爸爸妈妈去大棚里玩呢！妈妈，你让爸爸回来，像可心的爸爸妈妈那样，种大棚不行吗？"

麦穗的眼睛里满是渴望。金惠珍愣住了，她没想到，麦穗这么小的孩子，竟然想了这么多。这些想法，不知在麦穗的小脑袋里酝酿了多久呢。

"妈妈，我不要新衣服、新鞋子，我要爸爸回来，和我们在一起，我要像可心那样，每天能看到爸爸妈妈。妈妈，你不在家的时候，我可想你了，想得睡不着，就想哭。还有上课的时候也是。"麦穗把小脑袋紧紧靠在金惠珍胸前，一双小手也紧紧搂住金惠珍的腰，像是怕妈妈会突然消失。

金惠珍心里酸酸的，很不是滋味儿。

麦穗重新抬起头，认真看着她的脸，继续说："妈妈，你去看爸爸吧，我跟奶奶爷爷在家玩。我不哭。"顿了顿，麦穗又说，"同学都说，叶子爸爸一个人在很远的地方，几年也不回来，就把叶子和她妈妈忘了。妈妈，你去吧，去看着爸爸，别让爸爸忘了咱俩。妈妈你去吧，我不想你，一点也不想。"

麦穗才这么小，就知道对她说这样的话。她知道有些话，并不是麦穗的心里话。麦穗怎么会不想她呢？她只不过是怕像叶子那样，失去了爸爸，失去了家。她这么小，却要承受这么多。

麦穗看着金惠珍："妈妈，看完了爸爸，让爸爸回来，行吗，妈妈？我想和你在一起，和爸爸在一起。妈妈，我听你和爸爸的话，好好学习，再也不调皮了。"

金惠珍紧抱着麦穗，含着泪，深深地点了点头。

晚上，麦穗睡了，金惠珍看着睡梦中皱着眉头的麦穗，她的耳边一遍遍响起麦穗说过的话。这一夜，金惠珍没合眼，反反复复想了一夜。

第二天早晨，金惠珍拿定了主意，她要跟景志强好好谈谈，这事一直就这么拖着，也不是办法，搞得一家人都不安生。

麦穗说的叶子，就住在金惠珍家旁边的胡同里。叶子妈妈小秋，一趟趟地往城里跑，去吵去闹，甚至还带了娘家兄弟，把叶子的爸爸打了一顿。可最后也还是离了。

我和景志强，也会和叶子妈妈小秋那样吗？还有麦穗，也会跟叶子那样？这个念头突然冒出来，吓了金惠珍一跳。

不会的，绝对不会的。我是麦穗妈妈，不是叶子妈妈。叶子是叶子，麦穗是麦穗呀！金惠珍想笑一下，嘴角咧了咧，不知怎么，泪水却落了下来。

跟景志强的事，真的不能再拖下去了。去城里跟景志强谈？金惠珍不想找景志强，也不想和他面对面。那就打电话吧。金惠珍想，到了晚上再打吧。

这样定下了，金惠珍长长地叹了口气。

晚饭后，金惠珍帮麦穗洗了澡，哄她早早睡了。

金惠珍拿起手机，调出了景志强的号码。盯着这一串熟悉得不能再熟悉的数字，往事像电影一样一幕幕在她眼前划过。

金惠珍倒好两杯水，自己喝一杯，让景志强喝一杯。景志强不喝，他说，大早晨的，饭还没吃呢，喝啥水呀？金惠珍说他不讲科学，就是要在吃饭前喝一杯温水嘛。那次景志强就是犟了起来，坚决不喝。金惠珍也犟上来了，说，你敢不喝，你不喝试试！景志强还是不喝。金惠珍拿起桌上的那杯水，趁景志强弯腰系鞋带，把一杯温水全倒进了景志强的脖领子里。那回，景志强真恼了，整整一天没理金惠珍。不过，第二天早晨，不用金惠珍说什么，景志强就主动端起两杯水中的一杯，咕咚咕咚一口气喝干。景志强拿着手里的空杯子，对金惠珍说，老婆，俺怕你还不行吗？金惠珍笑得把没来得及咽下的一口水喷了一地。

金惠珍不小心崴了脚，景志强先把她抱到床上，又跑了好几家店才买到冰袋。景志强把她的脚放在怀里抱着，把冰袋敷在脚上，用手扶着。金惠珍说，快把我脚放床上，你想让人看见呀！景志强说，看见怕啥的，我抱自己的老婆的脚，谁爱看谁看。

……

手机早黑了屏，金惠珍按了一下，屏幕上又出现了那串熟悉的号码。金惠珍却始终没有按下拨出键。

接连几个晚上，金惠珍都这样对着手机上的那串号码，默默地坐到深夜。

地里的苗要打最后一遍除草剂了。吃了早饭，金惠珍拿出农药和喷雾器，就要到滩里去。婆婆不让，说："在家编你的花篮吧，等一会儿让你爹去打。"

金惠珍说："我去吧。那块地也不大，也就一罐喷雾器的活。爹不是说想去赶集吗，让他去吧。"金惠珍说着，肩上背了喷雾器，手上拎了除草剂，朝门外走去。

金惠珍刚走出门，就遇到了手里抓着几根油条，边走边吃的叶子妈妈小秋。金惠珍想悄悄拐到另一条胡同去，但此时小秋已经看到了金惠珍，她快走几步，挡住了她的去路。小秋开始说起来自己家的事儿，边吃边说，两不耽误。直到把想说的都说完，才又朝别处走去。

金惠珍本想安慰她几句，但想来想去，却没想出一句合适的话来。算了，不说也罢。那些听起来很动听的安慰话，对小秋又能起什么作用呢？金惠珍不由一阵心酸。

背着喷雾器，金惠珍朝河边走去。正是枯水期，河水流得很慢，不细看，几乎看不出河水在流淌。阳光洒在水面上，白花花一片，像一层细细的碎银，不停地闪呀闪。闪着银光的河水，把金惠珍的思绪带回了当年他们刚结婚不久的时候。

真像是银子呢！志强，你收起来，放在咱的篮子里，带回家呀！听金惠珍这么说，景志强真的就一下跳进了河水里。站在岸边的金惠珍一时没反应过来，看着在河水中扑腾的景志强，她一下呆住了。待景志强在水里游了一圈，爬上岸来的时候，金惠珍都快哭了。春天的河水还很凉呢！你傻呀，咋就跳下去了呢？金惠珍替景志强擦着脸上身上的水，心疼地说。景志强冲金惠珍笑笑，有些调皮地说，不是你说让我去捞银子的吗？

一喷雾器的药很快就打完了，金惠珍看天色还早，就顺路走进了小丽家的蔬菜大棚。

小丽和大力正在摘黄瓜。顶着鲜亮黄花的嫩黄瓜，已经装了好几筐。记得他们俩刚结婚时，有人开玩笑说，看这两口子，简直像兄妹俩。

小丽直起腰，招呼金惠珍吃黄瓜。金惠珍笑了笑，走过去，边拉着呱，边帮他们摘黄瓜。

金惠珍随口问了些和建大棚有关的事儿。小丽告诉她，收入是不低，就是每天都要到棚里来忙。如今在滩外另有个棚，就更忙了。金惠珍说不怕忙，两个人说着话，在棚里来来回回地忙着，有啥不好呢？

柳条筐装满了黄瓜，小丽想搬到棚口上。刚弯下腰，大力就嘟囔着奔过来：“看你看你，又逞什么能，一边儿等着，让我来吧！”

说着，把小丽拉到一边，自己弯腰搬起那只装满黄瓜的筐，朝棚口走去。

小丽不服气地说："哼，就你能干！"

金惠珍看着这两口子，心里特别不是滋味。他们看似在吵，在责怪，但这吵和责怪里，却是满满的爱。

放学时间到了，金惠珍去学校接麦穗。麦穗看到妈妈，朝她跑过来。

出了校园的男孩女孩们，像打开栏的马驹子一样，四散跑着、跳着，他们从麦穗和金惠珍身边蹦跳着跑过，眨眼不见了踪影。不远处，一个瘦小孤单的女孩，沿着路边，慢慢往前走着。金惠珍和麦穗走到女孩跟前，停下来，金惠珍见女孩背上的书包把她的背压得有些弯了："叶子，书包重，阿姨替你拿吧。"叶子抬起头，看一眼金惠珍，然后伸出细瘦的胳膊，很坚决地推开了金惠珍的手，继续沿着路边，慢慢朝前走去。

金惠珍站在原地，忍不住轻轻叹了口气。

三十

郑福运不停地喝酒、吃菜，他很少说话，甚至都极少抬头看一眼对面的李江河。

黑黄的皮肤，深陷的眼睛，灯光下更显稀少的头发。李江河看着面前的这个人，瞬间有些恍惚。

"这次回到蒲桥，同学差不多都见了。十年了。日子过得真是快呀！"李江河给郑福运杯里倒满水，说。

"李江河，你不要当我是同学。"郑福运看都不看李江河一眼。

"看你这话说的，一天是同学，不管走到哪，一辈子都是同学。这些年我没回来看大家，怪我！"李江河夹一筷子驴肉，放进郑福运盘中。

"你们当官的，嘴上说得好听。"郑福运鼻子里哼了一声，依然没用正眼看李江河。他边吃着菜，边数着马平原的种种不对，数着李江河认识的和不认识的人对他的种种不好。

李江河本来只想跟郑福运叙叙旧，不提别的。他知道不能操之过急。但他没想到，郑福运却不停地说着，好像全世界的人，没有一个对得起他。既然这样，李江河也就不想等下次再跟他摊牌了。

"我听说了，村委会帮你申请了危房改造专项基金。想给你建房子的时候，联系不到你了。这不能怪马平原，不能怪村里，也不能怪上级对你不关心吧？"李江河的男中音温和平缓。

"切，他们是好心给我盖房子？还不是为了上面来检查的时候好看？"郑福运用力拍了下桌子。

"郑福运，做人不能不识好歹！"李江河也忍不住拍了下桌子。

"李江河，我算看透了，你跟马平原，就是一伙的！"郑福运看一眼李江河，咬牙说道。

"对，这回你说对了，就是一伙的！"李江河盯着郑福运，大声说。

郑福运愣了一下，他没想到李江河回答得如此坦率。郑福运没有说话，他就这么直直地看着李江河。

李江河也看着郑福运，他一字一句大声地说："我不只跟马平原是一伙的，我跟苇子圈的人都是一伙的！"李江河顿了顿，指着郑福运，"你不是苇子圈的人吗？"

郑福运又愣了一下，他一时不知该如何回答。

无话可说的郑福运在酒精的作用下，猛地站起来，用力拍了下桌子，面前的酒杯被震得跳起来，在桌上滚了半圈后，"啪"地掉到地上，碎了一地。

郑福运伸开胳膊，顺势一扫，他面前的盘碟撞在一起，碎落在地上，会同着茶水、菜汁，狼藉一片。

"郑福运，你耍哪门子的酒疯啊？这就是你的本事？"李江河抓住郑福运的衣领，一下把他提了起来。

"李江河，你当个啥队长就来欺负我！不怕我告你？"郑福运在李江河手里挣扎着，气急败坏地说。

"去告吧！"李江河把郑福运抵到了墙上，"今天，我是以老同学的身份请你吃饭，也是以老同学的身份跟你论个短长！搁十年前，我早把拳头砸你脸上了，你信不信？郑福运，做人，得有个人样，这是最起码的吧？看看你自己，再看看你家，你活得还像不像个人？"李江河逼视着郑福运，他把攥紧的拳头在郑福运眼前晃着。郑福运来回用力摇着头，躲避着李江河的拳头。

李江河松开了抓住郑福运的手。郑福运身体顺着墙溜下来，一屁股坐在了地上。

郑福运把头抵在膝上，哭起来。

李江河站在旁边，冷眼看着郑福运。

郑福运哭够了。李江河伸手把他拉起来，摁在椅子上："人这一生，谁都会遇到这样那样的岔路。你以为只你自己遇到了？一根筋地往邪路上走，好像这个世界上所有人都对不起你，都欠你的！你刚回来的时候，滩里乡亲们待你咋样？给你匀了地，帮你申请危房改造。为什么后来没人理你了？晚上睡不着的时候，你就从来没想想吗？你是成年人了，想往哪走，别人拉不住你。"

"我……我已经无路可走了。"郑福运重重地叹了口气。

郑福运彻底喝醉了，他被李江河扶着，连拖带拽地拉到了李江河的宿舍。那一夜，在李江河的床上，郑福运哭了很久，也说了很多。李江河陪着他，任由他把肚子里的话都倒了出来。

第二天起床后，郑福运嘴巴紧闭着，好像他肚子里的话，在刚刚过去的这个晚上，已经全部倒出来了。李江河喊他起床，带他一起去镇政府餐厅吃早餐，他都很配合。饭后，李江河又陪着郑福运去看了建设中的社区工地和蔬菜大棚。

滩区迁建工程进展很快，短短几个月，已有两栋楼封顶。 另外几栋楼，也眼见着往高里长。 脚手架上忙碌着的工人，伸着长臂的吊车，不停旋转着的水泥搅拌机，到处一片热闹景象。

去往蔬菜大棚区的路上，各种车辆来回穿梭，车上，装着一筐筐顶花带刺的绿黄瓜。 大棚的主人在忙着赶往批发市场。

"过完春节，就可以搬到楼上来住了。 找人帮着建个大棚，种上菜，好好管理。 找个喜欢的女人，一起过日子，不是挺好的？"李江河边走，边对郑福运说。

"我的事，就这样过去了？"郑福运咧开嘴，脸上的表情像是要哭出来的样子。

"昨天晚上我不是跟你讲得很明白了吗？ 你说人家打了你，证据呢？ 现在是法治社会，谁主张，谁举证。 你的证据在哪？ 整天到处跑来跑去，这不是瞎费工夫吗？ 你想没想过，这些年浪费掉的时间，能干成多少正事啊！ 咱都快三十岁了，人这一生，能有多少个三十岁？"

"从没人像你这样让我把心里的事说出来。 他们见了我就嫌烦，像赶一只苍蝇一样，容不得我说一句话，就把我轰走。 李江河，谢谢你！"郑福运看着李江河，"你这些话，有道理，也实在。 可是，我还是有点不甘心，五年了，我这五年，就这么没了？"

"那你还想咋样？ 已经白白浪费掉五年大好时光，难道你还想再浪费五年？ 郑福运，你是个聪明人，为什么在这件事上撞了南墙都不回头呢？ 人要懂得及时止损。 你再这样执迷不悟，怕是真来不及了。"李江河站在郑福运对面，认真地看着他。

"我再想想。"郑福运在李江河目光的逼视下，慢慢低下了头。

来到苇子圈后，李江河和马平原多次说起过郑福运，他也找村里人了解过。 就连郑福运的亲戚苏会计也跟李江河说过，郑福运对自己摔断胳膊这件事的说辞，逐年改变。从开始说只是被撵，到摔倒，再到被打伤。他叙述的内容、被伤害的程度，每一次说的都不一样。

"别信他那些屁话，自我感动罢了！"马平原提到郑福运，气就不打一处来，"编得越重，就越找不到下台的地儿，就更狂热地编。反正他闲着没事，就编来骗自己玩吧。想骗别人，门儿也没有！"

李江河也曾想过重新申请郑福运危房的改造。马平原坚决反对。上次的申请因为没落实好，他受到了镇领导的严厉批评。苇子圈党支部，也为此被降了一个星。

"咱替他申请了，他整天不知往哪跑。万一再找不到他，怎么办？再说了，滩区迁建的楼房眼见着就盖起来了。"马平原说。

李江河觉得马平原的话也有道理，凑合几个月，就能搬新房了。

与郑福运分开前，李江河让他回去好好想想，哪天想建大棚了，找他，找马平原都行。

郑福运没有说什么，低了头，顺着河堤的长坡，慢慢地一步步朝滩里走。

三十一

麦穗睡了，金惠珍看着手机上那个号码，不知呆坐了多久，终于，下定了决心。就在金惠珍要摁下拨出键时，手机突然响起来，金惠珍低头一看，是景志强。

景志强先问了金惠珍的身体，问了麦穗的学习，又问了爹妈的身体。再往后，似乎就没什么可说的了。短暂的沉默之后，景志强说："惠珍，对不起，我知道是我不对。你能原谅我吗？我保证，以后一定对你好，对麦穗好！惠珍，我求求你了，你就给我一次机会，行吗？"

金惠珍沉默了一下，说出了一个字："行。"

电话那边的景志强，听到这个字，先是愣了一下，然后兴奋地大声说:"惠珍,你原谅我了? 惠珍,往后,我凡事都听你的,惠珍……"

没等景志强说完,金惠珍就打断了他的话:"景志强,我还没说完。我原谅你,是有条件的。"

"你说,惠珍你说,不管有啥条件,只要你能原谅我,我都答应。"景志强忙不迭地大声说。

"别在外边干了,回家来。这就是我的条件。"金惠珍说完,静静地等待着景志强的回答。

"回去? 我回去能干啥?"景志强的声音突然有点急躁起来。

"以前跟你说过的,种大棚。"金惠珍一字一句地说。

"惠珍,别的啥条件我都答应你。只是我真的不想回去,你知道的,我在城里待了这么多年,已经习惯了这种生活。"景志强的声音里,多了些冷硬。

"景志强,你太自私了!"金惠珍听景志强这样说,心中的火气一下冒上来。

"惠珍,我真不甘心就这么回去。城里机会总是多一些,趁着年轻,我想再拼上几年。"景志强的声音比刚才稍稍低了些,但依然透着坚决。

"拼上几年? 你觉得再多待几年就能改变现状吗? 几年后,又能咋样呢? 别再做梦了,景志强!"金惠珍又气又急。她没想到事到如今,景志强还是如此的态度。

"惠珍,我在努力,我一直在努力呀!"景志强的语气里透着一丝丝的祈求。

那个叫夏红梅的女人,突然出现在了金惠珍眼前,金惠珍的心忍不住狠狠地痛了一下:"哼,真好听,在努力? 说到底,还不是在逃避? 你也不想想,再过几年,在城里干不下去了,自己还能做个正儿八经的农民吗?"长长地喘了口气,金惠珍接着说,"不信你瞧着,景志强，等到最后，你做不了城里人，更做不成乡下人了。"

金惠珍说完这些，早已泪流满面，她不等景志强说什么，就"啪"的一声挂断了电话。金惠珍转身趴在床上，忍不住痛哭起来。

伤心、失落、气愤，种种情绪一下填满了金惠珍的心。她没想到自己能如此的伶牙俐齿，更没想到景志强会是这样的态度。从景志强的话语里，金惠珍听出了这样的信息：宁肯离婚，他也不愿回到滩里来。也就是说，她金惠珍加上女儿加上父母再加上滩里所有的一切，都不如城里对景志强更有吸引力。景志强变了，真是变了！

景志强真的就那么狠心！景志强的心，是真的回不来了吗？

金惠珍翻来覆去地想了一夜。眼前，只有离婚这条路可走了。金惠珍咬咬牙，即使离了婚，我一个人，也要建一座蔬菜大棚，我要让你景志强看看，我在老家，并不比你在城里活得差！

早晨，金惠珍打开手机，接连收到了景志强好几条信息。昨天晚上因为生气，金惠珍挂断电话后，就关掉手机了。从时间看，信息有刚打完电话时的，有前半夜的，还有凌晨的。这样看来，景志强也是一夜没睡。

金惠珍一一打开信息。有景志强跟金惠珍道歉的，也有解释他不离开城市的原因的。最后那条让金惠珍心头一震：惠珍，我想了一夜，你说得对，我应该回去，咱全家人在一起。到年底吧，等把这个工程做完了，我就回家。

金惠珍猛地从床上坐了起来。景志强还是答应回来了！他是爱这个家，爱生他养他的黄河滩的！再看一遍那几行字，微笑和泪水，一齐挂在了金惠珍的脸上。

金惠珍飞快地跳下床，去找婆婆。

婆婆还没起床。若在以往，金惠珍不会在公婆没起床的时候随便去敲门，这回她不管那么多了。

婆婆披着衣服，鞋子也没穿好，就急慌慌打开了门。

金惠珍站在门口，先急急地把景志强年底就回家的事告诉了婆婆。婆婆听到这话，顿时泪流满面。她边抬手抹着脸上的泪，边连声说："好，好啊！闺女，可真是难为你了呀！"说着，忍不住哭了起来。

等婆婆不哭了，金惠珍又把想在滩外建大棚的事告诉了婆婆。她说等景志强回来了，他们一家人就建两个大棚。

金惠珍边说着，边拉婆婆来到院里的小石桌坐下，娘俩慢慢聊起来种大棚的计划。

婆婆听着金惠珍的打算，嘴一瘪，忍不住又哭了。边哭，边拉着金惠珍的手说："孩子，妈听你的，都听你的。你说咋建，咱就咋建。那个批发市场，俺也知道，每天都车来车往的，空车来了，装满黄瓜走了。俺知道呀！"

金惠珍笑了："妈，建大棚，俺爹可比我有经验，你忘了，大力家建大棚的时候，俺爹还去帮过忙呢。"

"对，对，你爷俩就商量着建。"婆婆说着，快步朝屋里走去，再出来时，手里拿着一个存折，"要买啥东西，就从这上边提钱。"

金惠珍接过存折，感激地看着婆婆。嫁过来这几年，婆婆一直拿她当闺女待。婆婆有时性子急，说话直，但没坏心。自她这次从城里回来以后，婆婆可真是受尽了为难。金惠珍看着也心疼。这下好了，婆婆又可以跟从前那样，能跟她大声说话，能想说啥就说啥了。

景志强那曾经的过失，就让它过去吧。就当是，走路的时候，不小心跌了一跤。这样想着，金惠珍心里好受了许多。

滩外种大棚起步早的，早就盖起了两三层的小楼，小轿车也早开回了家。再看看滩里，有这道大堤挡着，凡事都慢一步。现在好了，有滩区迁建的政策，滩里人也该走出去了。

"曲堤"牌，一听就是跟咱黄河有关的。人常说"九曲黄河十八弯"嘛。这样想着，一抹微笑浮上了金惠珍的嘴角。

金惠珍有个远房表哥，在蔬菜市场旁边建了个停车场，所谓的停车场，也就是一块平地。表哥守着这块地，只是收看车费，每天都能收入好几百。表哥前几年也曾在城里打过工。当问起他如今和以往的区别，那天，喝了酒的表哥说，哼，傻瓜才在外头给人家当孙子呢，你是不知道那吃的住的都不行，还要整天让人家训来训去的，整个一孙子。还得扔下老婆孩子，真不知道那时候是少了哪根筋，心甘情愿地给人家当孙子，图个啥？哼，现在好了，现在咱踏踏实实地站在自己的地界上了，想吃啥吃啥，想喝啥喝啥。在自己这一亩三分地里，说话都硬气。

金惠珍曾跟景志强学说过这些话，景志强听了，很不屑的样子，从鼻子里哼了一声，说，典型的小农意识，胸无大志，目光短浅。

金惠珍当时没觉得什么。如今再回味景志强这话，就觉得很不是滋味了。哼，人家胸无大志，你又有啥大志向呢？即使是有，那也是在半空悬着的，落不了地能算真正的志向？

金惠珍去村委会找马平原申报建大棚的事，李江河恰巧也在。他们当即让文书老金把表填好，让金惠珍签了字。

"资金很快就能下来，你可以等下来了再建，也可以先自己垫资。部分物资是现成的，就在镇上的仓库里存着。"马平原对金惠珍说。

"你们今天有空的话，我现在就想去看看，定下地方，明天就开建。"金惠珍笑着说。

"金惠珍，你这麻利劲儿，比男人都利落。"马平原说。

"咱滩里本来就起步晚了嘛。"金惠珍有点不好意思地说。

"好，咱现在就去。正好我跟马平原要去镇上。走，咱们一起去。"李江河站起身，就朝屋外走。

他们坐上李江河的车，不一会儿就到了镇上规划出来建大棚的地方。

"先建的先挑地儿,金惠珍,你自己选个地方吧。"马平原用手指了指眼前的这片空地。

"地儿都挺好,没啥挑的。挨着来吧。"金惠珍看看面前平展展的地,又看看不远处的一座座大棚,激动、幸福与快乐,抑不住地从她微红的脸颊上、从她黑亮的眸子里冒出来。

大棚位置定下来了。需要领取的物资,老金也开了条、盖了章。万事俱备,只等开建。

"麦穗整天吵着找甜橙玩,学校要放假了,把甜橙带过来跟麦穗一起玩吧。"金惠珍对李江河说。

"你这么忙,一下带两个孩子,不行,可不行。"李江河没说的是,其实甜橙也一直想着麦穗。李江河也很希望甜橙能到滩里来,看看黄河,呼吸一下滩里的新鲜空气。最主要的是,他想甜橙和麦穗在一起玩,能让甜橙变得大胆一些、活泼一些。可是,他知道金惠珍忙,马上要建大棚了,会更忙。

"一个也是带,两个孩子在一起,玩得更好。带甜橙来吧,等开了学,就没空了。"金惠珍又说。

"金惠珍说得对。咱这里的孩子,不像城里孩子那么金贵,三五个孩子一块儿,街上跑、滩里窜,不知不觉就长大了。孩子放了假,不能老是待在家里。整天看手机看电视的,可不好。"马平原也说。

"我也知道总让孩子闷在家里不好。"李江河不由叹了口气,"我也真想让她过来。可真来了,我也没时间管她。"

"哪用你管呀。在金惠珍家,就跟麦穗玩。去我家,就跟小帅玩。小帅这小子,就是皮。不过你放心,这小子跟他爹我一个脾气,从来不欺负女生。"马平原说着,呵呵大笑起来。

李江河也朗声大笑起来:"哪天我要去采访一下魏晓珍老师,才知道你马平原是不是真没欺负女生。"

"随时欢迎，保你打听得住。"马平原又大笑起来。

"小帅这当哥哥的，可知道让着麦穗呢。"金惠珍说着，把头转向李江河，"带甜橙来吧，她保准喜欢咱这里。"

"那可真是给你们添麻烦了。"李江河心中很是感激。

"看你这婆婆妈妈的劲！让咱闺女也来看看咱黄河滩区的生活。"马平原说。

"好。周末回去，我就带甜橙来。"

金惠珍一家人忙起来，他们挖地基、垒土墙；把土地整平了，再调成一个个的畦；一趟趟地到镇上去，拉来了竹竿、铁丝、无滴薄膜、麻绳、草苫子等物品。

每天早上，金惠珍睁开眼就朝滩外奔，晚上婆婆把饭都端到了桌上，也不见她回来。金惠珍明显地黑了瘦了，但晚上，她却不再失眠。头刚刚挨上枕头，眼皮就粘在了一起。

麦穗放了学，见妈妈不在家，就知道妈妈是在滩外建大棚呢。麦穗扔下书包，就领着小黑想往滩外跑。

"看你这孩子，这么远的路，哪能自个儿去？等着，奶奶跟你一起去。"等奶奶慌忙把三轮车推出院子，麦穗早跑到房台下的田里，不见了踪影。奶奶紧忙地追上麦穗，好说歹劝，麦穗才爬上车。

小黑时前时后地跟着奶奶的三轮车。遇到不平的路，奶奶骑得慢了，麦穗就从车上跳下来，和小黑一起，撒着欢地往前跑。待奶奶撵上她，麦穗冲奶奶做个鬼脸，又乖乖地爬上车。麦穗银铃一样的笑声，在滩里传出好远好远。

在离大棚不远的路口，奶奶遇到熟人，停下来说话。麦穗又等不及了，她跳下车，蹦跳着朝大棚跑去。

听到麦穗"咯咯"的笑声，金惠珍抬起头，看到麦穗带着小黑从远处跑过来。金惠珍直起身子，微笑似阳光一样洒在满是汗水的脸上。

"麦穗,慢点跑,别摔着。"金惠珍冲麦穗喊着。

"妈妈,咱家大棚啥时建好呀?啥时长出黄瓜来,像可心家那样?"麦穗跑到妈妈跟前,不停地问这问那。

小黑围着大棚转了一圈,撒了个欢,就在不远处坐下,目光朝着麦穗的方向。

"快了,快了。等妈妈和爷爷把墙垒好,就能栽黄瓜苗了。"金惠珍笑着说。

"黄瓜苗在哪儿呢?在可心家的大棚里吗?"

"在那边。"金惠珍把麦穗抱起来,放在刚建起来的矮墙上。她伸手指着远处的几座大棚,让麦穗看,"看到了吧,那就是专门养黄瓜苗的大棚。整整一棚,全是绿油油的小苗苗。我们把那些小苗苗买了来,种在咱家棚里,慢慢地,就开花了,就长出黄瓜来了呀。"金惠珍微笑着,望着女儿花一样的小脸,心中满满的幸福。

"嗯,真好!"麦穗拍着小手,跳了个高,"等咱家大棚建好了,种上小苗苗,爸爸就回来了,是吗,妈妈?"麦穗歪着小脑袋,问。

"对。你先在一边玩,一会儿我们回家吃饭。"金惠珍把麦穗抱下来,又低头干了起来。

"妈妈,告诉你一件事,你谁也不能说。"麦穗神秘地凑到金惠珍跟前。

金惠珍诧异地看着麦穗,点了点头。

麦穗凑到金惠珍跟前,对着金惠珍的耳朵,轻声说:"妈妈,奶奶说,你不要我了。"

金惠珍愣了一下。

"奶奶说,你妈妈让那个大棚把魂勾走了,不要咱们了。"

金惠珍一下把麦穗搂在怀里,笑起来。从城里回来后,金惠珍还从未这样开心地笑过。

奶奶过来了,她看到金惠珍和麦穗搂在一起笑得那么开心,她心里的那个疙瘩开了,慈祥温暖的笑,挂上了眼角眉梢。

晚上,景志强来电话,金惠珍把大棚的进展跟他说了。

景志强说:"惠珍,千万别累着。过些日子我就回去了,等我回去再建也不迟嘛。"

金惠珍说:"那可不行。晚几个月,就晚一季呢。等你回来的时候,咱家棚里的黄瓜该上市了。你回来了,就每天往镇上的批发市场上运黄瓜吧。大力家就是这样,每天早晨都往批发市场上运黄瓜。你猜小丽咋说,她说,大力每天拉出去一车黄瓜,换回来一个汽车轱辘。"

"汽车轱辘?"景志强愣了一下,马上反应过来,"哦,那么厉害呀!"

从发生了那件事以后,每次打电话,金惠珍都觉得跟景志强没什么话可说了。这次,他们却说了很多话,大都是和大棚有关的。这中间很少有停顿和沉默。若不是景志强说那边有人找他,也许他们还要一直说下去。

大棚的墙体垒好了,一道道铁丝也拉上了。电也接进了棚。黄瓜苗也订好了。只等墒情合适了,就把瓜苗运过来栽种上。

李江河和马平原他们有时间就过来看看金惠珍有什么困难,他们就帮着及时解决。苇子圈留守女性多,村里每次开动员会,她们都说家里少劳动力,建大棚可不是一个女人能干了的。这下好了,金惠珍带了个好头。

"你建了大棚,以后就更忙了。咱们之前说的'庭院经济'的事,怕是没时间搞了吧?"每天早饭前,李江河都到大棚这里来转转,看建设中的社区楼房,看载满黄瓜运往批发市场的车辆。有时也进到棚里,看看黄瓜长势。在棚区路口上,李江河遇到了金惠珍。

"不碍事。过些日子景志强就回来了。瓜苗还没栽,初期管理也用不了多少功夫。 这正是个时候。 有的人家,确实种不了大棚,学个柳编,也是份收入。 关键是有个事做着,心里不慌。"金惠珍微笑着说。

"金惠珍,你辛苦了!"李江河真诚地说。

"看你,说的啥话呀! 要论辛苦,哪有比你们辛苦的?"金惠珍对李江河笑了笑,说,"放心吧,一会儿回家我就去各家喊她们。"金惠珍刚走了几步,突然停下,扭头对李江河说,"麦穗又问甜橙姐姐了。"

"好。 这次回去就带她来。"李江河转身看着不远处的金惠珍,他没有再跟她客气。 他知道金惠珍忙,也知道多一个孩子会多出很多事。 但他也知道金惠珍的真诚。 金惠珍是为他着想,为甜橙着想。 她知道甜橙的内向、胆怯,也知道这是他的一块心病。 金惠珍曾说过,让甜橙到滩里来玩上一个暑假,孩子肯定变得壮实、活泼又快乐。 这正是李江河期望的女儿的样子。

甜橙来滩里那天,金惠珍家的热闹,让本就内向的甜橙躲在李江河背后,紧紧抓住他的衣服不肯松手。 金惠珍拿好吃的、好玩的哄着甜橙,都不行。 女人们七嘴八舌,更是让甜橙的眼泪都滚出来了。

李江河试图让甜橙到身前来,努力了半天,没能成功。

金惠珍忙跑到外边去找麦穗。 满头是汗的麦穗跑回家,一下抱住甜橙,边跳边喊着:"甜橙姐姐,甜橙姐姐,我带你去看宝贝!"麦穗热乎乎的小手,紧紧拉住甜橙发抖的小手,把甜橙拉进了里屋。

看着两个孩子的背影,李江河满脸的窘态稍稍淡了些,他对金惠珍说:"看看不行,我就送她回去。"

"看你这话说的,放心吧,保证没事。"金惠珍信心满满地说。

"小孩子,刚见面就是认生。"

"是啊,眨眼工夫,就能玩到一起了,你想分都给她分不开。"

"城里的孩子见过大世面的,没事的。"

女人们手上忙活着，嘴也不闲着。

金惠珍的柳编社成立时，李江河、马平原同镇妇联的领导都来了。之后他们也来看过几次。在金惠珍的带领下，女人们热情都很高。有几个心灵手巧的女人，已经能编简单的花篮了。

"等下个集日，我挑几件好的稍稍改一下，送到收购点。有了收入，她们热情就会更高。"金惠珍曾跟李江河和马平原这样说过。女人们有活干有收入了，以往那些东家长西家短的事，肯定谈得就少了。随着个人收入的提高，她们对自己及外界的认识，也会发生相应的改变。

麦穗和甜橙两个人一直在屋里玩，金惠珍躲在门外偷偷听了一会儿，她对李江河说："去忙你的吧，两个人在叽叽喳喳地跟她们的宝贝玩呢。"

李江河也凑到门边听了一会儿，他听到两个人在争着讲故事。他还听到甜橙在笑。李江河放心了。

"你忙就不用记挂着甜橙。两个孩子玩得挺好。"金惠珍送李江河到门口。

"麻烦你了。"李江河对金惠珍说。

"看你，两个孩子在一起，能相互学习。放心吧。"金惠珍说着，冲李江河摆摆手，就转头往回走。她要去看看，两个孩子又在玩什么。她想要麦穗带甜橙多到外边玩玩。

苗玉桃打来电话，不等说话，先笑了起来。金惠珍听得出，苗玉桃心情很好。

这些日子，金惠珍光顾忙着建大棚的事，已经好久没跟苗玉桃通电话了。

苗玉桃笑够了，说有个天大的喜事要告诉金惠珍。她先让金惠珍猜，是什么喜事。

金惠珍想了想，就试探着问："是怀孕了吧？"

电话那边的苗玉桃马上问："你咋知道的，你真会猜。惠珍，我还谁都没告诉呢，先告诉你。我终于要有自己的孩子了！"

金惠珍替苗玉桃高兴。苗玉桃那么想有个自己的孩子，这下终于可以圆梦了。金惠珍想告诉苗玉桃一些注意事项，苗玉桃不停地说："知道，知道，这些我早就背得烂熟了。"

金惠珍想想也是，苗玉桃虽然没生过孩子，但她曾是护士呀。再说，苗玉桃为了要孩子，早就做好了充足的准备。

三十二

在麦穗和小帅的带领下，甜橙认识了很多好朋友。从不敢出门、不愿出门，到吃饭了还不想回家，经历了才不过一周的时间。

甜橙和小伙伴们在滩里采野花、逮蚂蚱、捉蛐蛐……跑到堤顶上，躺在毯子一样的草坡上翻滚，一直滚到堤坡下，比赛看谁滚得更快。跑到河边，挖淤泥来摔哇鸣，唱着"摔断沿，十个布叽十个蛋"，看谁摔出的洞更大，看谁能把哇鸣摔得断开了沿。拿着空罐头瓶，到小水洼里去捉小鱼、小虾、小蝌蚪。跑到树下，仰脸看"吊死鬼"曲着身子一点点地往上挣……

开始，甜橙不敢碰任何活的东西。后来，在麦穗和小帅等小伙伴们的鼓励下，她胆子慢慢大起来。敢抓小鱼小虾了。敢追跳来跳去的青蛙了。

甜橙的小脸黑了红了，饭也吃得多了。回到家，麦穗喊饿，甜橙也跟着喊饿。晚上吃过饭不多会儿，两个人爬到床上玩，有时麦穗教甜橙翻跟头，有时甜橙给麦穗讲故事或唱歌。两个小人儿玩着玩着，不一会儿就睡着了。

李江河去县城开会，给甜橙和麦穗买了毛绒玩具、书包和零食。

"甜橙，学校快开学了，想爷爷奶奶了吧？"李江河问甜橙。

"想。"甜橙和麦穗在玩弹杏核儿。

"那咱们明天回城里好不好？"

甜橙抬头看着爸爸，摇了摇头："爸爸，我要和麦穗在这里上学，周末的时候，我再回家看爷爷奶奶。"

"等学校放假了，我带你来找麦穗、小帅他们玩。让他们去我们家玩也行。"李江河伸手拉住就要往外跑的甜橙。

"我不回去。"甜橙用力挣着。

"不让姐姐走，我不让甜橙姐姐走！我要和姐姐一起去学校，还有小黑。"麦穗听说甜橙要走，眼泪滚了下来。

甜橙用力挣开爸爸的手，跑出了院子。麦穗和小黑紧跟着，也不见了踪影。

"真不舍得让甜橙走。"金惠珍说。这些日子，乖巧可爱的甜橙，就像她的另一个女儿。不止金惠珍喜欢甜橙，连麦穗的爷爷奶奶也对甜橙喜爱得不得了。可金惠珍知道，就要开学了，她不能再留甜橙。

"这些日子，给你和家里人都添了很多麻烦。"

"看你，说的啥呀！两个孩子都快乐，这不比啥都强？"

"是啊。甜橙像变了一个人，变得大胆、快乐。以往，我和她妈妈常为甜橙的胆小、内向担心。谢谢你，也谢谢麦穗和咱滩里的孩子们！"

"等放假了，再带甜橙到咱滩里来玩。"

"好。你帮我劝一下麦穗和甜橙，毕竟快开学了。"

"好，放心吧。"金惠珍应着，心里却很是不舍。她拿不准，这次麦穗和甜橙是否能听她的话。

晚上，金惠珍跟麦穗和甜橙说了这些，两个孩子嘻嘻哈哈地笑着、闹着，一会儿爬到床上，一会儿又跳到地上。金惠珍的话，她们根本就没听进去。

第二天早晨，金惠珍早早起床，做了甜橙爱吃的韭菜三鲜馅饺子。甜橙吃了满满一碗。

甜橙被爸爸拉着手往外走的时候，泪珠儿在眼眶里转。麦穗拉着甜橙的另一只手，哭着不让她走。

爷爷奶奶哄着麦穗，让她松开手。两双小手死死抓在一起，就是不松开。金惠珍用力掰开麦穗的手，把甜橙推进了车。

车子下了房台，朝大堤的方向驶去。看着越来越远的车子，麦穗不哭了。奶奶过来拉起她的手，要她回家。麦穗不回。直到车子爬上堤坡，拐了个弯不见了，麦穗才抹着泪，被妈妈和奶奶牵着手，慢慢往家走。

买回来的黄瓜苗，都是嫁接过了的。金惠珍看着那些绿油油的小苗苗，就像看着自己的孩子，满心的爱怜，满眼的柔情。

刚刚才浇了第一次透地水，金惠珍就张罗着把爬秧的绳子一根根牵到了大棚顶上，就等着那些小苗苗舒展开身子，顺着绳子一节节地往上爬。

金惠珍没有在蔬菜大棚里种过黄瓜，但她知道菜园里的黄瓜怎么种。它们之间的区别，只是季节和温度不同罢了。

金惠珍知道，几天后，瓜秧一旦长开了身量，就要整天离不开大棚了。瓜秧上长出的多余小丝丝，要一条条地掐干净，那东西太耗养分。每生出一个叶片，就会有一条小丝丝长出来，要把多余的小黄瓜纽摘掉。一棵秧苗上留的黄瓜纽太多，黄瓜就长不大。从见瓜到摘瓜，每天早晨都要浇一遍透地水。那一支支脆生生的绿黄瓜，都是用水给喂出来的。

刚栽上的瓜苗，要先"恋恋窝"，才会开始长身量。"恋窝"的这几天，小苗苗基本看不出有什么变化，但一旦长开了，就是一天一个样子了。今天瓜秧只到了膝盖，明天进来一看，已长到了腰的位置。不只是瓜秧，黄瓜也是这样。今天看着只有手指头粗细的一根瓜，一夜之间，竟能长到擀面杖那么粗。如若这黄瓜不是固定在秧上的，还以为是被谁另外换了一根呢！

喝饱了黄河水的黄瓜，长得特别快。它不像别的菜，摘了这次，要等几天或者更长时间才能再摘。黄瓜不是这样。今天把该摘的摘完了，明天新的一拨又长大了，还能接着摘。

金惠珍的公婆见瓜苗正在"恋窝"，棚里临时也没啥活，就商量着，想让金惠珍到城里去看看景志强。

婆婆想，儿媳既然想原谅景志强，就要让他们多在一起交流交流。隔的时间越长，两个人就越生分。婆婆知道，金惠珍虽然说是原谅景志强，但在感情上，肯定还有许多隔膜。这道坎，哪是说迈就能迈得过去的？这种事，是用刀划在女人心上的，即使看起来痊愈了，但那道疤痕，几时才能长平呢？同为女人，婆婆知晓金惠珍心里的痛。儿媳这回若能去城里，两个人之间的坎，就算过去了。日子长了，皮肤上的那道痕，会变得越来越细，越来越淡。两个老人都想看着儿子和儿媳能尽快融洽起来，一家人和和美美地过日子。

金惠珍有些犹豫。两位老人的心意，她明白。她和景志强，也确实很久没在一起好好谈谈了，夫妻间的事，更是从那件事发生后，就再没有过。每回景志强试图有什么表示，金惠珍就浑身发紧，从内心到身体，全都处于一种戒备加恐惧的状态。有时，金惠珍脑海里也会闪现出曾经和景志强在一起缠绵时的细节。但当景志强真的稍稍有所表示，她却瞬间变成了一只受了惊吓的刺猬，默默忍受着身体和心灵的双重煎熬。

看着睡熟的麦穗，金惠珍想了很多。她知道，既然要和景志强继续生活下去，心中的这道坎，早晚是要迈过去的。哪怕自己再难受，再恐惧，再心痛，也还是要过去的，总不能这样一辈子。可是，当真面对景志强的时候，心中的那些无法言说的痛，真的就能放得下吗？ 金惠珍无法判断自己的内心能否如此强大。 以往有几次，景志强每每想用男人的强硬去征服她的时候，金惠珍内心里除了恐惧，还有说不出的屈辱。 这种感觉让金惠珍生出无穷的力量去反抗景志强的暴力。 那时的金惠珍，感觉景志强就是一个企图要强奸她的陌生男人，心里充满对这个男人的排斥和反感，恶心得要把五脏六腑一下都吐出来。

金惠珍就这么煎熬着，始终无法确定到底是去还是不去。

苗玉桃的一个电话，改变了金惠珍的焦虑状态。 那天中午，金惠珍正在为去还是不去而斗争着，两个念头互不相让，难分高下。 这时，苗玉桃的电话打了进来。 苗玉桃有些急促地告诉金惠珍，说景志强不小心摔了一跤，胳膊骨折了。

金惠珍愣了一下，本来以为，即使不离婚，景志强的好与坏，也都与她没有多少关系了。 她觉得那个人，已离她很远很远，远得如同一个陌生人了。 苗玉桃的电话，让金惠珍一下知道了，即使骨头断了，筋也还是连着的。

苗玉桃已经替金惠珍在网上预订了火车票。 她告诉金惠珍，到了车站，只要把身份证在出票的机器上放一下，票就自动打出来了。 苗玉桃说自己现在开着车呢，不方便打电话。 说完，就把电话挂了。

金惠珍没有把景志强受伤的事告诉公婆，她怕他们担心。 毕竟她现在也没见到景志强，苗玉桃所说的只伤了胳膊，也不一定准确，说不定苗玉桃这样说，是故意安慰她呢。

金惠珍只跟婆婆说苗玉桃有事想让她过去一趟，并把苗玉桃发过来的微信让婆婆看了，那是苗玉桃挂掉电话后发过来的关于车次和取票等相关信息的一条微信。

婆婆知道苗玉桃的脾气，也知道苗玉桃怀孕了，怀孕了的苗玉桃，更是要风是风，要雨是雨的主。 儿媳能去城里，也是她一直盼着的。 这两天，金惠珍一直不说去也不说不去，婆婆心里很是沉不住气,又不好使劲催,心里就七上八下的。 这下好了,关键时候,苗玉桃可真是帮了个大忙呢!

金惠珍简单收拾了一下,就急匆匆朝大堤上的公交车站奔去。

金惠珍到了火车站,很顺利地取了车票。多亏了苗玉桃。 金惠珍心里暖暖的。 与苗玉桃虽然不是亲姐妹,但亲姐妹又有几个能做到这样呢?

上了火车,金惠珍又给苗玉桃打了个电话,详细问了景志强的情况。 苗玉桃说其实也没啥要紧的,她让金惠珍千万别着急。 苗玉桃的声音像是很轻松。 是景志强真的没什么大碍,还是苗玉桃怕她着急,故意这样轻描淡写呢? 金惠珍在心里默默祈祷着,但愿能是前者。

景志强在工地上,有时要爬到上百米的高空。 万一伤得重呢? 金惠珍心里又忍不住胡思乱想起来。 景志强不能干活了,就把他带回滩里疗养。 往后种了大棚,经济慢慢好起来,公婆年纪也都不是太大,一家人养一个景志强还是没问题。 志强,你可以啥都不干,但你千万别倒下呀! 金惠珍心里火烧火燎。

金惠珍心里一会儿想景志强现在到底是在工房里坐着休息,还是躺在医院的病床上? 一会儿又想想苗玉桃,不知怀孕后的苗玉桃是不是有什么变化?

男人,有时可能真像个孩子,会任性,会犯错,甚至会犯不该犯的错。 想到这里,金惠珍对景志强的气消了许多。 她想,看在闺女的份上,只要景志强不再犯,就把那事忘了吧。 虽然,这样做很难很难……

金惠珍感觉火车跑得比以往都慢,她不停掏出手机看时间。

拐过前边那个弯,就能看到火车站钟楼了。 金惠珍站起来,慢慢朝车门走。 正往前跑着的火车,突然重重地喘了口气,一个急刹车,把金惠珍闪了个趔趄。 一阵金属撞击声,火车渐渐慢下来。 好多人都站了起来，靠窗坐着的，都在看窗户外到底发生了什么事。

从乘务室的广播里，金惠珍知道了，原来是前方有列火车出轨了。听说，出轨的还是一列动车。

好在出事的车并没有影响到这辆绿铁皮的行驶，经过短暂的停留后，火车重重地吐出一口长气，又慢慢朝前跑。

动车，那么先进那么高大上的东西，怎么会出轨了呢？到底是车的毛病还是轨的问题？或者，车和轨都没啥大的问题，是别的什么原因呢？金惠珍听着车上人们的议论，脑子里不着边迹地胡思乱想着。

怀孕的苗玉桃果然是有些变化，她的身上，多了些慵懒，少了些尖锐。金惠珍看得出，即将做母亲的苗玉桃，浑身上下都透着幸福。

金惠珍急着问景志强的情况。

苗玉桃有些神秘地说："没啥大事，放心吧。"

苗玉桃越是这样说，金惠珍的心越是提了起来。见不到景志强，金惠珍始终无法放心。苗玉桃说话一贯是这样，让人摸不着头脑。

金惠珍无心欣赏街上的景色，只想着能快点看到景志强。她想知道景志强到底怎么了？

一路上，两个人都没怎么说话。苗玉桃开得很快。车子一路南下，从纬二路上了英雄山路。汽车拐上了南外环，不多会儿，就拐进了楼盘对面的工棚区。

也许，景志强并无大碍。他没有在医院呢！也许，很严重，医院不让住了呢？这个念头一下冒出来,占据了金惠珍的心。她把手捂在胸口上，不敢再想下去了。

车子还没停稳，金惠珍就一把拉开车门,跳下车。

工棚跟前的柳树底下，躺着一个人，脑袋下，枕着半截砖头。苗玉桃还没走到跟前，就看出来了，那个躺在地上的人，正是景志强。

苗玉桃用胳膊碰了碰金惠珍,示意她看树下那个男人。金惠珍一看,躺在地上的那个人身上穿的衣服,就是苗玉桃在网上买的那件。不是景志强还能是谁?

金惠珍快步跑过去。景志强怎么在这里? 是不是快不行了,工棚里不让待了? 泪水止不住地滚下来。她跌跌撞撞地往前跑,边跑边哭喊着:"志强,志强,你咋了? 景志强……"

金惠珍的哭喊声,惊动了工棚里的工友,有几个人探出身子,看着边跑边哭喊着的金惠珍。终于跑到柳树下,金惠珍张开双臂,一下扑到了景志强的身上。

景志强睁开眼,看到从天而降的金惠珍,一时不知道自己是不是在梦里。景志强本能地伸出双臂,搂住了扑上来的金惠珍。两个人紧紧抱在了一起。

"志强,你咋了,让我看看,伤哪了?"金惠珍跪在景志强身边,仔细地打量着他。

景志强腾地一下坐起来,看一眼金惠珍,又转头看一眼苗玉桃,一时没明白过来到底是怎么回事儿:"伤哪了? 啥伤哪了? 谁伤了呀?"

金惠珍一下愣住了。再浑身上下仔细打量一遍景志强,哪有半点受伤的迹象呀?

正是午休后上班前的时间,工棚里的工友们都拥了出来,围住了景志强和金惠珍。

金惠珍把探询的目光投向苗玉桃。此时,苗玉桃正站在不远处,鬼头鬼脑地冲金惠珍笑呢。

金惠珍抬起袖子抹净脸上的泪,望着景志强,不解地问:"你,你咋在这躺着呢? 我还以为,还以为……"

"屋里太闷,我想一会儿就上工了,就在这躺一会儿。惠珍,你咋来了?"景志强看着满脸泪水的金惠珍,茫然地眨着眼睛,一时有些没反应过来。

金惠珍明白过来，她站起来就要去找苗玉桃算账："苗玉桃！亏你想得出这招！"

不待金惠珍过去，苗玉桃马上把双手放在肚子上，调皮地眨着眼睛，对金惠珍说："我现在可是孕妇，不可以随便动的！把我动坏了，让你赔！"

金惠珍被苗玉桃逗笑了，她拉过苗玉桃捂在肚子上的手，放在自己手里，白了她一眼，说："往后，不许你这么吓唬我。多亏我没心脏病，要不然，现在你该到医院去见我了。"

苗玉桃和金惠珍笑着抱在了一起。

第四章
冬 蕴

三十三

以成山叔为会长的乡贤理事会，每一位成员在村中都有较高的威信。不管什么事，只要理事会的人带了头，大家就都跟着去做，甚至比马平原开一个动员会更能起作用。

特别是成山叔，年轻时就是滩里鼓子秧歌队的领头人，滩里上了年纪的人，哪个没在成山叔的头伞引领下跳过鼓子秧歌呢？

"把咱们的鼓子秧歌队成立起来，你觉得咋样？"李江河有些兴奋地问马平原。

马平原看一眼李江河，摇了摇头："不咋样。"

"鼓子秧歌队在苇子圈流传多少年了，前些年，不是还参加过全国的秧歌节？还是非物质文化遗产项目，可不能在咱这辈上失传了呀。"李江河并没有因为马平原的冷淡而减少热情。

"确实是个好东西。我小的时候，还敲过小鼓呢。那时候，从年初六到二月二，各个村子到处转。那是真热闹！"马平原脸上透出了红光。

"把咱们的队伍重新组织起来，就像前些年那样。"

"唉，难啊！"马平原又摇了摇头，"那时候，谁都不计报酬，抢着参加。现在不行了,别说没报酬,就是有,也难组织那么多人了。你看现在村里有几个年轻人？再说,他们的心也不在这上边了。年纪大一些的人,还愿意热闹热闹,可是他们都跳不动了。"

"咱们可以搞一个规模小一点的鼓子秧歌表演队,趁着老一辈的人还有热情,还能跳得动,让他们带带年轻人们。可以考虑在腊月里组队,那时候一些打工的人也都回来了。"李江河说着,就要马平原跟他一起去找成山叔。

"你先过去找成山叔聊聊再说吧,我还要到棚里去看看。"马平原说着,随李江河一起往外走,"这事要搞起来,确实也是件好事。可就怕搞不起来呀。"

"咱还没组织,你怎么就知道搞不起来？马平原,在学校的时候,你可不是这脾气。"

马平原不说话,只是笑着同李江河挥了挥手,朝房台后走去。

两盒茶叶两瓶酒是爸妈要李江河带给成山叔和婶子的；图画书和巧克力是甜橙捎给麦穗的；一大袋小零食是李江河买给滩里的小朋友们的,他们都是甜橙的朋友。

两位老人看到李江河手里的东西,推让了好久。最后,李江河说等过完年,带爸妈他们一起过来吃饭,他们才总算松开手。

李江河的父亲曾在蒲桥镇工作多年,对这里有很深的感情。在李江河没来蒲桥镇前,他就多次念叨着有机会再来看看。

李江河向两位老人转达了父母的谢意。自己的父母看到甜橙变得活泼、开朗又快乐,他们心里说不出的高兴。

"甜橙这孩子,着实是让人喜欢,才比麦穗大一个多月,就知道让着麦穗。还给麦穗讲故事,教麦穗识字儿。"麦穗奶奶提到甜橙和麦穗,笑得合不拢嘴儿。

"甜橙这娃聪明,性子也好。"麦穗爷爷也说。

"甜橙这一走,这心里呀,还真是空了一块。"麦穗奶奶张罗着让李江河坐。

"甜橙也喜欢爷爷奶奶，喜欢咱黄河滩。等放假了，我再带甜橙来看爷爷奶奶。"说起这些，李江河心中暖暖的。

甜橙敢一个人在屋里睡觉了；心里有什么事不再躲起来生闷气，不再任谁问都不说话了；变得爱唱爱跳爱笑，清脆的笑声银铃一样不时响起；极力推荐爷爷奶奶到滩里去玩，她还说等妈妈回来了，也一定要让妈妈去……

来滩里这些日子，甜橙拥有了从未有过的快乐。在麦穗、小帅他们的影响和金惠珍及爷爷奶奶叔叔阿姨们的关爱下，甜橙幼小的心中，留下了一颗爱、活泼、勇敢与快乐的种子，这颗种子会慢慢发芽长大，对甜橙的成长，将产生很大的影响。

跟两位老人聊了会儿家常，李江河把话头切入了主题。

"听说前些年咱苇子圈的鼓子秧歌，名气很大呀！"

"那可不。不用说在咱蒲桥镇，就是整个黄河县，也没有不知道咱苇子圈的。为啥，还不就是咱的鼓子秧歌队！"说起鼓子秧歌队，成山叔满是皱纹的脸上，闪出亮亮的红光。

"不是还去外省比赛的吗，还拿了个啥奖？那些年，苇子圈的老少爷们、大闺女小媳妇们，可都盼着过年，盼着鼓子秧歌队排练。街上的小鼓响了，棒儿敲起来了，家里那些人，不管正忙着啥，扔下就往街上跑。"像是怕李江河不信，婶接着说，"有正吃着饭的，扔下馍就跑出去了。有正烧火的，扔下烧火棍就跑出去，都顾不上把烧到灶门口的柴火往灶里填填，差点就失了火。嘻，这样的事，可多的是呢！"

"既然大家都这么喜欢鼓子秧歌，这几年为啥不组织了呢？"李江河问。

"你也知道，现如今咱滩里年轻人都出去打工了，剩下这老的老小的小，办不起来了。"成山叔叹口气说。

"咱滩里年轻人少了，这是事实。如果咱想组织，应该也能组织起来吧？"

"俺们这帮老家伙，也常念叨这事，毕竟心里放不下呀！可真要干，也难。没人有那个心气了。这好几年都不办了，慢慢地，小娃娃们也就不会了。等俺们这拨老家伙归了西，这个事，也就彻底没了。"

"叔，咱不能让这事说没就没了呀！咱再组织一下试试呢？"

"这鼓子秧歌呢，伞、鼓、棒、花、丑一个都不能少，伞又分大黑伞和小花伞。大黑伞，俺们这帮老家伙能凑合着扮。花也行，村里年轻女人也够。丑也好办。不好办的是小花伞、鼓和棒，都要年轻小伙子来扮。你看咱这里，哪有这么多年轻小伙子啊！"

"进了腊月，在外打工的也都陆续回来了。学生也放了假。从他们中挑一些呢？"李江河问。

"怕是不够。俺再想想。这事真这么没了，俺这帮老家伙心里也难过。"

"叔，您心里记着这事，麻烦您有时间就跟您那帮老兄弟们合计合计。咱争取今年春节把这事拾起来。有啥困难尽管跟我说。能办的我尽力办。办不了的，我往上反映。"李江河紧紧抓住成山叔的手，说。

"江河啊，有你这句话，俺心里就有底了。这多少代了，这鼓子秧歌，就是咱滩里人的魂！"

"叔，要把咱这魂重新聚起来！"

两双大手，紧紧握在了一起。

三十四

柳树下与景志强的搂抱，让金惠珍内心深处对景志强的抵触少了许多。虽然一时无法回到从前的柔情蜜意如胶似漆，但那种近似于被强奸的强烈的恐惧感,似乎消失不见了。回忆起刚才的那一抱,金惠珍没觉得有什么不适。景志强的胳膊还是那么有力,在那一瞬间,她好像又找回了曾经的温暖。

对即将到来的这个晚上,金惠珍仍然有些矛盾,她说不清自己对这个晚上的到来是期盼更多还是抗拒更多。

苗玉桃订了酒店,执意要给金惠珍压惊洗尘。苗玉桃因为怀孕不能喝酒,就以水代酒,不停地跟金惠珍喝,跟景志强喝。苗玉桃说:"这顿饭,可不是普通意义的饭哦,我们也来个八字箴言吧,从今天起,我们一起,告别过去,迎接未来!"苗玉桃说着,举了举拳头。

告别过去,迎接未来。金惠珍低头望着杯子里的红葡萄酒,在心里一遍遍默念着这八个字,眼泪忍不住在眼眶里打转。她端起酒杯,跟苗玉桃的水杯碰了一下,然后猛地仰起头,把杯中的酒一口喝了下去。抽出一张纸巾,把嘴角的酒渍抹净,顺带着,她把眼眶里的泪水一并抹掉了。

苗玉桃每次跟景志强碰杯,景志强脸上都露出不太自然的神色,话也说得磕磕绊绊,不是那么流畅。金惠珍见状,忍不住在心里恨道,早知现在,何必当初呢!现在知道面对苗玉桃的时候,脸上挂不住了。

苗玉桃不停地说这说那,酒桌上的气氛才一直很热烈的样子。

金惠珍心里热热的,多亏了苗玉桃,也真是难为她了。

"哎,我突然想起一个事。"刚和金惠珍碰完杯的苗玉桃,放下手里的杯子,对金惠珍说。

"啥事?"金惠珍笑着问苗玉桃。

"还记得你托我找的那个厨师吗?"

"咋不记得,常想起刘芳她娘俩呢。找到了?"金惠珍忙问。

"找到了。"苗玉桃不紧不慢地说。

"真的,在哪?"金惠珍一下激动得两眼冒光。她一直想给刘芳打个电话，可每当面对着那串号码的时候，又不知应该说什么。那对母女，一直在她心里牵挂着，"他在哪？在省城吗？这下好了，这一家人，总算是能团聚了。"

"金惠珍，你先别那么高兴。"苗玉桃笑了一下，端起杯子喝了一口水。

"人找到了，咋能不高兴？快告诉我他在哪，我现在就给刘芳打电话。"金惠珍掏出手机，找出了刘芳的号码。

苗玉桃抬起手，压在了金惠珍那只拿手机的手上："这事说起来有点复杂。"

金惠珍不解地看着苗玉桃。

"据说这个叫薛勇的厨师，跟一个年轻貌美的女服务员有了关系，后来他们就住在了一起。"苗玉桃说到这里，停下，端起杯来又喝了口水。

金惠珍的心疼了一下，又是一个这样的故事。对局外人来说，没有丝毫的新意，但对当事人来说，个中滋味又有谁能体会？

苗玉桃继续说下去："住在一起也没啥，孤男寡女的，出来打工的男女，这样的事多了去了。主要的一个问题是，这个叫薛勇的傻瓜，一点都不了解那个女人，不知道她从哪里来，也不知道她的真名实姓。"

"啥都不知道，就在一起了？"金惠珍觉得不可思议，他们可是两个成年人啊，怎么能这样呢！金惠珍没有把这话说出口，因为她突然想到了那个叫夏红梅的女人，景志强和那个夏红梅，相互了解吗？

苗玉桃转动着手里的杯子："还有让你更想不到的呢！薛勇被那个女人拉下水，加入了一个贩毒团伙。再后来，两拨人打起来，厨师被打折了胳膊、腿。那个和他同居的服务员，带着他的钱，跑得没了影。他们那些人，能跑的跑了，不能跑的被抓了进去。巧的是，这个厨师既没跑，也没被抓。"

"那他现在在哪？"金惠珍着急地问。

"这个人废了。白天拖着条残腿，坐在路边乞讨。晚上就睡在桥下。"苗玉桃挥了挥手，像要挥走一只苍蝇一样，"活该！自找！"

怎么会这样呢？金惠珍万万没想到，刘芳那个做厨师的丈夫，竟然沦落到了在立交桥下安身，靠乞讨充饥的地步。以前，金惠珍也曾想象过刘芳丈夫不回家的原因：与某个女人在一起有感情了，甚至有了孩子，误以为现在的女人孩子就是自己的归宿了；被富婆包养了，在安乐窝里，忘记了自己的妻女；一夜暴富之后，忘记了家乡……但无论怎么想，金惠珍也没想到，那个厨师，不再跟妻女联系，竟然是这样的缘故。

"现在，你还想给那个刘芳打电话吗？"苗玉桃嘴角往上翘了翘，似是笑了一下。

金惠珍盯着打开的手机，刘芳近乎绝望的目光，小雨渴盼的眼神，就在眼前。

"打。"金惠珍说着，摁下了通话键。短暂的静音之后，手机里传来了一个女性的声音："对不起，您拨打的电话已停机……"

金惠珍仔细核对了号码，又重拨了一遍。依然是刚才的女声："对不起，您拨打的电话已停机……"

停机？怎么会呢？金惠珍记得刘芳曾说过，如果手机打不通了，一个是她找到了薛勇，另一个就是她不在了。

金惠珍盯着手机，心里说不出什么滋味。她没想到刘芳的丈夫有如此的经历和结局，更让她没想到的是，刘芳的手机为什么停机了呢？

苗玉桃看出了酒桌上气氛的压抑，她很热烈地提议，三个人玩剪刀、石头、布。金惠珍和景志强输了喝酒，苗玉桃输了喝水。

金惠珍不想扫苗玉桃的兴，就陪苗玉桃玩。景志强总是一副拘谨的样子。他不太说话，遇到苗玉桃耍赖，景志强也不说什么，一副自己真的输了的样子，端起酒杯就喝。

疯了一阵，金惠珍见喝得差不多了，就说："不玩了，不玩了。再玩就回不去了。"

苗玉桃说："怕啥，回不去就不回嘛。这么大个酒店，房间多的是。"

见金惠珍真不想喝了，苗玉桃也不再劝。她说好长时间没见麦穗了，她很想麦穗。金惠珍知道苗玉桃一直喜欢麦穗，疼爱麦穗，就说等苗玉桃哪天有空了，就开车回滩里，也当是出去旅游一趟呗。呼吸一下滩里的新鲜空气，对肚子里的孩子也好。

苗玉桃应着，把手放在肚子上，满脸的幸福。

苗玉桃说："听说在怀孕的时候常看漂亮照片，生出来的孩子就漂亮。把咱麦穗的照片发我手机上，我要每天看上几遍。"

金惠珍掏出了手机，说："这你也信呀？我手机上，还真有咱麦穗新拍的照片呢。"那天麦穗放学后，到棚里去找妈妈，看到满棚绿绿的黄瓜秧，兴奋得又唱又跳，拿过妈妈的手机，麦穗给那些小苗苗拍了很多照片。

临收工的时候，麦穗对金惠珍说："妈妈，小丽婶婶说咱家黄瓜苗过两天就比我高了，我不信。妈妈，你给我们拍个合影，等明天我来看看，是它高还是我高。"麦穗举着手机跑到了金惠珍跟前。

麦穗站在瓜垄上，微歪着头，冲着金惠珍手里的手机，甜甜地笑。金惠珍从不同角度，接连拍了好几张。

"给你，自己看吧。"金惠珍隔着桌子，把手机朝苗玉桃递过去。正在这时，苗玉桃的手机响了。苗玉桃一边从包里往外拿自己的手机，一边伸手去接金惠珍递过来的手机。只是没想到苗玉桃一不留神没接住，金惠珍的手机"咚"的一声掉进了面前的汤盆里。三个人几乎同时站了起来，三双眼睛齐齐地盯在了波纹未消的汤盆上。

还是苗玉桃手快，抄起汤勺，在盆里转一圈，金惠珍那只白色的手机浑身上下披挂着红的西红柿黄的鸡蛋花绿的菜叶子，安静地躺在勺子里。

景志强接过苗玉桃手里的勺子，把手机放在一张纸巾上托着，朝洗手间跑去。

被景志强冲洗干净的那部手机，恢复了本来的面目。三个人试来试去，那部手机就像是睡过去了一样，没有半点反应。

"没事，明天去修一下就行。"金惠珍打开手机后盖，拿出电池，晾在桌子上。

"还修啥？都用好几年了，也该换了。都像你这样，人家手机企业都该破产了。"苗玉桃说着，掏出车钥匙交给旁边的服务员，说："前边座椅中间的盒子里，有一部红色手机，你去拿过来。"

服务员接过钥匙，朝外走去。

"看你，干啥呀？我才不要你的手机呢。等明天去修修，保准没事。"金惠珍最怕苗玉桃送东西给她了，虽然苗玉桃的老公很有钱，可人家那钱也不是大风刮来的呀。

"又不是专门买给你的。闲着也没用，放着还碍事。"苗玉桃说。

"没用你买它干啥呀？"

"当时很有用，有大用呢。现在不用了。你看，因为我怀孕了嘛。"苗玉桃嘻嘻哈哈地笑着，像在说别人的事。

金惠珍还是不想要苗玉桃的手机，她说："要不先这样，明天我这个修不好，再来拿你的。"

"哎呀，不就一部手机嘛，多大的事儿呀，还那么麻烦。就当你帮我一个忙，帮我腾了车里的空间。"苗玉桃说着，拿过金惠珍的手机卡，放进了那款红色的手机里。

那是一部小巧漂亮的红色手机，线条流畅，颜色耀眼。

金惠珍听苗玉桃这样说，也就只好先收下了。

吃过饭，苗玉桃竟然从包里拿出了一张房卡。她说给景志强和金惠珍在这里订了房间，让他们今晚就住这里。"新生活的开始嘛！"苗玉桃笑着说。

金惠珍执意不肯。下午，她早把那间夫妻房收拾好了。上次她和景志强的事，陈萍是知道的。陈萍跟金惠珍说，两口子，哪有不磕磕绊绊的，掀过去就是新的一章。该忘的，就忘了。不管怎么说，也还是一家人。陈萍还送来一盆她养的吊兰。

景志强不说愿意，也不说不愿意。他坐在椅子上，不停地喝茶，喝了一杯又一杯。好像不喝茶，就实在找不到别的事做似的。

苗玉桃这回也很坚决，她说房间既然已经订了，在这住一晚上又能咋地？这可是五星级酒店呢！住吧，试一下看好不好。

苗玉桃结完账，扔下金惠珍和景志强，自己开车走了。

"要不，就在这住一晚上吧。"景志强说着，就站起来，朝不远处的电梯走去。

金惠珍犹豫了一下，慢慢跟了过去。

上了十八楼，景志强看一眼手上的房卡，径直朝左边走去。走到一扇紧闭着的房门前，景志强把房卡往门把手跟前一凑，有个小小的绿点亮了一下。景志强打开房门，随手把房卡插进卡槽，摁一下开关，廊顶上的灯亮了。

房屋中间摆着一张双人床，床上铺着雪白的床单。靠窗的位置，摆着两只沙发和一只茶几。另一边的一张书桌上，放着一台电脑，电脑旁边是盏落地灯。

景志强打开床头灯，金惠珍看到，朦胧的光晕里，床头的被子上，摆放着一朵含苞待放的鲜花。金惠珍瞟一眼，看出那是一朵红玫瑰。面对这陌生的环境，金惠珍一时有些不真实的感觉。

景志强站在床前，看着金惠珍。

金惠珍目光再扫一遍房间里的一切，转过身，她对景志强说："回去吧，我不愿住这。"

景志强有些茫然地看着金惠珍，说："你是嫌太贵了吗？就睡个觉，一晚上六七百，是贵了点。不过条件还是不错。房间大，床也大。"

金惠珍说："这床再大，能赶得上咱家的床大吗？这个房子还不如咱家厨房大呢。在这里，我觉得闷。闷得透不过气。我不喜欢这里，还是回工地吧。"

景志强知道金惠珍的脾气。若在从前，他会去说服金惠珍留下，或者，干脆就把金惠珍抱起来，扔到床上，金惠珍就是有想走的心，也没有走的力了。可现在不行，现在是特殊时期，景志强既无法说服金惠珍，更不敢如从前那样对金惠珍使用蛮力。景志强没再说什么，也不敢说什么。

景志强见金惠珍往外走，也就跟在金惠珍后边，朝门外走去。

三十五

李江河拿着一套新铺盖去找郑福运。

"咋，这是来扶贫吗？"郑福运看着李江河手上的东西，愣了一下。

"你想得还挺好。你既不老又不弱，也没病。我扶的哪门子贫？扶贫你也得够条件。"李江河说着，把铺盖放在郑福运的床头上。"来找你做个伴。哪天天不好了，我就不回镇上了。"

"你？找我？做伴？"郑福运愣在那里，他看看李江河，又看看那套被褥。

"不行啊？"

"为啥？"

"省油。"

"村委会不是有空房子吗？"

"那里冷清，没人说话。"李江河说着，在一只垫着砖头的凳子上坐下。

"你咋不找马平原家，找他去说话呀？"

"白天都说够了。"李江河说着，环视一下郑福运的屋子，依然是破烂、简陋。细瞅，好像比上次干净了一点。

"马上要搬到楼上去了，有什么打算？"

"住上楼，再下雨下雪，不怕了。"郑福运冷笑了一声。

"打算怎么搬？"

"别人咋搬咱咋搬呗。我保证不拖咱村的后腿。"

李江河又各处看了一圈："我的意思是你搬了新房子，屋里不能啥都没有吧？"

"哦，慢慢来吧。新房总比这烂屋强。"郑福运又笑了笑，有点无奈又有点不在乎的样子。

"建蔬菜大棚的事，你想得怎么样了？"李江河看着郑福运问。

"我知道政府能补贴一块，可是另一块咋办？我哪有钱？再说了，我一个人，能种一个大棚？不把我累死呀！"郑福运挥动着手，有些激动。

"郑福运，瞧你这点出息。人家金惠珍不也是一个人？你一个老爷们，还不如一个女人？你没钱，这好办。只要你想好了，钱我借给你。不过丑话说在前头，明年的这个时候，你必须得一分不少地还给我。"李江河看着郑福运，一字一句地说。

郑福运低下头，臊得没说话。

"依我说，趁现在还年轻，好好干点正事，把自己日子过好了，再找个人成家，多好。"

"你以为我不想找？谁会看上我？"

"会不会被人看上，还不全凭你自己？ 楼房有了，你也没啥负担，正经干，能过不好吗？ 你仔细想想，明天我再来找你。"李江河说着就往外走，脚下不知被什么东西绊了一下，"郑福运，没事把院子收拾收拾。 巴掌大小的地方，还不好收拾？"

郑福运哼了一声，没搭腔。

离开郑福运家，李江河去了马平原家。 他把跟郑福运谈话的情况告诉了马平原。

"你李江河的脸比我马平原大。"马平原听完，大笑起来，"在郑福运那块料面前，我可没你这待遇。"

"我跟他谈了半天，也没啥结果啊！"李江河不解地看着马平原。

"起码你没被骂，没被赶出来。"

"郑福运还敢骂你？"李江河有些不相信地问。

"这块料有啥不敢？ 哼！"马平原重重地哼了一声。

"这么说，郑福运比以前强了。"

"起码这些日子没再到处乱窜。"

"咱们帮他把大棚建起来，他心里有了牵挂，等有了收入，尝到了甜头，就能安稳下来。"

"但愿吧。"马平原叹了口气，"这几年，为这货，我可真是没少费心，也没少挨熊。"

"明天咱俩去找他。"李江河说。

"我看就别等明天了。 他没跟你吵，没骂你，说明他心里认可你说的话。 咱现在就找他，趁热打铁，今晚就把大棚的事定下来。"

"好。 你拿着纸和笔。 让郑福运写欠条。 没个欠条逼着他，怕他没压力不好好干。"

马平原当即找了纸和笔，两个人一起朝郑福运家走去。

果不其然，李江河和马平原没费多少口舌，郑福运就同意了建大棚的事。

马平原作为证人,看着李江河把钱给了郑福运,又看着郑福运写了欠条。

两人往回走的路上,马平原感慨道:"这么多年,总算把这块料拿下了。"

"这只是第一步。接下来,咱们要继续跟进,不能让他有丝毫松懈。郑福运懒散惯了,吃不了苦,盯紧他,不能让他半途掉链子。"李江河说。

"等有了收入,应该就好办了。关键是现在。"

"咱俩轮流,每天都到他大棚那里去看看。有什么问题及时帮他解决。即使没问题,对他也是个督促。"

"行,就这么定了。"

李江河和马平原不约而同伸出手,两只大手拍在了一起。

两个男人爽朗的笑声,在夜晚的河滩里久久回响。

三十六

金惠珍和景志强两个人都没说话。好在,公交车不一会儿就来了。车上人不多,金惠珍在靠近门口的位子上坐下,景志强稍稍犹豫了一下,紧挨金惠珍坐下了。

金惠珍望着窗外的灯火,突然想到了河滩,想到了她的大棚,想到满棚绿生生的瓜苗,她在心里盘算着,一会儿回去了,跟景志强说说大棚的事,再跟他定一下回去的时间。景志强若能早些回去,她回家后,就着手再扩建一个新大棚。大力两口子,现在正准备建第三个大棚呢。自己起步晚,经验少,她和景志强,再加上公婆帮忙,种两个大棚肯定没问题。过去的就让它过去吧,日子还是要往前看的。

这样想着,金惠珍心中顺畅了许多。

酒桌上，苗玉桃不停地变着花样让景志强和金惠珍喝酒。当时没感觉怎样，在车上一晃荡，金惠珍觉得头有些晕。景志强也喝了不少，在她的记忆里，景志强好像从来没喝那么多过。

公交车不多会儿就到了工地旁边的站牌下，车还未停稳，景志强就跳下车，转身冲车上的金惠珍伸出了手。金惠珍愣了一下，然后把手放在景志强手里，下了车。

月光很亮，洒在地面上，柔柔的、软软的，像踩在棉花上。

来到路口，金惠珍刚想往工棚的方向拐，景志强突然停在了原地。金惠珍有些诧异地看着景志强。

景志强没有说话，他把脸转向了工地的方向，金惠珍也随着景志强的目光望过去。此时，工地上亮着灯火，吊车缓慢地移动，发出巨大的声响。楼顶上，有人影在动。有金属敲击砖石的声音不时传过来。

景志强整天在工地上，对这个工地，还没看够？金惠珍想。

"过去看看吧。"景志强说。

金惠珍愣了一下，天已经不早了，她不明白景志强要过去看什么。但她没问，随着景志强，朝工地走去。

景志强走得很快，像急赶着去办什么要紧事。金惠珍不时小跑几步，才能跟上景志强的脚步。

来到一栋楼前，景志强停下脚步，走向不远处的升降机。

那是一台运送沙石水泥的机器，此时，正装满了砖块，准备升起。景志强对开升降机的工人打了个手势，升降机门开了。景志强拉起金惠珍的手，走进升降机。工人关好门，又检查了一遍，升降机缓缓向高空升上去。

金惠珍望一眼景志强，如坠云雾。大半夜的，这是要干什么呢？升降机越往上走，风越大。气势汹汹的狂风，从不远处的树枝上、楼顶上，呼啸着朝着升降机吹过来。金惠珍起了一身鸡皮疙瘩，她用力抱紧了双臂。

升降机在顶楼停下。工人打开升降机的网状铁门，景志强弯腰钻出去。像刚才下公交车时那样，景志强伸手把金惠珍拉出了升降机。

景志强拉着金惠珍，进到了一间房子里。这是一间还没有建好的房子，门和窗都没安上，像张着的大口。房间里没有电，乍一进来，黢黑。地上不知什么乱七八糟的东西，金惠珍被绊了好几下，差点跌倒。

景志强打开手机上的手电筒，在房间里照了一圈，然后，他把金惠珍拉到窗户跟前，双手扶着妻子的肩，认真地说："惠珍，记着，这房子，是咱的。"

金惠珍愣了一下，笑着摇了摇头。景志强今天真是喝多了！

景志强像是看透了金惠珍的想法，他接着说："惠珍，今天我确实喝了不少，可我没说胡话。这个顶楼的小两室，是咱的。再等半年，拿到新房的钥匙，咱一家住在这里，咱就是城里人，麦穗就能上城里的学校了。"

月光从面前那个大大的方框里照进来，朦胧飘忽，金惠珍望着面前这张模糊的脸，感觉像在做梦。

"惠珍，咱终于能跟城里人一样，有自己的房子了！"景志强说着，把身子紧紧靠在了墙上，他伸出手，仔细地抚摸着那堵普通的砖墙。

"自己的房子？"金惠珍喃喃道。眼前这套房子，会跟自己有关系？

"对，咱自己的房子。有了房子，咱就在城里扎下了根。"景志强继续充满深情地抚摸着墙壁。

从景志强的神态看，并不像酒喝多了说胡话。"景志强，你哪来的钱？"金惠珍知道，这一片的房子，每平方米都快到两万了。虽说是顶楼，也只有两室，可对景志强这样的打工者来说，房款也是天文数字呀！别说全款了，就是首付款，景志强也没办法凑齐。退一万步说，就是真想办法凑齐了首付，申请贷款时银行也是要审核的，像景志强这样的情况，银行怎么可能给他办贷款呢？

"惠珍，你别管。反正，我一不是偷的，二不是抢的。半年以后，你就等着来住咱的新房吧。记住了，咱的房号是1803。"景志强说着，又熟门熟路地在各处转了一圈。

"惠珍，走吧。你想看，白天我再带你来仔细看看咱的新房子。"景志强说着，拉起金惠珍的手，弯腰钻过一个圆形的洞，站在了刚才他们上来时的那个平台上。

升降机上的料已经卸完。景志强用手拍拍升降机的铁丝网，开升降机的工人回头看到景志强，在操作台上摁了一下，升降机的铁丝网门哗啦啦响着打开。景志强拉着金惠珍钻了进去，不一会儿，升降机就把他们送回到地面上。

金惠珍头疼得更厉害了。这一切太像一场梦了。在这里，他们竟然会有一套自己的房子？

惨白的月光把楼房、树木的影子剪下来，贴到了地上。金惠珍踩着这些舞动着的影子，深一脚浅一脚地往前走。她感觉身体轻飘飘的，像在半空里悬着，上不着天下不着地，无所依靠。

关上夫妻房的门，景志强一下抱住金惠珍，把她放在了那张木床上。

景志强胡乱扯着自己的衣服，扯着金惠珍的衣服。

平躺在床上的金惠珍，既没有配合也没有反抗，她的脑海里来回闪着那串数字：1803，1803，1803……这串数字越转越快，连在了一起，分不清首尾。它们变成了一个个的小人儿，在金惠珍眼前走马灯一样穿梭着，蹦跳着。金惠珍被它们搞得天旋地转、头昏脑涨。

景志强喘着粗气，甩掉了最后一件衣服。

"首付哪来的呢？告诉我！"平躺在床上的金惠珍，在景志强靠近的瞬间，突然梦呓般冒出了这句话。

景志强愣了一下，身体停在了半空。近在眼前的金惠珍，发出的声音，却如同来自遥远的天边。

"景志强，我想知道！"

金惠珍说着，猛地坐了起来。那串数字变成的小人儿，在她面前快速奔跑，飞速旋转，金惠珍被那些小人儿裹挟着，无法停下。她觉得自己快要疯了。

毫无提防的景志强一下被金惠珍撞倒，跌在床上。

景志强没有再爬起来，也没有再对金惠珍有什么动作，他就那么静静地躺着，久久不动，也不说话。

金惠珍差点以为景志强睡过去了。这时，景志强突然开口说："惠珍，你别问了行吗？反正，这房子不是偷来的，也不是抢来的。惠珍，相信我，我没做什么犯法的事。"

"景志强，想想刘芳的男人，想到那个厨师，我就害怕。"金惠珍突然很想哭，鼻子一下酸起来。

"惠珍，相信我，不是那样的。"景志强稍稍停顿了一会，说，"惠珍，你知道，自古咱滩里人，祖祖辈辈就生活在滩里，从生到死。到了咱这一辈，终于有了能走出来的机会，我再也不想跟老一辈那样老死在滩里了。惠珍，咱这辈子能成了城里人，咱麦穗往后就是城里人。想想，死了也能闭眼了。惠珍，啥都别管啥都别问了。半年以后，等咱的房子交了钥匙，咱一家人，就算真正在城里落下脚了。难道你不高兴吗？"或许是太过激动，景志强的声音里竟带了哭腔。

"景志强，我不明白，你为啥非要把自己变成城里人呢？开始的时候，你来城里打工，是为了挣钱养家。可现在，在家也不少挣钱呀。即使我不问这套房子的首付是哪来的，那以后的贷款你咋还?

城里人还贷款都有那么大的压力，你一个农村来的，没有固定收入，靠啥去还贷？我真不知道你那贷款是咋办下来的。"金惠珍心里突然空得厉害，自己真的了解身边的这个人吗？这念头冒上来，把金惠珍吓了一跳。

"惠珍，你不用管。等交了房，你只管带着麦穗过来住就行。"

"我心里不明白，哪能住得下！"金惠珍说，"景志强，把房子退了，该是谁的还给谁。你不是说年底回去吗？咱家的大棚已经建好了，黄瓜苗也种上了，等你回去的时候，正是咱的黄瓜大量上市的时候。我跟咱爹妈也商量好了，等你回家了，咱再扩建一个棚。"说到刚刚建成的蔬菜大棚，金惠珍的话流畅起来。

景志强忍着，他不想听金惠珍叨叨她那大棚的事，但他也不好反驳，就只能耐着性子听着。景志强不明白，金惠珍和苗玉桃在同一个学校毕业，又是好朋友，为什么两个人的思想会有这么大的不同呢？

"惠珍，以前我也跟你说过好多次，我不想回去。现在，在城里终于有了咱自己的房子了，我更不会回去。"景志强声音不高，却十分坚决。

金惠珍的思路一下被景志强给截断了。

也许是喝了酒的缘故吧，景志强很快便沉沉地睡了过去。梦中，景志强不停地说着："1803，我的房子，我的……哈哈哈……"景志强在梦中笑出了声。

在景志强的鼾声、嘟囔声和笑声中，金惠珍的泪水沿着眼角，一串串滚落下来。她望着灰乎乎的房顶，各种猜想塞满了她的脑袋。景志强是靠什么交了首付的呢？他又是怎样把贷款办下来的呢？他说自己没偷没抢没犯法。难不成是出门捡到一大笔钱？那样的可能性虽然很小，但也不是没有。如果真是那样的话，他为什么不肯告诉我呢？

还是像刘芳的男人薛勇，误入歧途，帮人贩毒？不，不，他说过没有犯法。他也肯定不会做那样的事！

或者是因为工作努力，贾建设奖励他一笔钱？或者，直接就奖励了他一套房的首付？那倒是有点可能。可是，得到奖励，是光荣的事呀，有必要这样严严实实地盖着，不跟自己的老婆透露一个字吗？

第一个问题想不明白，金惠珍转而去想第二个问题：这套房子的手续和贷款是怎么办下来的呢？

金惠珍以前不止一次听苗玉桃抱怨说买房真是件麻烦事。因为苗玉桃有好几套房子。有一回，正赶上金惠珍来城里，苗玉桃恰巧看中了一套房子，就带着金惠珍一起这里那里地跑，一直跑了好几天才把手续办妥。自那时起，金惠珍便知道了买房的麻烦。户口本、身份证、首套房证明，没结婚的还要出示单身证明，结了婚的要出示结婚证。贷款人还要出示收入证明。

这么多的证明，景志强是咋办的呢？

他是以单身的身份还是以已婚的身份呢？

单身的话他是从哪弄来的单身证明呢？已婚的话，他又是从哪弄的结婚证、户口本和配偶的身份证呢？

金惠珍知道，这些证件，都没在景志强手里。

退一万步说，就是他有了这些证件了，那也还是需要夫妻双方去签字的呀，是谁以景志强配偶的身份签的字呢？

景志强没有固定工作，收入并不高。像景志强这样的情况，哪家银行会批房贷给他？他又是通过什么途径把房贷申请下来的呢……

一大堆的为什么，在金惠珍的脑袋里不停地转来转去，那个深藏不露的谜底，到底是什么？金惠珍被折磨得快要疯了。

三十七

工程预算、图纸设计、建材选购，李江河和马平原带领村委会一班人，马不停蹄地忙。李江河一趟趟往县里跑，为苇子圈筹款。第一笔钱到账后，坐落在大堤北侧的祠堂破土动工。

李江河和马平原进行了分工。李江河负责去民政等部门争取扶持资金，马平原则去找社区建筑工地的王总，请他在建筑物资上给予支持。

县民政局的扶持资金需要研究、审批等程序，李江河有时间就跑到民政局，局长有事外出了，他就等。有一次，他等了整整一天，直到天黑快下班时，外出开会的局长才回来。也不知道到底跑了多少趟，扶持资金总算批下来了。

说起来，这位王总也在蒲桥镇读的高中，算得上李江河和马平原的校友。所以当初马平原找到王总"求助"时，王总很痛快地答应了，建祠堂所用混凝土，他们包了。李江河和马平原很高兴。祠堂开工后，只要马平原不去催，社区工地那边就不给祠堂这边送料。李江河和马平原他们也理解，社区楼房建设毕竟是大工程，工期紧任务重，他们不可能派专人给祠堂这边送料。祠堂这边派人去社区工地那边拉混凝土，一旦掌握不好时间，又会扑个空。为了避免拉不来料息工，马平原有时间就到社区工地上转转，看到拉混凝土的车进了社区，他马上打电话给自己那边的工人，让他们过来拉。

王总对马平原打趣道："马书记可真关心我们啊！"

马平原哈哈大笑，对王总说："我要能有王总那么大的身家，也愿意坐在办公室里喝茶。"

"你这精神，真叫人佩服！"王总微笑着，对马平原竖起了大拇指。

"钱少，事还得干。多谢支持啊！"马平原真诚地说。

"不客气，知道你们干的是正事。"

对王总这位校友，马平原心中充满感激。如果没有他们支持，祠堂建设难度会更大。

当初想建祠堂的时候，村里部分人不同意，特别是一部分老年人，更倾向于传统墓地。传统墓地不需要建，但却要占用大量耕地。从长远来看，还是建祠堂更为妥当。筹款、建设是有难度，可一旦建成，几代人的后事就不用愁了，对乡村文明也是一个推动和提升。李江河和马平原耐心做村里人的工作，成山叔和理事会的人也一起做工作。终于把建祠堂的事定了下来。

李江河要负责五个村的乡村振兴工作，虽然苇子圈与其他四个村不一样，有滩区迁建任务，但他也不能总是在苇子圈。其他四个村子，也有很多工作等着他。苇子圈一些大事，李江河和马平原一起商量，制订方案。具体工作，多是马平原去做。

祠堂建设在稳步进行中，迁坟的事，也不能放下。李江河和村委班子成员商量了，祠堂建成，就号召村民们迁坟，争取春节前把所有祖坟都迁到滩外，搬进祠堂。冬季冻期到来前，社区楼房将集中交付验收，水、电、煤气、路灯、路面硬化等配套设施同时交付使用。春节过后，就集中力量搞村庄搬迁。

马平原除了每天跑工地，跑蔬菜大棚区之外，其余时间，大多用在了上门入户上。他知道，年前如果不把迁坟的事完成，年后的工作就会很被动。

马平原通过不断入户走访、了解、聊天，把迁坟的事儿慢慢渗透进去。这个办法对大多数人比较有用，虽然他们当时接受了马平原的想法，等下次再来的时候也可能会反复，但好在他们听进去了。对马平原来说，聊天对象能听进去，他就高兴。

也有听不进去的，像秉财大爷这种油盐不进的老人，马平原就每天都去一趟。不管他爱听不爱听，马平原坐下就聊。哪怕是被赶出去，他第二天还是接着去。这些老人，都是看着马平原长大的，马平原也不拿他们当外人。被赶出来有啥？明天抬脚接着去，他不觉得窘。

在秉财大爷家，马平原进门看到有啥需要干的活，他拾起家什就干。遇到吃饭的点，他也坐下就吃。孤老头子也没啥好吃食，他不嫌。下次来的时候，从家里带些吃的喝的，也不说啥，直接拎进厨房。

"平原，你这见天地磨鞋底子，图个啥？"秉财大爷看都不看马平原，"俺从小在这滩里住惯了，俺哪也不去。先人们在这滩里好好的，这坟是随意迁的？"

"咱把家迁出去，先人们不也得跟着咱一起迁？要不咱清明还得回来上坟，多麻烦？"马平原说。

"说啥也不搬。俺就在这守着。"秉财大爷气哼哼地说。

"外头有啥不好？别人都搬了，你一个人在这，多孤单。万一有个病有个灾的，咋办？"马平原平心静气地说。

"该死的时候就死，在哪儿都是个死！"秉财大爷一屁股坐在椅子上，还是不看马平原。

"滩外有啥不好呢？有水，有天然气，还有暖气，这些咱滩里都没有吧？下雨楼房也不漏雨，小区路面也都是硬化好了的，不管啥天，出门都方便……"

不等马平原说完，秉财大爷就截住了他的话："没有这些，俺也活得好好的，也没死！住那个楼，不着天不着地的，下来一趟跟爬山似的，老胳膊老腿的，不是找死吗？"

"大爷，老年人住一楼。不用上下爬楼梯。"马平原说。

"一楼更不行了。头顶上擦着一层层的人家，俺还咋混？"秉财大爷向马平原瞪起了眼睛。

"一层层的人家是不假，不都用厚厚的楼板隔着吗？"马平原真是哭笑不得，可他又不能表现出来。

"哪天楼板掉下来，砸的还不是一楼？"

马平原不知道秉财大爷会说出啥话来。可不管说啥，他都不能表示出不耐烦，否则被赶出去，后续工作就不好做了。

回到家，马平原做的第一件事就是喝水，咕咚咕咚先把一大杯水灌进肚子里。遇到讲究点的人家，会有茶水喝。一般人家，也会有白开水。但也有不少人家，他的话人家听都不愿听，巴不得他快点离开呢，哪会让他喝水？马平原整天觉得口干舌燥的，嘴上的燎泡一拨又一拨不停地往外冒。

苇子圈在滩外的在建大棚，已达到了近二十家，这让马平原很欣慰。他相信，到了腊月，在外地打工回来过年的人，看到滩外即将入住的新楼房，看到新建起的大棚里每天不停地往外运的一车车黄瓜，他们肯定会心动。春节前后，想到滩外建大棚的人家会猛增。

这样想着，马平原脸上现出了掩不住的笑容。所有的苦和难，也都烟消云散了。

三十八

……牵着麦穗的手，四处寻找景志强。她们一会儿疾驰在霓虹闪烁的繁华街道上，前后左右都是匆匆行走的人们，她和麦穗左冲右突，却怎么也走不出那一道道人墙；一会儿，她们又奔跑在遍地荆棘的野地里，长长的蔓草绊着她和麦穗的脚，带刺的乱树枝钩子一样，不停地抓扯着她的衣服。前边不远处，突然出现了景志强的身影，金惠珍想快点跑过去，但不知为什么双脚像被粘在了地上，动弹不了。景志强朝远处走去，那个身影越来越远，越来越小。不能再让他往前走了，金惠珍想喊住景志强，张开嘴，却发不出任何声音。她拼命地想喊出来，哪怕，是一声叫喊呢。可是，她觉得自己突然变成了一条被扔在沙滩上的鱼，嘴巴不停地张合，却发不出一点声响。

她想示意麦穗，快喊住爸爸，快让爸爸回来。可是，刚刚还跟她手牵着手的麦穗，转眼间，竟然长出了翅膀。扑闪着翅膀的麦穗朝天空飞去，越飞越高，越飞越远。麦穗是要飞到哪去呢？金惠珍十分迷惑。目光再次投向远处，她见景志强抬脚上了一辆公交车，连头都没回。载着景志强的车子，眨眼不见了影踪。

金惠珍一着急，醒了。抹一把满头满脸的汗水，她一时不知道自己是否还在梦中。

景志强到工地上去了。临走前，他对金惠珍说，你这两天太累了，睡会儿吧。中午不用自己做饭，下班，我把饭捎回来。

金惠珍胡乱应着。脑海中却是一片空白。

金惠珍躺在床上，望着斑驳的房顶出神。她坐起来，目光毫无目的地瞟向窗外。外面是坑坑洼洼的空地，随处可见碎砖头烂瓦片和大大小小的水泥块。这个楼盘开发前，这里曾是一个城中村。旧房子推倒了，新房子还没盖，正好成了工人们的生活区。

金惠珍与门外的砖头瓦片对视着，不知过了多久，那个念头又冒上来：要不给苗玉桃打个电话，问问房子的事？

景志强不肯跟金惠珍说出实情，不知道她把这事告诉苗玉桃，会有啥样后果。苗玉桃虽是她最好的朋友，但并不是任何事都可以共享。金惠珍想，如果景志强实在不说，这事早晚她要让苗玉桃知道，只是现在她觉得早了点。凭苗玉桃的能力，不愁把事情弄个水落石出。

手机响了一下，金惠珍打开，是一条楼房促销短信。金惠珍端详着手机，中国红的颜色，在阳光下红得热烈，如一团燃烧着的火焰。手机背面浅浅的弧度，与手心完美贴合。红色的热烈与弧度的柔和，结合得如此完美。

金惠珍漫无目的地翻到电话号码簿，显示"无记录"。翻到通话记录，显示"无记录"，翻到相册，她知道，依然会显示"无记录"。 即使是知道，金惠珍也还是在一页页地翻，除此之外，她不知道自己还能做什么。

金惠珍随手点击着目录里各项条目，打开，关上。 又打开另一个，再关上。 打开的是哪一个，关掉的又是哪一个，金惠珍根本不清楚。 就在金惠珍打开一个文件夹，又想随手关掉的时候，手机里，突然传出了苗玉桃的声音。 那一瞬，金惠珍误以为是苗玉桃打电话过来了，她把手机拿到耳边，说了声："喂，苗玉桃。"但对面的苗玉桃没有跟她对话。 传到金惠珍耳朵里的，却是一个熟悉的男声。

金惠珍像突然被点了穴，僵在了那里。

手机里的声音继续传过来，像是一条条丝丝吐着信子的小蛇，拼命朝金惠珍的耳朵里钻。

苗玉桃：你来吧，他去外地了，不在家。

男人：我……我……

苗玉桃：我什么我？ 快点吧，我等你。

男人：去家里……不太好吧？ 万一，万一贾建设回来呢？

苗玉桃：放一百个心吧。 真不愿来这，就去酒店。 还是蓝海吧，嗯，你先过去，登记好发信息给我。

男人的声音，如此熟悉，又如此陌生。 金惠珍望着面前的手机，就让那两个她曾经最熟悉最爱的人，在她面前不住地说着，一遍，又一遍，不厌其烦。 声音停下来了，金惠珍就摁下回放键，让他们接着说。 不住地说，一遍又一遍地说。 金惠珍觉得自己像一部行驶在下坡路上，偏偏刹车又失灵的车子，无论如何也无法让那两个声音停下来。 听到最后，金惠珍觉得这段对话，在她听来，简直就像一首绝妙无比的音乐。 那段不长的通话录音，像一杯毒药，金惠珍知道有毒，却还是要忍不住想喝。金惠珍不停地抖着，无力地软在了床下的泥地上。

"这部手机，是我对某个人专用的。"

昨天晚上，苗玉桃说这话的时候，金惠珍并没太在意。她做梦也没想到，苗玉桃嘴里的那个人，竟然是景志强！

苗玉桃，你是太坦诚了还是欺负我对你毫不设防呢？

不知过了多久，金惠珍慢慢坐起来，捡起了地上的手机。手机屏幕像一面镜子，金惠珍看到了自己扭曲的脸和闪着绿光的眼睛。

金惠珍调出景志强的电话，她咬着牙，尽量让声音平和，她对景志强说肚子疼，让他回来一趟。

景志强急匆匆跑回来，见金惠珍坐在地上，景志强弯下腰，要去拉金惠珍："惠珍你咋了？疼得厉害吗？去医院看看吧。"

金惠珍没有说话，她甩开景志强的手，打开了那段录音。苗玉桃和景志强的对话，飘了出来：

苗玉桃：你来吧，他去外地了，不在家。

男人：我……我……

苗玉桃：我什么我？快点吧，我等你。

男人：去家里……不太好吧？万一，万一贾建设回来呢？

苗玉桃：放一百个心吧。真不愿来这，就去酒店。还是蓝海吧，嗯，你先过去，登记好发信息给我。

手机里的声音停了，景志强站在那里，汗水从脸上，从头发的缝隙里，一颗颗滚下来，噼噼啪啪落在地上。景志强双膝一软，跪在了金惠珍面前："惠珍，惠珍，你听我说，不是你想的那样，不是。"

金惠珍冷眼看着面前的景志强。

"惠珍，我这样，都是为了咱们能在城里扎下根，一家人能在一起。惠珍，这回，真不是你想的那样。"景志强说着，试图去拉金惠珍的胳膊。

金惠珍猛地一甩手，把景志强伸过来的手甩了回去。景志强被她甩了个趔趄，口袋里的手机掉在了地上。

此时的金惠珍，与刚听到录音时的软弱无助判若两人。她两眼冒着火，直直地怒视着景志强。

"够了！"金惠珍大声吼着，抬起手，"啪"的一声，一记响亮的耳光打在景志强脸上。

景志强用手捂着脸，愣在了那里。

结婚这些年，他们也曾有过一些矛盾，但真正动手，这是头一次。景志强从未想到，有一天，金惠珍会对他动手，那么狠地扇了他一记响亮的耳光。

金惠珍顺手捡起景志强的手机，高高举了起来。

"惠珍，你疯了？"景志强伸长胳膊，想夺回手机。金惠珍曲起的胳膊肘一下顶在景志强的胸口上。毫无防备的景志强惨叫了一声，身子往后仰了过去。

这部手机，是他们结婚五周年时，金惠珍攒了卖花篮的钱，给景志强买的。

"是，我是疯了，是被你逼疯的！"金惠珍大叫着，手中的手机被她狠狠摔在地上。那部黑色手机，瞬间四分五裂。金惠珍的心，如地上的手机一样，也碎成了一片。

"金惠珍，我这样做，还不都是为了你和麦穗！"景志强大声争辩着，"我和苗玉桃只是交易，没有别的关系。我帮苗玉桃怀上孩子，苗玉桃帮我付一套小户型首付。就这么简单。惠珍，你应该知道，我爱的还是你。"

怪不得景志强不肯说出首付款的来源！困扰着金惠珍的那个

谜,终于解开了。

"交易? 嫖娼是交易,贩毒也是交易,你去做呀!"金惠珍大声吼叫着。"说到底,还不是为了你自己!"金惠珍双眼冒着火,吼向景志强,"你滚,滚出去! 我再也不想见到你!"

金惠珍把景志强推出去,关上了门。

金惠珍站在屋子里,站在满地的碎片里,脑海中一片空白。

金惠珍茫然地看着脚下。 突然,她发现了不远处的那个手机卡。 金惠珍弯下腰,捡起了那个小卡片,放在手心里,盯着看了好久好久。

眼前一道火光闪过,金惠珍对着那枚小小的卡片,冷笑了一声。她颤抖着双手,把景志强的手机卡,放进了苗玉桃送她的那部手机里。

金惠珍一屁股坐在地上,她给苗玉桃发了条信息:"今天中午一起吃个饭吧,叫上贾建设,我们四个。 蓝海大酒店,不见不散!"

苗玉桃的短信不一会儿就回过来了:"好啊,不见不散啊!"这句话的后边,是一个不停翘动着的红唇,像是引诱,又像是正在亲吻。

金惠珍看着那个轻佻地动呀动的红唇,恨恨地想:苗玉桃,你不仁,也别怪我不义! 兔子还不吃窝边草呢,苗玉桃,你竟敢如此!

骂完苗玉桃,金惠珍又骂自己。 她恨自己瞎了眼,这么多年,待苗玉桃比亲姐妹还亲,内心整天存着对苗玉桃的感激,把苗玉桃认作一生一世的朋友。 你不是一直说,即使太阳从西边出来了,你和苗玉桃的情谊也不会变吗? 太阳每天还是从东边升起,可你们的友情呢? 你不是曾经想过吗,即使景志强背叛了你,苗玉桃也不会。 可到头来呢,却是如此的结果!

第五章

新　年

三十九

祠堂竣工那天，正赶上蒲桥镇大集，好多人都来看新鲜。方圆十几里内，这么宽敞明亮的祠堂还真没有。

祠堂不仅有正厅，还有告别厅和厢房。仅正厅，就有2000多个骨灰盒存位。在满足苇子圈先人存放的同时，还可容纳周边村的村民存放。

眼见着春节就要到了，除去种大棚的人家外，地里也没什么活了。村民正是比较闲的时候。马平原就跟李江河商量，尽快把滩里的坟迁进滩外的祠堂。

"咱们村委会成员和党员先带头。像我大爷那种个别的'钉子户'，有不到十户。咱边迁边做'钉子户'的工作。等绝大部分人都搬了，或许这几户也随了大流呢。"马平原嘴上的泡结了痂，说话有点不方便。

"行。就按你说的办。"李江河帮马平原的杯子倒满水，"下午开始报名排序，明天咱们就开始。"

马平原当即在广播里讲了报名的事，最后他说："先迁的先挑位置。想让先人占个好位置的，赶快来报名了。"

马平原这话果然起作用，当天下午就报了五十多家。那些家里没主事的人，临时报不了名的，也开始着急起来。

每户迁坟的时间都不一样，有的是在正午十二点，有的选在傍晚，还有的选在了夜里十二点。

"逝者为大，不管辈分大小，不管是白天还是黑夜。迁坟的时候咱村委会的人都过去陪着，去帮忙。"

对马平原的话，村委会的人都认可。毕竟，迁坟是件大事。

遇到晚上或风雪交加天气，马平原和村委会的人也从不含糊："越是这样的天气，咱越得去。多穿点，冻不坏。"

话是这么说，在毫无遮挡的河滩里，北风刀子一样割着手脸，浑身上下不一会儿就冻僵了。孝子孝女们磕头跪拜，马平原和村委会的人也一起跪拜。从旧坟迁到祠堂，马平原和村委会的人一直陪着，直到孝子孝女们把先人的骨灰安放妥当，把该举行的仪式都办齐了，马平原才与孝子孝女们一起回滩里的家。

那天夜里十二点整，又有一家迁坟。吃过晚饭，马平原来到村委会办公室，这里是村委会成员们集合的地点。冬日夜长，可他们不能先睡觉。睡到半夜，又困又冷的，根本无法从被窝爬出来，所以他们就等着。等到过了十一点，马平原就跟村委会的人一起到坟上去，与孝子们会合。

这次他们去得也不晚，跟孝子们前后脚地到达坟上。与以往不同的是，孝子们身上都穿着红衣服，腰里扎着红腰带，连帮忙的人也都这样。马平原和村委会成员们身上却都是平时穿的衣服。

这可怎么办？大晚上的，也没地方去买红衣服、红腰带呀！

不穿红吧，孝子们肯定不愿意。

马平原突然想起办公室有以前曾用过的条幅，他连忙让文书老金去拿。

把拿来的条幅撕开，大块的披在身上，撕成条的扎在腰间。马平原他们的着装终于与事主家一致了。

马平原回到家时,天快亮了。看着熟睡的妻子和儿子,马平原心中的内疚升上来,多久没陪晓珍好好说说话,没陪帅帅玩耍了。等过了这些日子,找时间多陪陪他们娘俩。马平原这样想着,和衣躺下了,几天没在家睡过囫囵觉,马平原的脑袋刚挨到枕头,鼾声就在屋里响起来。

马平原依然是每天都到秉财大爷家去一趟,不管大爷对他说什么难听的话,他都不着急、不生气。虽然一直没什么进展,但每次他都是笑着来,笑着走。

村里人都看不下去了,他们都在背地里议论秉财大爷——也只能背地里说,谁也不愿当面招惹他。

"秉财这老头子也太拗了。看看平原,一口一个大爷地叫着,一天不落地去他家,老头子的心难道不是肉长的?"

"撞到南墙也不回头的主,打年轻就认死理。老了老了,越发地不通情理了。"

"在咱苇子圈,还没听说秉财大爷听过谁的劝呢。平原整天这么热脸去蹭冷屁股,他为啥?这老头子,真是不识好歹。"

"我敢打赌,全村都搬了,秉财大爷和他家的老坟也不会搬,不信瞧着。"

别人的议论,马平原也听到了,但他还是每天都去,不管大爷啥态度啥脸色,他一天不落地去跟老爷子聊了二十一天。第二十二天傍晚,天下起了雪,北风也刮得紧。马平原忙了一天,下班后没顾得上回自己家,就先要去大爷家看看,他惦记着大爷家里的炉子,这大冷的天,不知柴火生得旺不旺。

马平原迈进屋,喊一声:"大爷,吃饭了吗?"

没人应。

这也在马平原意料之中。大爷常这样,要么不应声,要么就一句话怼死个人。马平原早已习惯了大爷对待他的这种方式。

"这么冷，没点炉子？咋连灯也不开呢？"马平原说着，熟门熟道地打开了灯。

大爷不在家？这大冷的雪天，他去哪了？

马平原看着清冷空荡的屋子，他有些纳闷儿。这时，他听到里屋传来异响。马平原几步奔到客厅与里屋门口，眼前的一幕，让他的心猛地紧了一下。大爷脚朝里头朝外，倒在冰冷的泥地上，呼吸粗重得像坏了的风箱。马平原意识到，大爷的哮喘病又犯了。大爷平时吃的药，都是马平原从镇上带回来，他记得治哮喘的药上周才刚买回来。许是天太冷了吧。

"大爷，你咋了，没事吧？"马平原弯腰想扶起老人。

老人喘气声更加急促了，每喘出一口气，都好像用尽了全身的气力。呼吸声时而如闷雷，时而又如尖利的哨音。

"不行，咱得去医院。"马平原把老人抱起来，放在床上。他匆忙掏出手机打电话。

门外的雪更大了，转眼间，马平原进来时踩出来的脚印，就被雪盖住了。

不多时，马平原召集的人陆续到了。他们用力跺着脚上的雪，使劲搓着手。

"看这天，车也下不了房台呀！"

"是啊，又高又陡的，路又滑。"

"时间不等人。卸一扇门板，咱们抬着去。"马平原说。

有人慌着去卸门板，有人找被褥。

马平原给李江河打了个电话："江河，秉财大爷哮喘病犯了，麻烦你帮忙去医院，让值班医生提前准备一下。"

"这么大雪，你们怎么过来？"李江河问。

"车下不了房台呀，我们抬着去。"马平原着急地说。

"好，我马上让人去医院找医生。我开车去接你们。"李江河说完就挂断了电话。

大堤下到河滩里的坡相对缓一些，可这大雪天，路也滑。稍有不慎，车就有可能滑到路边的排水沟里。马平原本想阻止李江河开车过来，可听到大爷一声比一声艰难的喘息，他把电话放回了口袋。李江河高中毕业那年就学会了开车，平时开车也稳。

下房台的时候，尽管马平原他们小心再小心，还是摔倒了好几次。门板上的大爷有众人护着，好歹没跌下来。只是事发突然，出门太急，也没想到给老人盖一下头和脸。鹅毛般的雪花落在老人头上、脸上，此时，老人已没有能力侧一下脸。马平原摘下帽子，虚虚地盖住了老人的头和脸。

刺骨的北风裹着雪花迎面扑过来，马平原打了个冷颤。他顺手抹一把脸，擦掉了刚刚落到脸上的雪花和从头上淌下来的汗。

有灯光从大堤上闪了闪，又落到了滩里。那束不停闪动着的亮光，离马平原他们越来越近。

乡村振兴工作队的两个队员，正在医院门口等着。医院里，大夫已做好抢救准备。

"多亏送来及时，再晚上十分钟，就不好说了。"走出抢救室的大夫，边摘口罩，边对守在门口的马平原他们说。

被转移到病房的秉财大爷已无大碍。

马平原替老人盖好被子，他说："往后上了楼，你动不了，哪怕敲敲地板敲敲墙呢，也有人过来看看呀！社区那边，离医院也近。"

"就没见你这么能絮叨的，真是让你絮叨烦了。搬，出了院就搬。"大爷抬起头，找到李江河，目光落在他缠着白纱布的手上，"看看，大雪天的，还让你来接。你，没啥吧？"

"没啥没啥，怪我没踩准。"李江河笑着对秉财大爷说。

马平原他们和李江河在滩里相遇后，他们忙着把秉财大爷抬到车上。李江河抱着大爷的双脚,弯腰往车里进,不想脚下一滑,踩进了路边的沟里。李江河一下跪在沟坡上,左手掌磕去了一层皮,鲜血直流。

"他不来接,等我们一步一滑地把你抬到医院就晚了。你没听医生说吗,再晚来十分钟,就危险了。"马平原说。

"俺这条老命,亏了你们这些孩子们啊!"秉财大爷说着,眼眶红了。

四十

金惠珍心痛得浑身抖成一团,她没想到,做梦也没想到,两个她自以为最亲近的人,竟合起伙来朝她心口上狠狠地捅了一刀。

见面的细节,金惠珍在内心反复演习了无数遍。

等苗玉桃和贾建设坐下,她就掏出手机,对苗玉桃说,苗玉桃,谢谢你送我的手机,很漂亮。手机里有一段录音,想听听吗?

然后,打开那段苗玉桃和景志强的通话录音,让苗玉桃和贾建设一起听一遍。

苗玉桃:你来吧,他去外地了,不在家。

男人:我……我……

苗玉桃:我什么我?快点吧,我等你。

男人:去家里……不太好吧?万一,万一贾建设回来呢?

苗玉桃:放一百个心吧。真不愿来这,就去酒店。还是蓝海吧,嗯,你先过去,登记好发信息给我。

在贾建设和苗玉桃还没回过神来时,照苗玉桃脸上狠狠扇一巴掌。然后,头也不回地朝门外走去。

让苗玉桃对着那部手机、那段录音，爱怎么演就怎么演下去吧！你不是厉害吗，你不是会表演吗！看这次在贾建设面前，还能不能厉害得起来，还能不能演得精彩！

苗玉桃，你也有失误的时候，也有被抓到把柄的时候！

正想着，苗玉桃和贾建设说笑着，并肩走进来，苗玉桃的胳膊，在贾建设的臂弯里挎着，一副恩爱无比的样子。

来到桌前，贾建设先把椅子往外拉了拉，待苗玉桃坐下，贾建设又忙着把茶杯递到苗玉桃手上。

金惠珍看着，没动，也没说话。

苗玉桃问："景志强呢？看你们两口子，还分两拨来呀？"

金惠珍不动声色地说："他有点事，马上就到。"

看着面前这张熟悉得不能再熟悉的脸，竟越来越陌生了。这就是苗玉桃，与自己相识相知了二十几年的苗玉桃？被自己一直视为知己，一直以为任何人都无法替代的苗玉桃？

金惠珍的心剧烈地疼起来。曾经在脑海里演练了无数次的那一幕，蹦跳着出现在眼前。

金惠珍的手放进口袋里，她紧紧握着那只手机，手机略带弧度的后背与手心很贴合。金惠珍手心里的汗水，让手机变得有些滑。恍惚中，手里的手机，变成了一条游动着的鱼，正试图挣脱那只手，游向不可知的地方。

"惠珍，你咋了？在思考什么重大问题呀？"苗玉桃嘻嘻笑着，打趣道。

哼，这问题确实是够重大的，苗玉桃，你笑吧，趁着那段录音还没响起，你尽可以肆意地笑！苗玉桃，你这样害我，你自己也别想好受！我要看你如何跟你的贾建设解释！

苗玉桃和贾建设在秀恩爱。苗玉桃翘起兰花指，从贾建设的肩上寻到了一根头发，她把那根头发拿到贾建设脸前，一下下地扫着贾建设的脸。

贾建设笑着用手挡一下苗玉桃，苗玉桃打开贾建设的手，继续让那根头发在贾建设脸前游动着。

金惠珍再也忍不住了，终于，她把口袋里那只红色的苹果手机掏出来，放在了桌上。

金惠珍站起来，看着苗玉桃和贾建设。

此时，金惠珍脑子里突然像断了电，曾经演练过无数次的那些话，不知跑到了哪里，她的脑海里一片空白。

苗玉桃和贾建设看一眼桌上的手机，又看一眼站在面前的金惠珍。

金惠珍没有再去动那只手机，也没有冲面前的那张脸扇过去一巴掌——就像她无数次在脑海中演练的那样。甚至，她连看都没看苗玉桃那张有些发虚的脸。

金惠珍突然觉得，那些曾经设计好并无数次在脑海中演练过的东西，是如此地苍白、无聊。那样做了，对苗玉桃的恨真就能消减得了吗？

金惠珍尽量把语气放平缓，她说："苗玉桃，我把手机还你。手机里有一段录音，一段不适合别人听的录音，回去好好听听吧。一直觉得欠你很多，现在不欠了，一分一毫也不欠了！从今往后，你我各走各的路，谁都不再认识谁！"

金惠珍说完，头也不回地跑出了酒店。

苗玉桃抓起桌上的手机追了出来，眼看着金惠珍跳上停在门口的一辆公交车，转眼不见了。

四十一

金惠珍把签好名字的离婚协议书放在床上，摆正。她最后扫了一眼这间小屋，转过身，快步朝外走去。

拦下一辆出租车，她奔向车站。金惠珍对着车窗外这熟悉又陌生的景色笑了一下，又笑了一下，泪水瞬间涨满了眼眶。

出租车在车流中穿梭，眼前的车辆和行人，变成了一条条大大小小的鱼，在时快时慢地游走。他们是谁？要去往哪里？

金惠珍坐上了回家的火车。还是来时的那辆绿铁皮，才短短几天的时间啊，一切，却都成了过往。金惠珍突然觉得自己老了，一颗曾经柔软易感的心，瞬间被一层厚厚的茧子严严实实地裹了起来。

站在河堤上，面对着熟悉的河滩、房台和流淌着的黄河水，金惠珍没有一滴眼泪。

夕阳的余晖暖暖地洒下来，满河满滩都披上一层金色。河滩里特有的青草泥腥的气息，时浓时淡地飘过来，金惠珍深吸了两口，泪水瞬间涌出眼眶。抱住一棵柳树，金惠珍的泪水止不住地流淌。痛哭着，她坐在了地上。天渐渐暗下来，不远处镇上的路灯亮了，像一排橘色的星星，不住地眨着眼睛。金惠珍被吸引着，她扶着树干，用力站起身，慢慢朝着大棚的方向走去。她的脚步起初有些踉跄，双脚踏在地上，虚虚的软软的。翻过大堤，眼前的灯火明亮起来。大棚那边，路灯有些耀眼，时候不早了，但路上依然车来人往，一派热闹忙碌景象。金惠珍看到了自己的大棚，棚口边上，正有一盏路灯，闪着璀璨的光。金惠珍脚下的步子快了，稳了，每一步，都重重踏在坚实的泥地上。金惠珍盯着前方那盏明亮的灯，她走了过去。

金惠珍伸手打开棚门，站在棚口，她惊喜地发现，大棚里的黄瓜开花了！一朵朵嫩黄的小花，在枝叶间盛开着，每棵秧上，开了好几朵！对着这些盛开着的小黄花，一抹红晕挂在了金惠珍脸上。她知道，花开了，结果的日子就很近了。低下头，仔细瞅着那一朵朵小小嫩嫩的花朵，干涩的眼睛慢慢湿润起来。

深吸一口湿润清甜的空气，脸上挂满黄瓜花一样淡淡微笑的金惠珍，泪如雨下。

四十二

苇子圈的蔬菜大棚修建和祖坟迁移都在有序推进，一切都已步入正轨。 苇子圈通往蒲桥镇的路上，不管早晚，都是人流车流不断，一派繁忙景象。

新社区建设工地上，搅拌机、吊车和各种货车的声响，奏出一曲曲热火朝天的和谐乐章。

李江河和他的乡村振兴工作队更忙了。

新建大棚越来越多，缺少大棚蔬菜种植经验的村民们，有问题就给李江河打电话。 他们信任李江河，近一年的相处，他们早已把李江河当成了苇子圈的一员。 不管大事小情，他们都愿跟李江河说道说道。

祖坟迁移，是件大事。 开始的时候，村里人不好意思麻烦李江河。 后来，他们竟觉得，家里这么大的事，李江河怎么能不参加呢？ 于是，李江河就跟马平原他们一起，参加村里人的祖坟迁移仪式。

成山叔领头的鼓子秧歌队组起来了，抽空，他们就在村委会前面的空地上练两把。 老人们热情高涨，似乎又回到曾经的青春岁月。 李江河有时间就过去看看，问有什么需要他做的。 空闲的时候，他也跟着练两把。

金惠珍蔬菜大棚里的黄瓜长得很好。 因为用心、勤快，虽然是第一次种大棚蔬菜，但她棚里黄瓜的产量，一点都不输那些老种植户。 大棚里忙，草柳编社里的工作就有点顾不上。 金惠珍征得李江河、马平原他们的同意，辞去了苇子圈草柳编社的社长职务。 她提议让高中毕业刚回乡的小柳任社长。 小柳喜欢草柳编，又心灵手巧，让她领着大家干，金惠珍放心。 小柳年轻，思路新，一定能把苇子圈的庭院经济搞好。 金惠珍对李江河和马平原说，往后草柳编社有什么事，她也一样参加。 李江河和马平原看金惠珍确实太忙，每天天不亮就进了大棚,晚上直到路灯亮了,也还在棚里忙。金惠珍黑了、瘦了,但却比以前更能干。连说话的语速,都比以前快了不少。声音也更高、更亮。大棚区里、河滩里的路上、蔬菜批发市场上,到处都能听到金惠珍响亮的说话声和爽朗的笑声。经历了这诸多变故之后,以往那个说话不急不缓、做事不紧不慢的小女人金惠珍,似乎一夜之间长大了。

李江河和马平原商量后,他们同意了金惠珍的请求。

李江河忙,马平原自然也忙。很多事,都需要他们俩一起来做。

在李江河和马平原的共同努力下,郑福运的蔬菜大棚终于建起来了。许是这几年懒散惯了,郑福运一点苦都吃不了。早晨别人都在大棚里干两三个小时了,他还没起床呢。马平原气得跳脚,急火火跑到郑福运家,把他从被窝里薅起来。有时郑福运还没来得及穿衣服呢,就被马平原拽着胳膊提溜到了屋中央。把郑福运送到大棚那里,也并非万事大吉。郑福运累了,就躺在地头上睡觉。马平原和李江河有时间就去郑福运的大棚看一眼,看郑福运有没偷懒。遇到郑福运一个人干不了的活,他们就搭把手。时间久了,郑福运再想睡懒觉的时候,就不那么无所顾忌了。一个大男人,总被人从被窝里提溜出来,也不是啥光彩的事儿。

郑福运大棚里的瓜苗栽下了。经过这些日子李江河和马平原跟他的斗智斗勇,他的生活习惯有了很大的改变。李江河从省城回来,给郑福运带回了全套的锅碗瓢盆。郑福运开始做饭,从一天一顿,到两顿,再到三顿。早晨,他也能准时起床了。起床后简单收拾一下,他也跟别人一样,去滩外的大棚里看看,干点啥。

也许是懈怠惯了,对这个好不容易建起来的蔬菜大棚,郑福运并没有像别人那样用心。黄瓜到时间该浇水了,该施肥了,该掐丝了。他大多数时候心里都没数。

李江河和马平原就不时地提醒他。

"太阳都晒腚了,还不卷草苫子。 瓜苗不晒太阳,能长?"马平原的电话总是硬硬的,不那么好听。 郑福运听着,并不再像以往那样怼回去。

"福运,忙啥呢? 你棚里黄瓜爬秧了,该牵绳了。"李江河的电话一般都很和缓。

不管谁的电话,郑福运都应着。 他身上的那些刺,似乎被磨掉了。

"干活干活不行,脑子也不用。 这么大人了,让别人支使着,好受?"马平原对李江河抱怨着。

"等卖了第一拨黄瓜,尝到了甜头,他就该用心了。"李江河说。

果然,郑福运棚里的第一拨黄瓜卖了一千多块钱。 还没从批发市场上回来呢,郑福运就给马平原打电话,给李江河打电话,说要请他们吃饭。 电话里的郑福运,兴奋得连声音都变了。

"请吃饭就免了,你正经好好干,让我们少操些心比啥都强!"马平原说。

"等你卖黄瓜存到了一万块钱,我请你。"李江河说。

果然像李江河说的那样,自从见到了钱,郑福运对他的黄瓜大棚用心起来,棚里的活,很少再用别人催了。 就连那间破败不堪的小屋,也比以往干净整齐了不少。

四十三

这一年风调雨顺,地里的庄稼长得比往年好。 大部分家庭都建起了蔬菜大棚,黄瓜的价格比往年高,村民的收入自然也高起来。 社区的新楼房都已封顶,已进入内装阶段。 小区的绿化、硬化也在同时进行中。 很多村民都谋划着购买家具、家电,准备着搬新家。

十几位妇女组成的草柳编社,在小柳的带领下,产品销到了省城，订单不断。由村委协调借来的那间宽敞、明亮的屋子里，整日里说笑声不断，引得没事的老人们也都爱往这里凑。金惠珍有时间也常过来看看，跟她们说笑一阵，大家遇到技术上的问题，也喜欢问她。虽然因为种大棚没时间，做了这么多年的草柳编被暂时搁下了，但金惠珍还是从心里喜欢草柳编这个活计。每次坐在那伙人中间，边说笑着边编的时候，她一点也不手生。每次离开那间屋子，她总是恋恋不舍，大家也都不舍得让她走。

苇子圈的人，包括景志强的父母，都不清楚他离婚后的真实情况。父母在电话里问，他就说还在以前的工地上，还是做着从前的工作。

景志强的最新消息，是陆西明告诉马平原的。

陆西明和马平原是远房表亲，按辈分，陆西明喊马平原一声哥。在一个亲戚攒的饭局上，多年不见的表兄弟俩坐上了同一张酒桌。两个人聊滩区搬迁，聊大棚，聊省城的新鲜事儿，聊着聊着，自然就聊到了景志强。

"金惠珍是多好的嫂子啊，景志强不知道珍惜。看看现在弄得！"陆西明叹了口气。

"你见到景志强了？他现在咋样？"马平原急忙问。

马平原和李江河都曾给景志强打过电话，曾经的那个号码已经停机了。本来找成山叔问问也很简单，但他们俩觉得，景志强一定是经历了这些事之后，不想跟别人聊。否则他也不会换号码。他们商量着，等过些日子，再找成山叔要景志强的新号码。

"这人啊，真是得管住自己。这一回走偏了跌倒了，怕是这辈子都起不来了。"陆西明喝口酒，跟马平原聊起了景志强。

贾建设知道了事情的真相后，当即把苗玉桃暴打一顿。苗玉桃肚子里的孩子，没能保住。景志强当天就被辞退了，理由是非法侵占公司财产。当时大伙都纳闷儿，他景志强在工地上管技术，又不管钱，能有机会侵占公司财产？这个理由，真是让贾建设给找绝了！

陆西明跟马平原碰了个杯，他忍不住咧嘴笑起来。笑过了，接着讲。

景志强当时也没住的地方，大晚上的，他能去哪？几个工友想留他在工棚里住一宿，第二天再找地方。可工地保安死活要撵他走，一分钟都不让多待。景志强收拾了简单的行李，就离开了工地。

也就是在那天晚上，正在街上不知该往哪去的景志强被一伙人拦住，拽到一个小山后边，暴打了一顿。要不是遇到正外出回来路过的工友们，景志强那条小命怕是也没了。

从那之后，工友们就再没见到景志强的影子。

陆西明跟几个关系比较好的工友也曾找过景志强。不管咋样，都是老乡，又在同一个工地上共事好几年。后来他们还真在另外一个建筑工地上把他给找到了。手脚已不太利索的景志强，又做回了刚到省城打工时的工作，在建筑工地上做了一名小工。

"听说景志强之前还跟烧烤店的一个女人有瓜葛，景志强离婚后，他俩没走到一起？"马平原问。

"你是说那个叫夏红梅的女人呀，早跟一个新搭上的男人跑了。听说这个女人临走前，还诈了景志强一万多块钱，她骗景志强说是怀了他的孩子。"陆西明有些不屑，"景志强不是笨人啊，咋就这么信那个女人的话呢？听说那个女人就是专门用她这套来骗男人的。"

"真没想到，景志强竟沦落到了这种地步！"马平原叹了口气，"景志强的事，你别跟外人说了，滩里人包括他父母，都不了解他的现状，还以为他混得挺好呢。他父母都是爱面子的人，怕是知道了他的情况脸上磨不开。"

"没有不透风的墙，苇子圈的人知道，还不是早晚的事？我不说，别人也会说。"顿了顿，陆西明接着说，"我劝景志强回滩里来，别在城里再这么待着了。他不听。说到死也不会再回滩里来了。之前发展好的时候，他不愿回来。现在这个样子，他更没脸回来了。景志强脑子不笨，就是太爱往高处想了。谁不想往高处走，可也得讲究实际呀，刚学会走路就想着飞，不摔才怪呢！"

"你有景志强的联系方式吗？给我一个。"马平原说。

"没有。他不停地换工作，换手机号。现在工友们都跟他联系不上了。"

马平原和陆西明边聊边喝。这个中午，两个人都喝多了。

散了席，马平原记挂着有几户人家正在建大棚，他想过去看看。陆西明也要一起去，两个人就并肩朝大棚区走去。

大棚区的路上，来来往往的车辆穿梭不断，拉竹竿的，拉草苫子的，拉无滴膜的，还有拉着肥料的，很是热闹。

马平原先进了郑福运的棚。郑福运正在给黄瓜施肥，他左手提着一个编织袋子，右手从袋子里抓出一把把沤好的鸡粪，边撒边顺着黄瓜垄往前走。空气中，弥漫着浓浓的粪肥味道。

"福运，你也不戴个口罩，不嫌臭吗？"马平原站在棚口，大声朝郑福运喊道。

郑福运回过头，冲马平原扬了扬手，说："习惯了，没闻着臭。"他把手里的肥料撒进地里，重新转过头，"俗话说得好，庄稼一枝花，全靠肥当家。没有粪肥臭，哪来瓜果香呀！"

马平原高举起手臂，对郑福运竖了竖大拇指。

"长这么多，真喜人！"陆西明忍不住感叹道。

"他这个可不算多，真长得多的，你还没见呢！"马平原说着，带陆西明出了郑福运的大棚，继续往前走。

有正在建棚的，马平原都过去看看，看墙体垒得实不实，地槽挖得够不够深。马平原掏出口袋里随身携带的卷尺，亲手量过才放心。马平原常挂在嘴边上的一句话就是，打基础的时候，不能有半点偷懒和侥幸心理。

马平原和陆西明边看边走，就走到了金惠珍的大棚跟前。透过塑料薄膜，陆西明的目光立刻被棚里嫩黄的花和一根根垂着的黄瓜吸引住了："这家长得好，你看，这么多黄瓜！"

马平原还没来得及回应，却见手里掐着一大把黄瓜丝的金惠珍从大棚里走了出来。

三个人都愣住了，立在原地，一时都没说话。

还是金惠珍先打破了沉默："陆西明，你咋来了？"金惠珍说着，弯腰把手上的黄瓜丝放在地上。抬起身的时候，金惠珍脸上已挂满笑，"快到棚里来吃个黄瓜，新鲜着呢！"

"嫂子，这……这是你的棚啊！"突然的相遇，让陆西明一时有些尴尬。

"是啊。快进来看看。"金惠珍脸上的笑更加灿烂了，她打开小房子的门，伸手撩起门上的稻草门帘，示意马平原和陆西明到大棚里去，"看看姐姐种的黄瓜，不比别人棚里的差吧？"

姐姐？陆西明愣了一下，心里一时说不出什么滋味。金惠珍比以前瘦了，也黑了。但在这张脸上，却看不到丝毫的忧郁和哀怨。金惠珍脸上闪着的光，像一轮初升的太阳，深深吸引了陆西明的目光。

与刚刚看的几个棚相比，金惠珍棚里的黄瓜，确实不一样。蔓儿更粗更壮，花儿更鲜更嫩，瓜结得不仅多，还又粗又长。

"嫂……姐姐，你真厉害！"陆西明由衷赞叹道。

"这有啥厉害的，一心一意认真干，就没有干不好的。你咋对待庄稼，庄稼就咋对待你。种菜也是一样的理儿。平原，你说是不是？"金惠珍转头问马平原。

"对，对。就是这个理儿。咱苇子圈的人，都能跟你这样想这样干，就不会有种不好的庄稼。"马平原忙说。

说话间，金惠珍已摘来一盆黄瓜，打开水龙头洗干净："快吃吧，顶花带刺的鲜黄瓜。"金惠珍把黄瓜递给马平原和陆西明，她自己也拿起一根，握在两只手上，"咔嚓"一声掰成两段，把其中的一段丢进盆子里，举着另一段吃起来。黄瓜的清脆鲜甜，显现在金惠珍闪着光的脸上。

"惠珍姐，你种的黄瓜真好吃！"陆西明吃完手上的黄瓜，又自己从盆子里拿了一根，大口吃着。

金惠珍手脚麻利地摘起了黄瓜，她提着两个袋子走过来："好吃就再来摘。咱这大棚里别的没有，黄瓜不缺。"金惠珍说着，灿烂的笑挂满了眼角眉梢。她把两只袋子朝马平原和陆西明递过来，"你俩一人一袋。"

"我就不要了，啥时都能过来吃。"马平原笑着说。

"那就都给你吧。"金惠珍把两只袋子递向陆西明。

"这又是吃又是拿的。"陆西明有些不好意思地说，"姐，要不这两袋我付钱吧。"

"看你这是说的啥话呀？几根黄瓜而已。快拿着。"金惠珍把袋子塞到了陆西明手里。

"那，那我就拿着了。"以往总是爱说爱闹的陆西明，突然变得扭捏起来。

马平原和陆西明朝棚口走去。到了帘子跟前，陆西明回头看了一眼金惠珍。站在翠绿的黄瓜秧跟前的金惠珍，正微笑着看着他们。

"陆西明，问兄弟们好，问陈萍好！"

金惠珍说完，冲陆西明挥一下手。那张明丽的笑脸就隐在了黄瓜花的后面，不见了。

陆西明呆愣了片刻，跟随马平原走出了金惠珍的蔬菜大棚。

四十四

新年就要到了。对苇子圈的村民们来说，这是他们在滩里度过的最后一个春节，也是他们近年来过得最热闹最快乐的一个春节。

滩区迁建工程已全部完成验收，新房钥匙也已交到村民手中，过完节，他们就要搬迁到滩外的新楼房里居住了。

连续多年没动静的苇子圈鼓子秧歌表演队，真的组了起来，伞、鼓、棒、花、丑，一样都不少。

成山叔跳起头伞来，英武不减当年。

马平原抽空也来过把舞伞的瘾。就连李江河也被迷住了，有时间就跟着学舞伞、学敲小鼓、学耍棒。

金惠珍忙得脚不沾地儿。每天天不亮她就要到棚里去摘黄瓜。多亏市场上外地等着要黄瓜的多，到了也不用等，直接过秤装车，费不了多少功夫。回来后，金惠珍有时去棚里接着干活，有时草柳编社的人找她，她就到草柳编社去，跟那里的姐妹们边做手工边聊。金惠珍每次离开草柳编社，姐妹们都舍不得让她走。她们知道金惠珍忙，知道她抽空肯定再来，可她们就是舍不得金惠珍走。金惠珍也一样不舍，与姐妹们在一起的时光，总觉得那么短暂。挤出点时间，金惠珍还要去鼓子秧歌队里舞一阵。

鼓子秧歌队有草柳编社的人，有放假的学生，也有像麦穗那么大的小姑娘。只要愿参加的，不管是白发老人还是刚会走路的孩童，都会得到一块红色手绢和一把彩色折扇。

舞小鼓和棒的队伍里也一样，各个年龄的人都有。

成山叔本来安排郑福运在小鼓那一组里，他执意要扮丑。成山叔拗不过他，也就随他去。

苇子圈村委会门前的空地上，天天鼓声不断，笑声不断。

按照以往惯例，正月初六这天，他们先在自己村里表演。之后才应邀去别的村、去镇上、去县里表演。

太阳暖暖地洒下来,没有风,是个极好的天气。街上的鼓声一响,苇子圈的人们纷纷从家里涌出来。

伞、鼓、棒、花、丑,各执不同的道具上场。舞伞者穿统一的黄袍,用黄巾缠头,威武又有气势;敲小鼓者着白色灯笼裤、黄色上衣,稳健中透着活力;舞棒者也穿白色灯笼裤,不同的是他们上身着天蓝色褂子,满身的青春亮丽;花儿们穿盘扣立领的粉色长裙,头上戴着红的、黄的、粉的花朵;丑角的着装不统一,他们按照个人的喜好,随意穿戴。

表演队的人和看表演的人都没发现,李江河悄悄站在村委会门前那棵大柳树下,身边站着他的父母和妻女。

李江河轻声给父母和妻子介绍着:"最前边舞着大伞领舞的是成山叔。紧跟成山叔的,是马平原。最左边那个戴着粉色花朵的,是金惠珍。后边那个穿着一套蓝色运动装的,是郑福运。对了,还有麦穗,那个小辫上扎着红色蝴蝶结的。"

"麦穗,麦穗。"甜橙喊着,挣开妈妈的手,朝麦穗跑去。

麦穗看到甜橙,她把手上的折扇和手绢举到甜橙面前,让她挑。甜橙选了手绢。甜橙紧跟着麦穗,学着麦穗的样子跳起来,舞起来。甜橙的脸上,笑成了一朵花。

马平原动作粗犷豪放,一把大伞在他手上舞成了一朵旋转着的大花朵。头上戴满花朵的金惠珍,拖地长裙衬托出她柔韧的腰身,灵动飘逸,仙女一样。郑福运身上,是一套蓝色运动装。他的这身衣服,与这个整体有点不太搭。李江河想一会儿结束了,告诉郑福运换套衣服。但他转而一想,既然丑角可以按自己心意着装,还是让他穿这套运动装吧。

"双十字街""里四外八""石榴花"……队形随着乐声不断变换。时而激昂、时而舒缓的鼓声,一声声,敲打在李江河的心上。

相传在五百年前，靠河而居的济水先人，从不息的涛声中得以启示，"咚咚咚咚"那铿锵激越的鼓乐，是对亲朋好友的诉说，是对生命的呼唤，是对灾难的愤憎，是对命运的寄托。鲁鼓传递了他们喜、怒、哀、乐的心声。山东大汉素以豪壮著称，击鼓以抒胸襟，这是力与美的和谐统一。随着时间的推移，渐渐演变为鼓子秧歌。每每丰收之时，在场院上拿起叉耙、盆勺、雨伞等，庆贺丰收，载舞跳跃。又以社戏办玩方式走街串巷，联谊联欢。他们以各种新奇多变的套路，寄托着各种美好的情思。男女老少齐上场，万民同乐。祈求风调雨顺，五谷丰登，国泰民安，丰衣足食。

随着时代的变迁，几经起落，循着优胜劣汰的自然规律，这朵古老的艺术之花日渐完美。她无字——却像是一首长诗，是中国农村变革的颂歌，是黄河儿女的心声；她无歌——却如行云流水的行板，激越豪放，顶天立地。那是心灵的壮歌，是对美好生活的向往。伞的洒脱，鼓的彪悍，棒的英武，花的柔曼，丑的逗笑，他们如钢琴上的黑白键，似乐曲中的一个个音符，组成了一个各具千秋而又和谐统一的有机整体。他们齐心协力，弹奏出了一曲又一曲优美动人的乐章。

李江河知道，曾经的苇子圈人，上至七旬老人，下至尚在牙牙学语的孩童，无不是鼓子秧歌迷、鼓子秧歌通。一两岁的小孩儿，或许他还跑得不够扎实，也或许他还不能很准确地用语言来表达自己的思想，一旦父母把他高举到鼓架上，他便会拿起鼓槌，准确地敲击出某一个场景中的某一段节奏。四五岁以至更大些的女孩们，把拉花走台步也列入了她们玩耍的项目之中。仔细瞅那一招一式，举手投足间，如果不是亲眼所见，你真会错以为走进了哪个少年宫的舞蹈班呢。

因为种种原因，苇子圈鼓子秧歌表演停止了几年。今天，曾经的景象，再次出现在了苇子圈的大街上。在这几十人的队伍中，年龄最大的七十多岁，最小的只有五六岁。合着鼓乐，他们尽情地跳着、舞着，一张张或沧桑或稚嫩的脸上，洋溢着掩不住的幸福、快乐与陶醉。

"像，实在太像了！当年就是这样子！"李江河父亲激动得双手颤抖，眼里闪出了泪花。

李江河再也忍不住了，他抓起一把大伞，双手高举在空中，踩着鼓点，舞动着手中的大伞，融进了舞蹈着的鼓子秧歌队伍中。

后 记

　　两年前的一天，一位曾在济阳区委宣传部任职的老领导打电话给我，说他正在济南市乡村振兴工作队工作。几个月的经历，让他感触颇多，也让他时时被感动着。他问我是否有时间过去看看，写写那些工作生活在基层的村干部。他感叹道，他们太不容易了。

　　电话中，我知道了一个村庄的村支书兼村委会主任的故事。村支书姓马，是一位特别有责任感又有魄力的退伍军人。从部队回到家乡后，被安置到镇上工作。新工作各方面都不错，他很喜欢。有一天，镇领导找到他，想让他回村任职。为了改变家乡的落后面貌，他毅然回村赴任村书记。上任后，他顶着各种压力，把村民手中的闲散土地整合起来，集中向外承包；为了动员村民迁坟，他不怕冷脸，不惧挨骂，硬是抱着"把冷板凳坐穿"的信念，说服所有村民把祖坟迁了出去；村民迁坟，不管白天还是夜晚，他都及时到场，跟主家一起磕头、跪拜。他说，这些故人，也都是他的长辈……

　　村子名叫马圈（小说中的苇子圈），村民们也曾在河滩里生活过，后来搬迁到了滩外。

　　实地采访过后，我感触良多。村民们对乡村振兴工作队队员们赞不绝口。村里大到修路、架桥、修建文化广场，小到家庭纠纷、婚丧嫁娶，都少不了乡村振兴工作队队员们的身影。因工作地点偏远，队员们一周甚至几周才能回一次家。正是上有老下有小的年纪，因忙于乡村振兴工作，他们舍小家顾大家，无暇照顾父母儿女。

聊起带队的李队长，村民们频频竖起大拇指。因为村里有个很懒的人，他一个人生活。乡村振兴工作队帮他申请补贴并建起冬暖式蔬菜大棚，种上了富硒西瓜。因为懒散惯了，他凡事不操心。每逢刮风下雨前，李队长不管多忙，都记得给他打电话，让他把棚盖好，不要让风把草苫子刮跑；把该收的西瓜箱子收起来，免得被雨淋坏。西瓜上市了，队员们又通过各种关系，帮他跑销路。经过乡村振兴工作队员们在经济上、生活上和心理上的各种帮扶，加上一笔笔可观的收入，这个懒了几十年的男人，终于发生了质的改变。一个电话，看似微不足道，但作为负责五个自然村的乡村振兴工作队的队长，各种事务繁多，可像西瓜箱被雨淋这样的小事，他都能记挂在心上。其实生活，不就是由一件件小事组成的吗？细微的小事都能做好，大事就更不用说了。

乡贤理事会，也是在采访时首次听到的一个词。在乡村，德高望重的老人们说的话，有时甚至比村干部的话作用都大。村里一些不容易做工作的事，乡村振兴工作队和村委会，都主动征求乡贤理事会的意见，请他们帮忙出主意、想对策。

乡村女性，在乡村振兴、村风村貌等方面，起着不可替代的作用。采访中，遇到几位留守女性。有一位叫凤儿的，特别能干，既能照顾家里的老人孩子，种好田里的地，又能顾及到丈夫的需求，城里乡村来回跑。苦累了她一个，幸福了一家人。有一位叫金惠珍的，靠草柳编手艺，帮村里的女性找到了挣钱的门路，同时也让她们的生活变得更充实。公婆及周围村民聊起金惠珍，都是满口的夸赞。也有像苗玉桃那样生长在农村，却瞧不起农村，逃离乡村的女性。但更多的，却是像凤儿、金惠珍这样的女性，有知识、有文化，心地纯净、善良。她们看似柔弱，但在面对突然的打击和变故时，却意想不到地坚强。对生养她们的乡村，金惠珍们选择的是爱和付出。为了把家乡建设得更美好,她们用柔弱的双肩,挑起了养老护幼和劳动致富的重担。她们是大河的女儿,也是乡村振兴不可缺少的建设者。在泪水和磨难中,她们尝尽酸甜苦辣,成长为更好的自己。

随着黄河滩区迁建工作的实施,河滩里的村庄将成为历史。但对世世代代生活在滩区里的村民来说,故土难离的情结,也增加了搬迁的难度。参加人大代表调研的时候,我曾到过那个建设中的社区。工地上的忙碌场景,给我留下了很深的印象。去年七月,因参加济南市作协组织的"喜迎二十大,书写新黄河"采风活动,我再一次走进那个社区。小区里已是草青树绿花香,广场上,老人们在聊天,孩子们在玩耍,到处一片祥和快乐景象。与居民们聊起来,他们对迁到滩外后的新生活赞不绝口。正是因为有了党的好政策,有了"李江河和马平原们"的辛勤付出与无私奉献,有了"金惠珍们"对家乡的热爱与奉献,才有了如今生活的富足与美好。

我对河滩村庄及世世代代生活在这里的人们,一直有很深的感情。从第一个长篇开始,河滩里的蒲桥镇和苇子圈,一直就是故事中主人公们的舞台。这次自然也不例外。不同的是,他们经历了从河滩到滩外的搬迁。迁到滩外更广阔天地的,不仅仅是他们的家园。随之发生改变的,还有很多很多……

感谢济南市委宣传部、市文联、市作协、济南出版社及各位评委老师!《大河儿女》有幸入选济南市"海右文学"精品工程,并顺利与读者见面。感谢为乡村振兴而工作在基层一线的每一位奉献者、劳动者,是你们给予了我写作的灵感!你们为乡村振兴所做出的努力与付出,将永远被铭记。

鞠 慧

2023 年 9 月 19 日

写于山东威海